annabac
SUJETS & CORRIGÉS 2023

HGGSP
SPÉCIALITÉ

T^le^ générale

- **Anthony Guyon**
  Professeur agrégé d'histoire-géographie
  Docteur en histoire
- **Florence Holstein**
  Professeure agrégée d'histoire-géographie
- **Barbara Jamin de Capua**
  Professeure certifiée d'histoire-géographie
- **Jean-Philippe Renaud**
  Professeur agrégé d'histoire-géographie
- **Laurent van De Wandel**
  Professeur agrégé d'histoire

Avec la collaboration de Denise Maréchal

ISSN 1168-3775 ISBN 978-2-401-08652-4

Achevé d'imprimer par IPS en France
Dépôt légal 08652-4/01 - Août 2022

PAPIER À BASE DE FIBRES CERTIFIÉES

Hatier s'engage pour l'environnement en réduisant l'empreinte carbone de ses livres. Celle de cet exemplaire est de : 650 g éq. CO_2
Rendez-vous sur www.hatier-durable.fr

Hatier

SOMMAIRE GÉNÉRAL

Avec votre Annabac, préparez-vous à l'épreuve

1 **S'échauffer,** s'approprier les méthodes

2 **S'entraîner** sur chaque thème du programme

3 Préparer l'épreuve écrite : le **sprint final**

4 Réussir le **Grand Oral**

d'HGGSP et au Grand Oral en 4 étapes !

Les sujets et les fiches classés par thème

Pour chaque thème, voici les ressources de votre Annabac.

Indiquez sur cette liste l'avancement de vos révisions.
☐ À retravailler encore ☒ Désormais OK !

Faire la guerre, faire la paix

Formes de conflits et modalités de construction de la paix

Le Moyen-Orient : conflits régionaux et tentatives de paix

Identifier, protéger et valoriser le patrimoine

Le patrimoine : usages sociaux et politiques et enjeux de la préservation

La France et le patrimoine, des actions majeures de valorisation et de protection

L'environnement, entre exploitation et protection

Exploiter et protéger l'environnement face au changement climatique

Le cyberespace : conflictualité et coopération entre les acteurs

- Coordination éditoriale : Grégoire Thorel et Louise Roullier, assistés de Théa Goossens et Pauline Siegwart
- Édition : Catherine Jardin
- Graphisme : Dany Mourain et le studio Favre & Lhaïk
- Prépresse : Hatier et Nadine Aymard
- Illustrations : Juliette Baily
- Cartographie : Philippe Valentin
- Schémas : STDI
- Mise en page : STDI
- Iconographie : Hatier illustration

S'échauffer, s'approprier les méthodes

INFOS et CONSEILS sur les épreuves

Deux sujets ÉTAPE PAR ÉTAPE

1 En quoi consiste le programme d'HGGSP en Terminale ?

Le programme d'HGGSP en Terminale s'articule autour de 6 grands thèmes, dont 4 sont évalués lors de l'épreuve écrite.

A Thème 1 : De nouveaux espaces de conquête*

- **Axe 1** : Conquêtes, affirmations de puissance et rivalités

– La course à l'espace, des années 1950 à l'arrivée de nouveaux acteurs
– La dissuasion nucléaire et les forces de projection maritimes

- **Axe 2** : Enjeux diplomatiques et coopérations

– Coopérer pour développer la recherche : la station spatiale internationale
– Rivalités et coopérations pour les ressources des mers et des océans

- **Objet conclusif** : La Chine : à la conquête de l'espace, des mers et des océans

B Thème 2 : Faire la guerre, faire la paix : formes de conflits et modes de résolution

- **Axe 1** : La dimension politique de la guerre

– De la guerre de Sept Ans aux guerres napoléoniennes
– Le modèle de Clausewitz à l'épreuve des « guerres irrégulières » : d'Al-Qaida à Daech

- **Axe 2** : Le défi de la construction de la paix

– Faire la paix par les traités : les traités de Westphalie (1648)
– Faire la paix par la sécurité collective : l'ONU sous Kofi Annan (1997-2006)

- **Objet conclusif** : Le Moyen-Orient : conflits régionaux et tentatives de paix impliquant des acteurs internationaux (étatiques et non étatiques)

C Thème 3 : Histoire et mémoires*

- **Axe 1** : Histoire et mémoires des conflits

– Les causes de la Première Guerre mondiale
– Mémoires et histoire de la guerre d'Algérie

- **Axe 2** : Histoire, mémoire et justice

– Les tribunaux *gacaca* face au génocide des Tutsi
– Le tribunal pénal international pour l'ex-Yougoslavie (TPIY)

- **Objet conclusif** : L'histoire et les mémoires du génocide des Juifs et des Tsiganes

D Thème 4 : Identifier, protéger et valoriser le patrimoine : enjeux géopolitiques

- **Axe 1** : Usages sociaux et politiques du patrimoine

– Réaménager la mémoire. Les usages de Versailles de l'Empire à nos jours
– Conflits de patrimoine. Les frises du Parthénon depuis le XIXe siècle

- **Axe 2** : La préservation du patrimoine, entre tensions et concurrences

– Paris entre protection et nouvel urbanisme
– La question patrimoniale au Mali
– Venise, entre valorisation touristique et protection du patrimoine

- **Objet conclusif** : La France et le patrimoine

E Thème 5 : L'environnement, entre exploitation et protection : un enjeu planétaire

- **Axe 1** : Exploiter, préserver et protéger

– Exploiter et protéger une ressource « naturelle » : la forêt française depuis Colbert
– « Révolution néolithique » et « révolution industrielle », deux ruptures ?

- **Axe 2** : Le changement climatique : approches historique et géopolitique

– L'évolution du climat en Europe du Moyen Âge au XIXe siècle
– Le climat, enjeu des relations internationales

- **Objet conclusif** : Les États-Unis et la question environnementale

F Thème 6 : L'enjeu de la connaissance

- **Axe 1** : Produire et diffuser des connaissances

– L'alphabétisation des femmes du XVIe siècle à nos jours dans le monde
– Produire de la connaissance scientifique : la question de la radioactivité de 1896 aux années 1950

- **Axe 2** : La connaissance, enjeu politique et géopolitique

– Les services secrets soviétiques et américains durant la guerre froide
– Circulation et formation des étudiants, transferts de technologie et puissance économique : l'exemple de l'Inde

- **Objet conclusif** : Le cyberespace : conflictualité et coopération entre les acteurs

** Thème non évalué lors de l'épreuve écrite de la session 2023.*

2 Quelles sont les épreuves du nouveau bac en HGGSP ?

Vous avez choisi la spécialité HGGSP en Terminale. Vous devrez donc passer l'épreuve écrite correspondante, mais également préparer une question en HGGSP en vue du Grand Oral.

A En résumé

L'épreuve écrite de spécialité (coeff. 16)

DÉROULEMENT
- **Quand ? en mars**
- **Durée : 4 heures**
- **Structure : 1 dissertation et 1 étude critique de document(s) portant sur des thèmes différents du programme**
- **Barème : 20 points (10 pour chaque exercice)**

Le Grand Oral (coeff. 10)

TRAVAIL EN AMONT
Sur deux questions dont l'une au moins se rapportant au programme de HGGSP

DÉROULEMENT
- **Quand ? au 3e trimestre**
- **Durée : 20 min**
- **Structure : exposé sur l'une des deux questions + entretien**

B L'épreuve écrite

1. La structure de l'épreuve

- Le sujet comporte **deux exercices**, notés chacun sur 10 points : une dissertation et une étude critique portant sur un ou deux document(s).
- Chaque exercice porte sur des thèmes différents du programme. En **année paire**, il peut s'agir des thèmes 1, 2, 3 et 5 du programme ; en **année impaire**, des thèmes 2, 4, 5 et 6. Les notions rencontrées en classe de première doivent par ailleurs être connues et peuvent être mobilisées.

> ATTENTION **Les thèmes non évalués à l'écrit peuvent faire l'objet d'une évaluation lors du Grand Oral : les thèmes 4 et 6 en année paire, les thèmes 1 et 3 en année impaire.**

2. Comment s'y préparer ?

● Vous devez bien évidemment fournir un **travail régulier** toute l'année, afin qu'au moment des révisions, vous n'ayez qu'à vous remettre en tête les notions déjà maîtrisées. Cela vous permettra également de mieux gérer votre stress le jour J !

> CONSEIL **Il est important de mémoriser au fur et à mesure les points essentiels du cours. Pour cela, faites des fiches et vérifiez régulièrement que vous n'avez pas oublié ce que vous avez appris.**

● Vous devez aussi **vous entraîner en temps limité**, dans les conditions de l'épreuve. Cela vous permettra de mieux vous organiser dans les différentes étapes de votre travail : lecture et analyse du sujet, mobilisation de vos connaissances, formulation de la problématique, élaboration du plan…

C Le « Grand Oral »

1. Les trois temps de l'épreuve

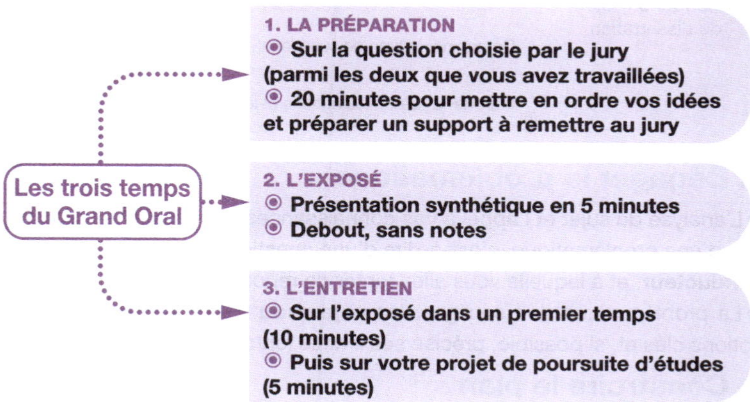

2. Comment s'y préparer ?

▶ Reportez-vous à la section « **Réussir le Grand Oral** », en fin d'ouvrage.

3 Comment réussir l'épreuve écrite ?

La dissertation et l'étude critique de document(s) doivent respecter des règles formelles. Pour l'une comme pour l'autre, la mise au point de la problématique, la construction du plan et le soin apporté à la rédaction sont des critères essentiels.

A Réussir la dissertation

L'exercice de dissertation consiste à traiter un sujet donné dans un **devoir argumenté et structuré**, comportant une introduction, un développement et une conclusion. Cela demande un travail de réflexion et de rédaction, que vous réussirez en procédant de façon méthodique.

1. Analyser le sujet

- Analyser un sujet de dissertation
  - Étudier la formulation et déterminer ce que l'on me demande
  - Déterminer les bornes chronologiques et/ou spatiales
  - Déterminer le type de sujet (analytique, dialectique…)
  - Identifier et définir les notions et les mots clés

2. Dégager la problématique

- L'analyse du sujet et l'appel à vos connaissances aboutissent à la formulation d'une problématique, c'est-à-dire d'une question qui va vous servir de **fil conducteur**, et à laquelle vous allez tenter de répondre.
- La problématique doit souligner les **enjeux du sujet**. Elle en reprend les notions clés et, si possible, précise ses limites (chronologiques/spatiales).

3. Construire le plan

- Le plan permet de répondre à la problématique. Il compte **deux ou trois parties**, elles-mêmes subdivisées en deux ou trois sous-parties (un paragraphe chacune). Chaque partie doit faire progresser la réflexion sur le sujet.
- Au brouillon, préparez votre plan, en faisant appel à vos connaissances et en étant le plus précis possible (**idées essentielles**, **exemples**). Cela vous permettra ensuite de rédiger directement sur votre copie.

> CONSEIL **Soyez précis(e) dans le vocabulaire utilisé. La maîtrise des notions spécifiques est un des critères de l'évaluation.**

4. Rédiger le devoir

● Le devoir commence par une **introduction**. Celle-ci présente le sujet, justifie son intérêt et formule la problématique. Vous devez apporter le plus grand soin à votre introduction, et la rédiger une première fois au brouillon.

LES 5 ÉTAPES CLÉS DE L'INTRODUCTION

1. une accroche permettant de situer le sujet dans un contexte plus large
2. la définition des mots clés du sujet
3. la fixation des bornes chronologiques et spatiales
4. la formulation d'une problématique
5. l'annonce du plan

● Dans chaque partie, énoncez l'**idée principale**, puis démontrez-la par des idées secondaires (vos **sous-parties**) appuyées sur des **exemples** (personnages, faits, dates…).
● Enfin, faites le bilan en une phrase qui servira de **transition** vers la partie suivante.

> À NOTER **Si le sujet s'y prête, vous pouvez intégrer une production graphique à votre développement. Un fond de carte peut être fourni.**

● Votre devoir se termine par une **conclusion**, qui reprend les idées directrices de chaque partie et répond à la problématique. Elle s'achève par une ouverture vers un sujet connexe qui montre la richesse de celui que vous avez travaillé.

B Réussir l'étude critique de document(s)

L'étude critique de document(s) (ECD) se compose d'un titre et d'un ou deux documents de nature différente, accompagnés d'une consigne. Vous devez analyser ce ou ces documents dans un développement construit et argumenté.

1. Identifier le(s) document(s)

Identifier un document
- Déterminer sa nature, son genre et sa source
- Repérer sa date et son contexte, éventuellement l'espace ou l'échelle auxquels il renvoie
- Identifier son auteur et, le cas échéant, son destinataire
- Déterminer le thème qu'il aborde, son point de vue et son intention

2. Comprendre la consigne

● La consigne qui accompagne le(s) document(s) vise à orienter votre travail. Pour bien comprendre ce que l'on vous demande, repérez les **notions** et **mots clés** et définissez-les.

● Déterminez les **bornes chronologiques et spatiales** du sujet, puis faites appel à vos connaissances pour dégager les **enjeux**.

3. Dégager la problématique et construire le plan

● Formulez la question qui servira de **fil conducteur** à l'étude du (des) document(s). La problématique reprend les notions de la consigne. L'objectif est de montrer l'apport du (des) document(s) à la problématique.

● Votre plan doit permettre d'y répondre de façon logique, en **deux ou trois parties**. Construisez-le au brouillon, en sélectionnant et en regroupant les informations pertinentes du ou des documents.

4. Rédiger le devoir

● L'**introduction** doit présenter de façon détaillée le(s) document(s), en le(s) replaçant dans leur contexte. Elle se poursuit avec la problématique et l'annonce du plan.

> À NOTER **La présentation d'un document précise sa nature, son genre, sa source, son auteur, sa date, son contexte, son échelle, son destinataire et le thème abordé.**

● Le **développement** suit le plan élaboré au brouillon. Faites systématiquement référence au(x) document(s), en le(s) citant ou en relevant des informations ciblées. Respectez toujours la démarche suivante : affirmation/justification (en citant le document)/explicitation du document.

COMMENT FAIRE QUAND IL Y A DEUX DOCUMENTS ?

- Certains sujets comportent deux documents : un texte et une photographie, un texte et un tableau, un texte et une carte… Vous allez devoir montrer en quoi ils peuvent se confirmer, se compléter ou s'opposer.
- La méthode est la même qu'avec un seul document, mais veillez particulièrement au point de vue de chaque document.
- Dans votre rédaction, évitez de consacrer un paragraphe entier à chaque document : efforcez-vous de les associer dans chacune de vos parties.

● La **conclusion** répond à la problématique, en reprenant les idées directrices de chaque partie. Elle s'achève sur un bilan critique du (des) document(s) : quel est son (leur) intérêt historique et géographique ? Quelles sont ses (leurs) limites ?

Guerre et paix dans l'Europe moderne

2 heures
10 points

▶ Faire la guerre, faire la paix en Europe aux XVIIe et XVIIIe siècles.

ÉTAPE 1 au brouillon — Analyser le sujet

10 min

Commencez par examiner la formulation du sujet. Identifiez le thème du programme concerné, définissez les notions et mots clés et précisez les bornes chronologiques et spatiales.

Formulation
- Deux propositions séparées par une virgule
- Bornes chronologiques et spatiales indiquées
- Proche de l'intitulé du thème 2 du programme

Notions et mots clés
- Faire la guerre : logiques des conflits armés
- Faire la paix : règles présidant à la résolution des conflits

Faire la guerre, faire la paix en Europe aux XVIIe et XVIIIe siècles

Bornes chronologiques et spatiales
- Début du XVIIe siècle : guerre de Trente Ans
- Fin du XVIIIe siècle : coalitions contre la France révolutionnaire
- En Europe

En tenant compte de ces informations, déterminez à quel type de sujet vous avez affaire. Vous demande-t-on :

- de retracer une évolution ?
- de décrire une situation ?
- d'analyser un phénomène ?
- de discuter une affirmation ?

Le sujet invite à analyser les caractéristiques des conflits européens à l'époque moderne (enjeux, acteurs, terrains d'affrontement...), ainsi que leurs modes de résolution.

ÉTAPE 2 *au brouillon*

Dégager la problématique

10 min

Réfléchissez aux différentes questions que suscite le sujet.

- *Quels sont les enjeux des guerres dans l'Europe moderne ?*
- *Quels sont les acteurs de ces conflits ?*
- *À quelles échelles se déroulent-ils ?*
- *Qui participe à la résolution de ces conflits ?*
- *Selon quelles règles sont-ils résolus ?*
- *Quelle grille de lecture peut permettre de les analyser ?*

Délimitez précisément les parties du programme sur lesquelles porte le sujet. Cela va vous permettre de mobiliser vos connaissances en vous posant les bonnes questions.

- *Le sujet porte à la fois sur l'**axe 1** (« la dimension politique de la guerre », référence à Clausewitz...) et sur l'**axe 2** (« le défi de la construction de la paix »).*
- ***De quels conflits dois-je parler ?** Ceux évoqués dans le programme : guerre de Trente Ans (1618-1648), guerre de Sept Ans (1756-1763), guerres de l'époque révolutionnaire et impériale (1792-1815).*
- ***Quels traités de paix dois-je évoquer ?** Les traités de Westphalie (1648), les traités mettant fin à la guerre de Sept Ans (1763).*
- ***Quelle grille d'analyse des conflits peut aider à les comprendre ?** Celle de Carl von Clausewitz (1780-1831), théoricien de la guerre moderne.*

Ce travail de réflexion et la mobilisation de vos connaissances vous permettent de dégager l'enjeu principal du sujet. Formulez-le sous la forme d'une question qui va vous servir de fil conducteur : c'est la problématique.

problématique

Dans quelle mesure la théorie de Clausewitz permet-elle de comprendre les guerres et leur résolution en Europe aux XVIIe et XVIIIe siècles ?

ÉTAPE 3 au brouillon

Construire le plan

15 min

Choisissez le type de plan le plus adapté pour répondre à la problématique. Ici un plan chronologique est le plus pertinent : en effet, le sujet couvre une période longue (deux siècles) marquée par de nombreux conflits. Par souci de clarté, il est préférable de les présenter successivement. Cependant, vous devez les analyser à la lumière de la théorie militaire de Clausewitz.

Chaque partie du plan doit développer une idée clairement formulée, qui fasse le lien avec la problématique.

Partie I

La guerre de Trente Ans (1618-1648) oppose les principaux États européens. Elle est résolue par des traités qui instaurent de nouvelles règles internationales (traités de Westphalie).

Partie II

Les guerres du XVIIIe siècle sont également des conflits entre États, qui sont résolus selon les principes westphaliens.

Dans un deuxième temps, faites appel à vos connaissances pour détailler votre plan. Chaque partie doit être subdivisée en deux ou trois sous-parties correspondant chacune à une **idée directrice**. Chacune de ces idées doit être justifiée par un ou plusieurs **arguments**, illustré(s) par des **exemples** le cas échéant.

Au brouillon, il n'est pas nécessaire de tout rédiger. Cependant, vous devez déjà mobiliser le vocabulaire approprié, dater et localiser les événements et en préciser les acteurs.

Voici ci-dessous ce que pourrait donner ce travail pour la **partie I**.

Partie I
La guerre de Trente Ans et sa résolution (1618-1648)

Idée 1
Un conflit dont les enjeux sont politiques et religieux

ARGUMENTS :
- Les Habsbourg de Vienne veulent dominer le Saint Empire.
- Ils veulent imposer le catholicisme en Europe et dans leurs territoires.

Idée 2
Un conflit marqué par un affrontement entre des États

ARGUMENTS :
- Les Habsbourg de Vienne et d'Espagne affrontent le Danemark, la Suède et la France.
- Le conflit est rythmé par des batailles décisives (ex. : Rocroi, 1643).

Idée 3
Un conflit résolu par des traités novateurs : les traités de Westphalie

ARGUMENTS :
- Les traités débouchent sur une réorganisation territoriale de l'Europe.
- Ils instaurent de nouvelles règles internationales.

Procédez ensuite de la même manière pour la **partie II**.

ÉTAPE 4 au propre

Rédiger l'introduction

10 min

L'introduction pose le sujet : elle explique ce dont vous allez parler et présente le fil conducteur de votre devoir. Elle formalise donc le travail préparatoire que vous avez effectué au brouillon au cours des trois premières étapes : vous devez y définir les mots clés et notions clés ; préciser les bornes chronologiques et spatiales du sujet ; formuler la problématique ; annoncer le plan. Il est préférable de la rédiger une première fois au brouillon.

Pour retenir l'attention du correcteur, commencez par une accroche. Cette dernière peut revêtir des formes diverses : citation, contextualisation du sujet, référence à une période précédente, etc.

[Accroche] *« La guerre n'est que la simple continuation de la politique par d'autres moyens », affirme Carl von Clausewitz dans son traité « De la guerre » paru en 1832. Cette idée-force nous permet d'analyser la guerre à l'époque moderne.* [Présentation du sujet] *Aux XVIIe et XVIIIe siècles, l'Europe est le théâtre d'affrontements entre les États qui cherchent à affirmer leur puissance, mais ceux-ci instaurent également de nouveaux modes de résolution des conflits.*

[Problématique] *Dans quelle mesure la théorie de Clausewitz permet-elle de comprendre les guerres et leur résolution en Europe pendant cette période ?*

[Annonce du plan] *Pour répondre à cette question, nous étudierons d'abord les ressorts de la guerre de Trente Ans et de la paix de Westphalie pour la première moitié du XVIIe siècle* [I] *; puis la logique de deux conflits du XVIIIe siècle, à savoir la guerre de Sept Ans et les guerres de la France révolutionnaire* [II].

CONSEIL
Cette phrase vous permet d'articuler l'accroche avec la présentation du sujet. Elle justifie le choix de votre citation.

ÉTAPE 5 au propre

Rédiger le développement

1 h

Il s'agit maintenant de rédiger au propre en suivant le plan détaillé que vous avez construit au brouillon. Vous devez exprimer clairement chaque idée et chaque argument, les illustrer par des exemples, utiliser des connecteurs logiques. Prévoyez des transitions entre les parties.

I. La guerre de Trente Ans et sa résolution (1618-1648)

1. Un conflit dont les enjeux sont politiques et religieux

La guerre de Trente Ans s'explique par des enjeux tant politiques que religieux. Sur le plan politique, la dynastie des Habsbourg de Vienne entend étendre sa domination sur le Saint Empire romain germanique.

Sur le plan religieux, les Habsbourg veulent imposer le catholicisme à une Europe divisée entre catholiques et protestants. Cependant, au sein même de leurs territoires, ils font face à des princes protestants comme l'Électeur palatin.

LÉGENDE
- Idée directrice
- Argument
- Exemple

2. Un conflit marqué par un affrontement entre des États

Les États sont les acteurs majeurs de la guerre de Trente Ans. S'il s'agit d'abord d'un conflit interne au Saint Empire, celui-ci devient rapidement international. Ainsi, les armées des Habsbourg de Vienne et d'Espagne affrontent le Danemark, la Suède puis la France, qui soutiennent les princes protestants. Selon la terminologie de Clausewitz, le conflit s'apparente à un duel entre États.

Dans cette logique, le conflit est rythmé par des batailles décisives. Ainsi, à Rocroi, en 1643, l'armée française dirigée par le duc d'Enghien (futur Grand Condé) met en déroute l'infanterie espagnole, réputée invincible. Cette bataille pousse les États belligérants à entamer des négociations de paix dès 1644.

INFO +
De 1618 à 1620, l'empereur Ferdinand II réprime la révolte des princes protestants de Bohême, soutenus par les princes protestants allemands.

CONSEIL
Puisque vous avez mis Clausewitz au centre de votre problématique, faites référence à sa théorie dans votre devoir.

3. Un conflit résolu par des traités novateurs : les traités de Westphalie (1648)

Après trois décennies d'un conflit militaire sanglant, les États belligérants redéfinissent les relations internationales par les traités de Westphalie (1648). Ceux-ci sont signés par l'empereur du Saint Empire romain germanique, d'une part, par la Suède et la France, d'autre part. Ils aboutissent à une réorganisation territoriale de l'Europe aux dépens du Saint Empire.

CONSEIL
Ne perdez pas de temps à détailler les modalités de cette réorganisation, accessoires au regard de la problématique.

Les traités instaurent de nouvelles règles internationales : l'égalité entre les États ; la souveraineté nationale ; l'équilibre international, garant de la paix. Pour préserver l'intégrité de chaque État est adopté le principe de l'unicité de la confession du prince et de ses sujets.

[Transition] Par ses enjeux, son déroulement et sa résolution, la guerre de Trente Ans illustre parfaitement les principes de Clausewitz, qui souligne la dimension politique de la guerre et le rôle fondamental des États.

CONSEIL
Ce paragraphe conclusif synthétise ce que vous avez développé dans la première partie. Il fait le lien avec la problématique et ouvre sur la partie suivante.

II. Les guerres du XVIIIe siècle et leur résolution

1. Des guerres entre États : l'exemple de la guerre de Sept Ans (1756-1763)

Par ses enjeux, son déroulement et sa résolution, la guerre de Sept Ans se caractérise par une logique étatique. Les enjeux du conflit sont politiques et territoriaux : la Prusse entend combattre l'influence autrichienne dans l'Empire et conserver la Silésie arrachée à l'Autriche lors d'un précédent conflit ; la France et l'Angleterre souhaitent étendre leurs empires coloniaux.

Il s'agit avant tout d'un affrontement entre les grandes puissances militaires européennes du XVIIIe siècle : l'Autriche, la France et leurs alliés (Russie, Suède, Espagne, princes allemands), d'une part, la Prusse et l'Angleterre, de l'autre.

INFO +
Sous le règne de Frédéric II (1740-1786), la Prusse s'affirme comme la principale puissance militaire européenne.

La guerre de Sept Ans est ponctuée par des batailles décisives. Ainsi, en 1757, la bataille de Rossbach remportée par la Prusse marque le recul de la puissance française en Europe après un siècle de domination.

Les traités de paix signés entre les États belligérants s'inscrivent dans la logique des traités de Westphalie, notamment la recherche d'un équilibre européen. Par le traité de Paris (1763), la France cède à l'Angleterre de nombreuses possessions coloniales (Canada, Indes) tout en en conservant certaines (Martinique, Guadeloupe, comptoirs en Afrique et en Inde). Par le traité de Hubertsbourg (1763), l'Autriche cède définitivement la Silésie à la Prusse qui réussit à faire contrepoids à la puissance autrichienne.

2. Des guerres à l'échelle continentale : l'exemple des guerres de la France révolutionnaire (1792-1799)

De 1792 à 1799, la France révolutionnaire doit successivement affronter deux coalitions des monarchies européennes : la guerre entre dans une nouvelle dimension. L'enjeu de ces guerres est idéologique : pour les États coalisés contre la France, il s'agit de combattre les principes révolutionnaires. Il est aussi politique : ils entendent lutter contre l'impérialisme français en Europe.

Les guerres donnent l'occasion à la France d'obtenir des victoires décisives : ainsi, la bataille de Fleurus (1794) permet de repousser la menace d'une invasion militaire autrichienne et d'ouvrir le chemin des Pays-Bas aux armées révolutionnaires.

La singularité de ces guerres réside dans l'importance de la mobilisation nationale chez les Français, qui souligne le principe populaire défini par Clausewitz. Par la levée en masse (1793) puis le système de la conscription (1798), la guerre devient l'affaire de toute la nation, non plus seulement des militaires professionnels.

INFO +
La levée en masse décrétée par la Convention en 1793 institue un véritable service militaire obligatoire pour sauvegarder l'intégrité du territoire.

ÉTAPE 6 au propre

Rédiger la conclusion

10 min

La conclusion répond à la problématique. Elle reprend les idées directrices du développement. Elle se termine par une ouverture qui relie le sujet à une autre piste de réflexion.

Pour laisser au correcteur une bonne impression, votre conclusion doit être soignée, tant dans la forme que dans le contenu. C'est pourquoi il vous est conseillé de la rédiger au brouillon avant de la recopier au propre.

[Réponse à la problématique] *Ainsi, les principes de la théorie militaire de Clausewitz permettent de comprendre les conflits européens et leur mode de résolution aux XVIIe et XVIIIe siècles. En effet, la guerre de Trente Ans et les traités de Westphalie qui y mettent fin confirment l'idée selon laquelle la guerre est un moyen pour les États d'atteindre des objectifs politiques. On retrouve cette logique lors de la guerre de Sept Ans. Toutefois, les guerres opposant la France révolutionnaire aux monarchies coalisées permettent de souligner la singularité de chacun de ces conflits : au principe politique et militaire prédominant jusqu'au milieu du XVIIIe siècle succède le principe populaire avec la mobilisation de la nation française à la fin du XVIIIe siècle.*
[Ouverture] *La théorie de Clausewitz reste une grille d'analyse des conflits pertinente jusqu'au milieu du XXe siècle. Elle inspire des stratèges aussi divers que le général allemand Ludendorff, Lénine ou Mao Zedong.*

CONSEIL
Dans la réponse à la problématique, soulignez une idée directrice de votre démonstration.

CONSEIL
Cette ouverture repose sur une affirmation qui montre au correcteur la solidité de vos connaissances.

ÉTAPE 7 au propre

Se relire

5 min

Relisez attentivement l'ensemble de votre copie pour corriger les fautes d'orthographe, de grammaire et de conjugaison.

Évitez les ratures et les astérisques avec des renvois qui donnent l'impression d'un travail peu élaboré.

2 L'étude critique de document(s) *étape* par *étape*

La révolution industrielle et l'environnement

2 heures
10 points

D'après le document proposé, montrez comment la révolution industrielle a bouleversé l'environnement.

Le texte à étudier est préparé selon les indications données dans l'étape 2.

DOCUMENT **La révolution industrielle et l'augmentation de la pollution**

En quelques dizaines d'années, la verdure des campagnes s'est muée en couleur de bitume. C'est avec la révolution industrielle et le déploiement à grande échelle des usines de charbon et de houille que la pollution est soudain devenue massive.

Dans la seconde moitié de XIXe siècle, pourtant, à une époque où la France renforce son industrialisation, les Français des villes et des régions industrielles découvrent les méfaits des usines et des mines. […]

Personne ou presque ne peut alors ignorer les conséquences désastreuses de la modernisation économique sur l'environnement, même si la notion de pollution n'est pas encore au cœur des préoccupations de la population. […]

Si *Germinal* révèle en 1884-1885 les tragédies qui se jouent dans le monde de la mine, d'autres écrivains célèbres mettaient déjà en scène quelques années plus tôt la France industrielle dans toute sa noirceur. […]

Les nuisances ne se limitent pas à cette forme de contamination, pourtant particulièrement agressive. À la noirceur de la ville s'agrège une pollution sonore assourdissante, que l'on mesurerait de nos jours en décibels.

Dans l'industrie métallurgique, on entend les marteaux-pilons ébranler le sol de leurs coups sourds. Dans les mines, ce sont les allers-retours assurés par les chevalements, structures qui descendent et remontent les mineurs et leur production, ou le bruit incessant des puissantes machines d'extraction à vapeur qui trépident pour alimenter les galeries en air pur.

Le « smog » – néologisme qui date du début du xxe siècle, formé à partir des mots « smoke » (fumée) et « fog » (brouillard) – londonien est quant à lui très présent dans les romans de Dickens, qui parle spécifiquement de « pollutions ». [...]

Partout où elle a eu lieu, quels que soient la période et le régime, l'industrialisation à marche forcée s'est d'abord installée aux abords des villes ou dans les campagnes. Dans un premier temps, le vert et le noir coexistent, avant que la pollution ne dévore le vert et finisse par ravager villes et campagnes en empoisonnant durablement leurs sols.

Si la prise de conscience vis-à-vis de la pollution industrielle a été relativement tardive, elle n'en reste pas moins un phénomène aussi ancien que l'industrie elle-même.

Diana Cooper-Richet, *The Conversation*, 12 février 2019, repris sur le site www.science-et-vie.com.

ÉTAPE 1 au brouillon — Étudier le titre et la consigne

5 min

Le titre du sujet et la consigne sont liés ; leur formulation est souvent proche. Ici, vous avez trois termes, dont deux sont des notions du cours :

- *L'**environnement** : combinaison d'éléments naturels et socio-économiques formant le cadre de vie des sociétés.*
- *La **révolution industrielle** : processus reposant sur l'utilisation de nouvelles ressources et l'invention de machines qui permettent d'augmenter la production. Il se traduit par la transformation progressive d'une société à dominante agraire et artisanale en une société industrielle.*
- *« **a bouleversé** » témoigne d'un changement important de l'environnement en raison de la révolution industrielle.*

Au-delà des deux notions, c'est le verbe « a bouleversé » qui doit orienter votre lecture du texte, puis votre problématique.

Le sujet nous invite à étudier l'impact de la révolution industrielle sur l'environnement.

ÉTAPE 2 — au brouillon
Lire le texte et faire le lien avec la consigne

15 min

Lisez une première fois le texte. Relevez les termes à expliquer :

- « **industrialisation** » (l. 6) : *développement de l'industrie.*
- « **pollution** » (l. 10) : *dégradation de l'environnement.*
- « **industrie métallurgique** » (l. 20) : *activités impliquant la production d'acier et de machines en acier comme la locomotive.*
- « **mines** » (l. 7) : *lieu d'où est extrait le charbon au XIXe siècle.*
- « **smog** » (l. 26) : *brume faite d'un mélange de polluants atmosphériques.*

Faites une **analyse externe du document** : identifiez son auteur, sa date et sa source, ainsi que son lieu (lieu de production du document ou lieu dont il traite). Regardez son titre : lui aussi peut vous aider.

Document

Nature, genre, source
- *Article en ligne*
- *« The Conversation », repris par « Science et Vie »*

Auteure
L'historienne Diana Cooper-Richet

Date et contexte
- *2019 : opinion publique sensible au développement durable*
- *L'Europe occidentale au XIXe siècle*

Thème
- *L'impact environnemental de la révolution industrielle*
- *Une pollution multiple*

Menez ensuite une **analyse interne** du texte, en le relisant attentivement plusieurs fois. Sélectionnez les passages qui vous paraissent apporter des éléments de réponse à la consigne, et éclairez-les par vos connaissances.

Vous devez alors être entre mesure de dégager deux ou trois thèmes majeurs. Attribuez une couleur à chacun et surlignez les passages correspondants.

Trois grands thèmes se dégagent du texte :
Les manifestations de la révolution industrielle
Son impact sur l'environnement
Une volonté de protéger l'environnement

ÉTAPE 3 au brouillon

Formuler la problématique et définir le plan

15 min

La problématique est un élément essentiel, qui permet d'évaluer votre capacité à donner du sens à votre propos. Elle amorce une réflexion qui progresse au fil du devoir et aboutit à la conclusion.

Votre problématique s'appuie sur la consigne. Vous devez l'enrichir avec des termes qui montrent que vous vous l'êtes appropriée. Évitez toutefois les termes qui n'apportent guère de sens, comme ici « évoluer » :

Comment ont évolué l'environnement et la révolution industrielle ?

Évitez les questions fermées, auxquelles vous pouvez répondre par oui ou non :

La révolution industrielle a-t-elle bouleversé l'environnement ?

La problématique doit se présenter sous la forme d'une question nuancée :

PROBLÉMATIQUE *Dans quelle mesure l'environnement a-t-il été bouleversé par la révolution industrielle ?*

Le **plan** doit rendre compte de votre analyse du texte et **répondre à la problématique** et à la consigne. Reprenez les thèmes dégagés du texte et confrontez-les à votre problématique. Affinez la formulation de chaque thème afin qu'il s'articule autour d'une idée qui apporte un élément de réponse.

Partie I

La révolution industrielle est un système de production qui apparaît au XIXe siècle. Il repose sur l'utilisation de nouvelles ressources et de machines qui permettent d'augmenter la production.

Partie II

La révolution industrielle se traduit par des pollutions multiples (air, sols, eaux) qui affectent le cadre de vie des sociétés.

Partie III

L'opinion publique observe ces transformations mais ne saisit pas pleinement la dégradation de l'environnement. Des artistes en font toutefois le cadre de leurs œuvres.

ÉTAPE 4 au brouillon — Préparer le brouillon et compléter le plan détaillé

20 min

- Certains éléments doivent être préparés au brouillon : l'introduction, le plan détaillé avec les passages du texte à citer et les connaissances à apporter, les transitions entre les parties, et enfin la conclusion.
- Soignez la construction du plan détaillé. Chaque partie doit reposer sur une idée clairement formulée, à laquelle chaque sous-partie apporte un argument. Veillez à exploiter le texte dans chaque sous-partie.
- Voici ce que pourrait donner ce travail pour la **partie I.**

Partie I
La révolution industrielle, un nouveau système de production

Argument 1
Des lieux deviennent emblématiques de la révolution industrielle
TEXTE : de la campagne au bitume (l. 1-2) ; « usines et mines » (l. 7)
CONNAISSANCES : exode rural ; usines Schneider au Creusot

Argument 2
La révolution industrielle est un processus qui transforme la structure économique et sociale de certains pays
TEXTE : France, 2e moitié du XIXe s. (l. 5) ; « modernisation économique » (l. 9)
CONNAISSANCES : autres pays touchés par la révolution industrielle ; mécanisation, travail à la chaîne

- Procédez ensuite de la même manière pour les **parties II et III.**
- Les **transitions** sont essentielles pour faire apparaître le cheminement de votre réflexion et enchaîner les parties de façon fluide. Vous devez donc les rédiger au brouillon ; par exemple entre la partie I et la partie II :

Le système économique est transformé par la révolution industrielle. Mais le recours aux machines et l'exploitation massive de ressources telles que le charbon ont un fort impact sur l'environnement.

S'ÉCHAUFFER

ÉTAPE 5 au propre

Rédiger l'introduction

10 min

L'introduction pose le sujet et montre comment vous vous l'êtes approprié. Elle doit présenter le document, formuler clairement la problématique et annoncer le plan du développement qui va suivre.

[Accroche] *En 1875, dans son tableau « La Forge », le peintre Adolf Menzel a représenté des ouvriers déshumanisés face à des machines. Il insistait ainsi sur les transformations provoquées par la révolution industrielle.*

[Présentation du sujet] *C'est sur ce thème que revient l'article proposé ici. Rédigé par l'historienne Diana Cooper-Richet, il a été publié sur le site « The Conversation » le 12 février 2019 et repris par la revue « Science et Vie ». L'auteure y montre l'ensemble des pollutions provoquées par la révolution industrielle et la perception qu'ont pu en avoir certains contemporains.*

[Problématique] *Dans quelle mesure, l'environnement a-t-il été bouleversé par la révolution industrielle ?*

[Annonce du plan] *La révolution industrielle apparaît d'abord comme un nouveau système de production* [I]*. Son impact sur l'environnement s'avère rapidement néfaste* [II]*. Quelques voix s'élèvent toutefois pour dénoncer les méfaits du système* [III]*.*

CONSEIL
Sur chaque thème du programme, essayez de connaître une ou deux œuvres que vous pourrez citer, notamment en accroche.

CONSEIL
Même si l'auteure et la source vous sont inconnues, ne vous contentez pas de les recopier : donnez-leur du sens en résumant en une phrase ce que dit le texte.

ÉTAPE 6 au propre

Rédiger le développement

45 min

Le développement constitue le cœur de votre devoir. Vous y avancez des arguments à partir du texte, puis les analysez en vous appuyant notamment sur vos connaissances. Celles-ci vous permettent de confirmer, nuancer et, le cas échéant, critiquer le document.

I. La révolution industrielle, un nouveau système de production

1. Les lieux de la révolution industrielle

La révolution industrielle implique un déplacement des populations qui quittent progressivement les campagnes pour les villes : « En quelques dizaines d'années, la verdure des campagnes s'est muée en couleur de bitume » (l. 1-2). Cet exode rural se fait progressivement ; en France, ce n'est qu'en 1931 que la population urbaine dépasse la population rurale. De plus, contrairement à ce que dit l'auteure, les campagnes ne sont pas complètement transformées : une agriculture moderne y côtoie une agriculture plus traditionnelle.

La première phase de la révolution industrielle repose sur le charbon et l'acier. Comme le rappellent la ligne 7, « les usines et les mines » deviennent les lieux symboliques de la révolution industrielle. Cela implique que les hommes et les femmes vivent à côté des lieux de production, comme au Creusot où sont installées les usines Schneider.

LÉGENDE
- Argument
- Référence au texte
- Apport de connaissances

CONSEIL
Dans cette phrase, vous nuancez ce que dit l'historienne à partir de vos connaissances : vous êtes donc en plein dans l'exercice !

2. Les mécanismes du processus

La révolution industrielle est un processus qui ne touche que certains pays à des moments différents. Si le Royaume-Uni est le premier espace à la connaître, la France entre dans cette nouvelle ère sous le Second Empire (1852-1870), comme le rappelle le texte aux lignes 5 et 6. Le processus gagne aussi l'Allemagne, puis l'Amérique du Nord et le Japon.

L'industrialisation amène à produire plus vite et en plus grande quantité grâce à la mécanisation et au travail à la chaîne. Cela est vu comme un progrès : l'auteure parle de « modernisation économique » (l. 9).

[Transition] Le système économique est transformé par la révolution industrielle. Mais le recours aux machines et l'exploitation massive de ressources telles que le charbon ont un fort impact sur l'environnement.

MOT CLÉ
La révolution industrielle repose sur l'utilisation de nouvelles ressources et l'invention de machines qui permettent d'augmenter la production dans de multiples activités, tant dans les milieux urbains que ruraux.

II. Un impact considérable sur l'environnement

1. Les ravages du charbon

La pollution la plus visible est d'abord celle provoquée par l'extraction et l'utilisation du charbon. Les villes et espaces spécialisés dans l'exploitation des mines de charbon sont en effet dominés par la couleur noire comme dans le Nord de la France. L'auteure insiste d'ailleurs sur cette couleur : « la France industrielle dans toute sa noirceur » (l. 14-15) ; « noirceur de la ville » (l. 17).

Le charbon est devenu la ressource principale de la première phase de la révolution industrielle. L'exploitation des mines est donc massive : « Dans les mines, ce sont les allers-retours assurés par les chevalements, structures qui descendent et remontent les mineurs et leur production » (l. 21-23).

2. Une pollution multiple

Pour autant, Diana Cooper-Richet insiste sur d'autres éléments pour montrer une pollution globale, par exemple la « pollution sonore » (l. 18). Dans les lignes 20 à 25, elle identifie les éléments responsables de ce bruit autant dans l'industrie métallurgique que les mines. Les outils tels les marteaux-pilons provoquent un bruit répétitif et constant.

Des pollutions particulières apparaissent avec l'industrialisation, comme le smog (l. 26), qui caractérise Londres au début du XXe siècle. Ce brouillard, nullement naturel, est causé par la fumée et les rejets toxiques des usines.

[Transition] Les sols, l'eau et l'air ont donc été fortement pollués par la révolution industrielle. Si l'opinion publique n'en a pas fait une priorité, elle a pris conscience des impacts négatifs du processus.

CONSEIL
Une transition conclut d'abord le raisonnement de la partie qui s'achève, puis ouvre sur le propos de celle qui suit.

III. Protéger l'environnement, un enjeu secondaire

1. Une prise de conscience limitée

Concentrées sur les transformations économiques et sociales, les populations ne prennent pas pleinement conscience des méfaits de l'industrialisation : « la prise de conscience vis-à-vis de la pollution industrielle a été relativement tardive » (l. 35-36).

Les ruraux partent vers les villes pour trouver un nouveau travail. Pour ces populations, l'économie l'emporte sur l'environnement, comme le rappelle l'historienne : « Personne ou presque ne peut alors ignorer les conséquences désastreuses de la modernisation économique sur l'environnement, même si la notion de pollution n'est pas encore au cœur des préoccupations de la population » (l. 8-11).

2. Le rôle des intellectuels

Pour autant, les artistes comme les peintres et écrivains ont fait des lieux de l'industrialisation le cadre de leurs œuvres. Le texte revient sur l'un des plus grands auteurs de la fin du XIXe siècle : « "Germinal" révèle en 1884-1885 les tragédies qui se jouent dans le monde de la mine » (l. 12-13). Émile Zola dresse un tableau précis et terrible des mines du Nord derrière son héros Étienne Lantier.

Les intellectuels observaient la société en transformation et se montraient parfois sensibles à l'impact des nouvelles activités sur l'environnement. Ainsi, le smog est « très présent dans les romans de Dickens » (l. 28) comme dans « Bleak House ».

À NOTER
Pour écrire *Germinal*, Émile Zola s'est documenté sur les mines du Nord-Pas-de-Calais et a interrogé des mineurs pour raconter leur vie quotidienne dans son roman.

ÉTAPE 7 au propre

Rédiger la conclusion

5 min

La conclusion clôt votre devoir : c'est la dernière image que vous laissez au correcteur. Pour ne pas la bâcler à la fin de l'épreuve, préparez-la dès le brouillon.

La conclusion est l'aboutissement de votre raisonnement. Elle doit donc répondre à la problématique et résumer votre appréciation du document. Elle se termine par une ouverture sur un autre sujet.

[Réponse à la problématique] *La révolution industrielle a fortement dégradé l'environnement mais rares ont été les politiques mises en place pour y remédier.* [Critique du document] *Le texte a le mérite de présenter l'ensemble des pollutions provoquées par la révolution industrielle, mais l'auteure observe ce processus avec le regard du XXIe siècle. Peu d'acteurs de cette époque, à l'exception des élites artistiques, avaient conscience de ce qu'était l'environnement.* [Ouverture] *La révolution industrielle et la mondialisation ont mis la priorité sur l'économie au détriment des enjeux environnementaux. Toutefois, aujourd'hui le système semble atteindre ses limites et de plus en plus voix, comme celle de Greta Thunberg, s'élèvent pour inverser la tendance.*

CONSEIL
Le recours à l'actualité peut être un bon moyen d'ouvrir votre sujet. Veillez à le faire de façon réfléchie. Cela montre que vous suivez l'actualité et portez un regard critique sur celle-ci.

ÉTAPE 8 au propre

Se relire

5 min

Ne négligez pas cette étape. Gardez un temps pour corriger les fautes d'orthographe (qui sont souvent des fautes d'étourderie) et les éventuels contresens, inévitables dans une épreuve de quatre heures.

S'entraîner sur chaque thème du programme

Faire la guerre, faire la paix

Identifier, protéger et valoriser le patrimoine

L'environnement

L'enjeu de la connaissance

3

France métropolitaine • Juin 2021

DISSERTATION

Construire la paix depuis 1648

2 heures
10 points

INTÉRÊT DU SUJET • C'est un sujet de cours : des connaissances précises et solides vous permettront de le traiter sans souci majeur à condition de maîtriser la méthode de la dissertation et de soigner votre expression écrite.

Quels sont les moyens pour construire la paix depuis 1648 ?

LES CLÉS DU SUJET

Analyser le sujet

Quels sont les moyens pour construire la paix depuis 1648 ?

Formulation
- Formule interrogative
- Borne chronologique de départ indiquée

Bornes chronologiques et/ou spatiales
- 1648 : traités de Westphalie
- Échelle mondiale (implicite)

Type de sujet
Sujet évolutif

Notions et mots clés
- Paix : état durable de non-guerre
- Moyens : modalités
- Construire : mettre en œuvre un processus dans la durée

Dégager la problématique

- À partir de 1648 (traités de Westphalie), la construction de la paix s'effectue par des traités internationaux. À partir du XXe siècle, s'impose peu à peu le principe de sécurité collective.
- Quels sont les moyens pour construire la paix depuis 1648 ?

Construire le plan

De 1648 à nos jours, les moyens de construction de la paix évoluent : un plan chronologique s'impose.

I. De 1648 au début du XXe siècle : construire la paix par les traités	• Quels sont les principes du système westphalien ? • Comment sont-ils mis en œuvre jusqu'au début du XXe siècle ?
II. Depuis le début du XXe siècle : construire la paix par la sécurité collective	• Dans quel contexte la sécurité collective s'impose-t-elle ? • Quelles sont les modalités et les limites de la sécurité collective ?

3 CORRIGÉ GUIDÉ

Les titres et les indications entre crochets ne doivent pas figurer sur la copie.

Introduction

▶ Le secret de fabrication

En commençant votre dissertation par une citation philosophique, vous donnez de la profondeur à votre propos en le situant sur un plan théorique. De plus, vous faites le lien entre guerre et paix, dans la logique des deux axes du programme consacrés respectivement à la dimension politique de la guerre et au défi de la construction de la paix. Enfin, vous établissez un pont entre vos connaissances de philosophie et d'histoire, ce qui sera apprécié du correcteur.

[Accroche] « L'état de paix n'est pas un état de nature, lequel est au contraire un état de guerre, c'est pourquoi il faut que l'état de paix soit institué », affirme le philosophe Emmanuel Kant dans son ouvrage *Vers la paix perpétuelle* (1795). Il souligne ainsi la difficulté d'instaurer une paix durable.

[Présentation du sujet] Cependant, dès 1648, avec les traités de Westphalie, les États européens fixent des règles internationales censées garantir la paix sur le continent. En vigueur jusqu'au début du XXe siècle, celles-ci sont ensuite remises en cause en raison des deux guerres mondiales.

[Problématique] Dans cette perspective, nous répondrons ainsi à la question suivante : quels sont les moyens pour construire la paix depuis 1648 ?

[Annonce du plan] Pour ce faire, nous reviendrons d'abord sur le système westphalien, en vigueur de 1648 au premier conflit mondial [I], puis sur les tentatives de mise en œuvre de la sécurité collective de 1918 à nos jours [II].

I. De 1648 au début du XXe siècle : construire la paix par les traités

1. Trente ans de conflits européens

• De 1618 à 1648, la guerre de Trente Ans, conflit d'abord interne au Saint Empire romain germanique, devient ensuite un conflit européen opposant les principales puissances de l'époque (Saint Empire, Espagne, Danemark, Suède, France).

• Son enjeu est à la fois politique et religieux : la dynastie des Habsbourg de Vienne entend imposer la domination du Saint Empire sur l'Europe ainsi que le catholicisme sur un continent divisé entre catholiques et protestants.

• Dès 1644, au moment où le Saint Empire est mis en difficulté, des négociations de paix sont entreprises.

2. La paix de Westphalie

• En 1648, les traités de Westphalie mettent fin à la guerre de Trente Ans. Outre une réorganisation territoriale de l'Europe aux dépens du Saint Empire, ils fixent de nouvelles règles internationales.

> **À NOTER**
> Il s'agit du traité d'Osnabrück signé entre l'empereur et la Suède et du traité de Münster entre l'empereur et la France.

• Tout d'abord, ils affirment l'égalité entre les États dans les relations internationales. Ensuite, ils reconnaissent la souveraineté de chacun d'entre eux, ce qui exclut toute ingérence dans leurs affaires intérieures. Enfin, ils recherchent un équilibre entre les États pour garantir la paix.

• En outre, les traités confirment le principe de l'unicité de la confession du prince et de ses sujets. La division religieuse de l'Europe est donc entérinée et avec elle disparaît le projet impérial d'une religion catholique universelle.

3. Un système westphalien durable

• De 1648 à 1789, les règles élaborées lors des traités de Westphalie sont mises en œuvre à l'issue des conflits européens : des congrès internationaux sont organisés pour signer des traités de paix. Ces derniers respectent l'égalité entre les États souverains et recherchent un équilibre entre eux, garant de la paix. C'est le cas du traité de Paris (1763) signé entre la France, l'Angleterre, l'Espagne et le Portugal, qui met fin à la guerre de Sept Ans.

• De 1792 à 1815, les guerres menées par la France révolutionnaire et impériale contre les monarchies européennes remettent en cause le système westphalien. En effet, l'hégémonie française sur le continent bafoue la souveraineté des États et l'équilibre entre puissances.

• Dès 1814-1815, le congrès de Vienne restaure le système westphalien. Jusqu'en 1914, ce dernier assure une paix relative à l'échelle continentale.

II. Construire la paix par la sécurité collective (depuis 1918)

1. Une tentative avortée : la Société des Nations

• La Première Guerre mondiale marque l'échec du système westphalien. C'est la raison pour laquelle, dès janvier 1918, le président des États-Unis Woodrow Wilson appelle de ses vœux la création d'une « association générale des nations » pour garantir la paix. Le principe de sécurité collective s'impose alors. Il préside à la création de la Société des Nations en avril 1919, qui regroupe d'abord 27 États.

> **MOT CLÉ**
> La sécurité collective est le principe selon lequel les États doivent répondre collectivement aux atteintes à la paix.

• La SDN, dont le siège est à Genève, est chargée de faire respecter le droit international pour éviter les guerres. Elle peut être amenée à voter des sanctions contre des États agresseurs, sans disposer toutefois de force armée.

• Dès 1920, le retrait des États-Unis de l'organisation la fragilise. Dans les années 1930, elle ne peut empêcher les agressions du Japon, de l'Italie et de l'Allemagne, qui conduisent au second conflit mondial.

2. Une nouvelle tentative : l'Organisation des Nations unies

• En juin 1945, avant même la fin de la Seconde Guerre mondiale, 51 États adoptent la charte des Nations unies lors de la conférence de San Francisco. Son premier objectif est le maintien de la paix, confié au Conseil de sécurité dont chacun des membres permanents (États-Unis, URSS, Chine, France, Royaume-Uni) dispose d'un droit de veto. Contrairement à la SDN, l'ONU dispose d'une force armée : les Casques bleus.

• Cependant, la guerre froide (1947-1991), marquée par l'antagonisme entre les États-Unis et l'URSS qui utilisent leur droit de veto comme une arme géopolitique, paralyse l'action de l'ONU. Ainsi, les opérations de maintien de la paix restent très limitées (15 entre 1948 et 1988).

3. La difficile mise en œuvre de la sécurité collective

• Depuis 1991, l'ONU semble retrouver son efficacité : le succès de la coalition internationale mandatée par elle contre l'Irak lors de la guerre du Golfe (1991) renforce sa légitimité ; les opérations de maintien de la paix sont plus nombreuses (55 entre 1988 et 2019) et concernent tous les continents ; les missions des Casques bleus se complexifient : présence militaire, organisation d'élections libres (ex. : au Timor oriental de 1999 à 2012).

• Cependant, la mise en œuvre de la sécurité collective se heurte à de nombreux obstacles : des guerres intra-étatiques (ex. : en ex-Yougoslavie), l'essor du terrorisme international (dès la fin des années 1990), l'unilatéralisme des États-Unis (à la suite des attentats du 11 septembre 2001). C'est dans ce contexte que le secrétaire général de l'ONU, Kofi Annan (1997-2006) œuvre en faveur de la sécurité collective : une Cour pénale internationale est créée en 1998 ; le principe juridique des États qui doivent protection à leur population est adopté en 2005. Cependant, son action est mise en échec au Kosovo, pourtant sous tutelle des Nations unies dès 1999.

À NOTER
Kofi Annan (1938-2018), haut fonctionnaire ghanéen, a fait toute sa carrière aux Nations unies. Il a reçu le prix Nobel de la paix en 2001.

Conclusion

[Réponse à la problématique] Ainsi, les moyens pour construire la paix ont profondément évolué depuis 1648. Des traités de Westphalie au premier conflit mondial, ce sont les traités signés entre États égaux et souverains à la recherche d'un équilibre qui s'imposent. Ensuite, sous le contrecoup des deux guerres mondiales, s'affirme le principe de sécurité collective, mis en œuvre par une organisation internationale (la SDN puis l'ONU). [Ouverture] Si de nombreuses voix s'élèvent en faveur d'une réforme de l'ONU (en augmentant par exemple le nombre de membres permanents du Conseil de sécurité), cette organisation conserve cependant sa légitimité en tant que garante de la paix.

Clausewitz et les conflits contemporains

2 heures
10 points

INTÉRÊT DU SUJET • Ce sujet est au cœur d'un des jalons du thème 2 : il vous invite à confronter le modèle de Clausewitz aux guerres irrégulières contemporaines liées au djihadisme. La présence d'un texte et d'une carte facilite la confrontation de ces deux modèles.

En analysant les documents, en les confrontant et en vous appuyant sur vos connaissances, répondez à la question suivante : la conception clausewitzienne de la guerre permet-elle de comprendre les conflits d'aujourd'hui liés au djihadisme ?

DOCUMENT 1

Le politologue et historien Raymond Aron analyse la pensée de Clausewitz développée dans son traité De la guerre.

Au point de départ, le modèle le plus simple, celui du duel, qui suggère une première définition de la guerre, épreuve de volonté avec l'emploi de la violence physique. L'analyse du modèle conduit à la théorie de l'ascension aux extrêmes […] et de la guerre absolue […]. En un deuxième moment, Clausewitz réintroduit les éléments principaux que le modèle a négligés : l'espace (un État n'est pas un lutteur, il dispose d'un territoire, d'une population) ; le temps (le sort d'une guerre, d'une bataille, d'un État ne se décide pas en un seul instant) ; l'asymétrie entre l'attaque et la défense, qui rend compte de la suspension des opérations ; enfin la politique, qui fixe la fin de la guerre elle-même et, en fonction de l'ensemble des circonstances, des intentions supposées de l'ennemi et des moyens disponibles, détermine le plan de guerre, la mesure des efforts. Le premier chapitre, résumé de la philosophie du traité tout entier, aboutit à une deuxième définition […] du phénomène guerre, étrange triade de la passion (le peuple), de la libre activité de l'âme (le chef de guerre) et de l'entendement (la politique, l'intelligence personnifiée de l'État).

[…] La pensée de Clausewitz se prête à deux interprétations, non pas contradictoires mais divergentes. Ou bien on retient pour centre de sa pensée la bataille d'anéantissement […]. Ou bien on fixe son attention sur l'autre versant de sa pensée : la guerre continuation de la politique par d'autres moyens ou avec l'addition d'autres moyens, donc la primauté de l'homme d'État sur le chef militaire, l'affirmation répétée que la guerre absolue ou idéale est la plus rare dans l'histoire, que la plupart des guerres, mesurées à la guerre absolue, ne sont que des demi-guerres. […]

Comparée au XXe siècle, la période révolutionnaire et napoléonienne ne semble qu'une pâle répétition d'une pièce d'horreur à grand spectacle.

Raymond Aron, *Mémoires*, Julliard, 1983.

DOCUMENT 2 Les terres de djihad en 2015

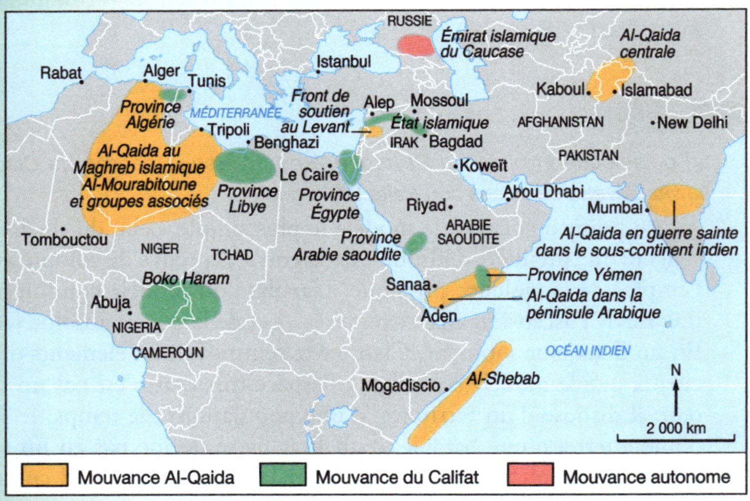

Source : Atelier de cartographie de l'Institut d'études politiques de Paris, 2015.

LES CLÉS DU SUJET

Identifier les documents

Documents 1 et 2

Nature, genre, source
- **Doc. 1 :** texte géopolitique, extrait de *Mémoires*
- **Doc. 2 :** carte géopolitique ; atelier de cartographie de Sciences-Po

Auteurs
- **Doc. 1 :** le politologue et historien Raymond Aron
- **Doc. 2 :** les cartographes de Sciences-Po

Date, espace et échelle
- **Doc. 1 :** 1983 ; espace non déterminé ; échelle mondiale
- **Doc. 2 :** 2015 ; de la Mauritanie à l'Inde ; échelle régionale

Thèmes
- **Doc. 1 :** le modèle de Clausewitz
- **Doc. 2 :** les zones d'implantation des mouvements djihadistes

Comprendre la consigne

- La consigne vous invite à interroger la **validité de la pensée de Clausewitz**, élaborée au XIXe siècle, à l'épreuve des conflits du XXIe siècle liés au **djihadisme.** Il s'agit de la guerre menée par des mouvements islamistes contre leurs adversaires.
- Le document 1 rappelle les principes fondamentaux de la **théorie militaire clausewitzienne.** Le document 2 permet d'en souligner les **limites**, en particulier dans leur **dimension spatiale.** Le sujet vous invite à mobiliser vos connaissances pour analyser ces documents.

Dégager la problématique et construire le plan

- Depuis le début du XXIe siècle, avec l'essor du djihadisme, les États sont confrontés à des guerres qui sortent du schéma classique théorisé par Clausewitz : les guerres irrégulières.
- C'est pourquoi, explicitement, le sujet vous invite à répondre à la problématique suivante : la conception clausewitzienne de la guerre permet-elle de comprendre les conflits contemporains liés au djihadisme ?

I. Les conflits contemporains : des duels entre États ?	• Quels sont les acteurs des conflits ? • S'agit-il d'une guerre d'anéantissement ?
II. Les conflits contemporains : une continuation de la politique par d'autres moyens ?	• Quels sont les espaces de la guerre ? • Quelle est la temporalité de la guerre ? • Y a-t-il une asymétrie attaque/défense ? • Quelle est l'importance du politique ?

4 CORRIGÉ GUIDÉ

Les titres et les indications entre crochets ne doivent pas figurer sur la copie.

Introduction

[Accroche] Aux XIXe et XXe siècles, le traité de théorie militaire *De la guerre* (publié en 1832) de Carl von Clausewitz est considéré comme une référence par de nombreux spécialistes des relations internationales. Cependant, avec l'essor de nouvelles formes de conflits liés au terrorisme islamiste à partir du début du XXIe siècle, les analyses clausewitziennes semblent moins pertinentes. [Présentation des documents] Les deux documents qui nous sont proposés en sont une illustration. Le premier est un texte géopolitique extrait des *Mémoires* du politologue et historien Raymond Aron. Publié en 1983, il analyse la pensée de Clausewitz à l'échelle mondiale. Le second est une carte géopolitique provenant de l'atelier de cartographie de Sciences-Po. Réalisée en 2015 par les cartographes de cette institution, elle présente à l'échelle régionale, de la Mauritanie à l'Inde, les zones d'implantation des mouvements djihadistes à ce moment-là. [Problématique] Nous analyserons ces documents pour répondre à la question suivante : la conception clausewitzienne de la guerre permet-elle de comprendre les conflits contemporains liés au djihadisme ? [Annonce du plan] Pour ce faire, nous prendrons en compte les deux interprétations de Raymond Aron : les conflits comme duels entre États [I], puis les conflits comme continuation de la politique par d'autres moyens [II].

I. Les conflits liés au djihadisme : des duels entre États ?

1. Le modèle le plus simple de Clausewitz…

• Comme le rappelle Raymond Aron au début de son texte, Clausewitz assimile la guerre à un duel au cours duquel deux États utilisent la violence pour l'emporter (« Au point de départ… de la violence physique », l. 1-3). En effet, Clausewitz a comme référence les guerres de la période moderne qui opposent des États ou des coalitions (guerre de Sept Ans, guerres des périodes révolutionnaire et impériale).

> **CONSEIL**
> Utilisez vos connaissances pour donner de la profondeur à votre analyse, au-delà des informations fournies par le document.

• L'objectif est de soumettre voire d'anéantir l'adversaire : c'est le concept de « guerre absolue ». D'où l'enjeu de la bataille décisive (« la bataille d'anéantissement ») au cours de laquelle se joue le sort de la guerre.

2. … à l'épreuve des conflits contemporains

• Comme nous le montre la carte, les conflits contemporains liés au djihadisme ne peuvent être assimilés à des conflits entre États. En effet, ils se caractérisent par l'affirmation d'acteurs non étatiques, en l'occurrence Al-Qaida et l'État islamique (désigné ici par le « Califat »). Ces organisations terroristes affrontent des États de la région (ex. : Boko Haram contre le Nigeria, le Niger, le Tchad et le Cameroun) ; ils s'attaquent également à des États extérieurs à la région (ex. : l'État islamique contre les puissances occidentales, la Russie et la Turquie).

• Par ailleurs, l'objectif de ces organisations n'est pas de soumettre ni d'anéantir leurs adversaires, plus puissants militairement. Elles engagent des conflits asymétriques. Le but est de déstabiliser l'adversaire en l'attaquant sur ses points faibles. Il n'y a donc pas de bataille décisive, mais plutôt une guerre d'usure. Ainsi, Al-Qaida, fondée en 1987, organise depuis la fin des années 1990 des attentats contre les intérêts occidentaux.

> **MOT CLÉ**
> Un conflit asymétrique se caractérise par un déséquilibre notable des forces militaires antagonistes.

[Transition] Le modèle le plus simple de la guerre pensé par Clausewitz et analysé par Raymond Aron ne peut donc servir à comprendre les conflits contemporains liés au djihadisme. Examinons maintenant si le modèle le plus élaboré a davantage de pertinence.

> **▶ Le secret de fabrication**
> Ce court paragraphe de transition vous permet d'articuler la première et la seconde partie de votre développement. Elle comprend une phrase de reprise de l'idée directrice déjà développée et une phrase d'ouverture sur ce qui sera développé.

S'ENTRAÎNER

II. Les conflits liés au djihadisme : une continuation de la politique par d'autres moyens ?

1. Le modèle le plus élaboré de Clausewitz…

• Dans son texte, Raymond Aron nous rappelle une formule célèbre de Clausewitz : « la guerre continuation de la politique par d'autres moyens » (l. 21-22). La guerre serait un moyen d'atteindre des objectifs politiques d'où « la primauté de l'homme d'État sur le chef militaire ».

• Dans le premier paragraphe, il énonce les caractéristiques de la guerre : un territoire ; une durée ; une alternance attaque/défense ; le contrôle de la guerre par la politique, « l'intelligence personnifiée de l'État » (l. 17).

• Enfin, il souligne la dynamique de la guerre, fruit d'un équilibre entre le peuple, le chef de guerre et l'État. D'une logique binaire (le « duel », l. 1) on passerait à une logique ternaire (la « triade », l. 15).

2. … à l'épreuve des conflits contemporains

• Les objectifs du djihadisme ne sont pas politiques mais idéologiques : il s'agit de lutter contre les valeurs occidentales au nom d'une interprétation stricte du Coran. Cependant, en s'autoproclamant calife en 2014, le chef de l'organisation État islamique, Abou Bakr Al-Baghdadi entend fonder un véritable État.

• Comme le montre en partie le document 2, les caractéristiques du djihadisme échappent à la grille d'analyse de Clausewitz : il n'y a pas un territoire du djihadisme mais des zones d'action dispersées ignorant les frontières étatiques (à l'exception de l'État islamique qui s'est taillé un État à cheval sur la Syrie et l'Irak) ; on ne peut déterminer avec certitude le début et la fin des guerres qui se greffent sur des conflits antérieurs (ex. : Libye, Irak, Afghanistan) ; le djihadisme est essentiellement offensif ; il échappe à tout contrôle étatique.

> **À NOTER**
> Les terres de djihad se situent souvent dans des États déchirés par de longues guerres civiles (ex. : Afghanistan depuis 1979).

• Quant à la dynamique peuple/chef de guerre/État, elle ne joue pas en raison du caractère transnational du djihadisme. Comme l'indique la légende de la carte, on est en présence de groupes autonomes qui, en faisant allégeance à Al-Qaida ou à l'État islamique, entrent dans leur « mouvance » (ex. : Al-Shebab en Somalie pour Al-Qaida, Province Libye pour l'État islamique). L'émirat islamique du Caucase reste autonome.

Conclusion

[Réponse à la problématique] Ainsi, ces documents nous montrent bien les limites de la pensée de Clausewitz pour comprendre les conflits contemporains liés au djihadisme. Tout d'abord, si le théoricien assimile la guerre à un duel entre États ayant pour finalité l'anéantissement de l'adversaire, ces conflits se caractérisent par l'affirmation d'acteurs non étatiques qui cherchent avant tout à déstabiliser leurs ennemis. Par ailleurs, Clausewitz voit la guerre comme un moyen pour un État d'atteindre un objectif politique ; d'où des caractéristiques spatiales, temporelles, tactiques et politiques bien déterminées. Or le djihadisme échappe à cette grille d'analyse par ses objectifs et ses modalités. [Intérêt et limites des documents] L'intérêt de ces documents est de permettre la confrontation entre la théorie et la réalité des conflits contemporains. Cependant, le document 2 est trop descriptif pour comprendre le fonctionnement du djihadisme.

5 Sujet zéro 2020 • ÉTUDE CRITIQUE DE DOCUMENT

Le modèle westphalien, ses caractéristiques et sa pertinence

2 heures
10 points

INTÉRÊT DU SUJET • Ce sujet vous permettra de porter un regard critique sur le modèle westphalien en le confrontant à la réalité des relations internationales contemporaines. Il sera l'occasion de montrer la solidité de vos connaissances personnelles.

En analysant le document et en vous appuyant sur vos connaissances, répondez à la question suivante : le « modèle westphalien » permet-il de comprendre les relations internationales d'aujourd'hui ?

DOCUMENT

Si la paix de Westphalie a marqué un tournant dans l'histoire des nations, c'est parce que les éléments qu'elle a mis en place étaient aussi simples que radicaux. L'État – et non l'empire, la dynastie ou la confession religieuse – s'affirma comme l'élément fondamental de l'ordre européen. La notion de souveraineté étatique fut établie. Le droit de chacun des signataires de choisir sa propre structure intérieure et son orientation religieuse personnelle indépendamment de toute intervention fut reconnu, tandis que des clauses absolument nouvelles veillaient à ce que des confessions minoritaires puissent pratiquer leur foi en paix, sans risquer la conversion forcée. Au-delà des exigences immédiates de l'heure, les principes d'un système de « relations internationales » se mettaient en place, nourris par le désir commun d'éviter la réapparition d'une guerre totale sur le continent. On institua des échanges diplomatiques, notamment par l'installation de représentants permanents dans les capitales des autres États […]. Les parties voyaient dans l'organisation future de conférences et de consultations la création de tribunes qui permettraient de régler les querelles avant qu'elles n'entraînent des conflits armés. Le droit international élaboré pendant la guerre par des conseillers lettrés et voyageurs tels que Hugo de Groot (Grotius) apparut comme un ensemble extensible de règles admises par tous, destinées à cultiver l'harmonie, centrées autour des traités de Westphalie eux-mêmes.

Le génie de ce système, et la raison pour laquelle il s'est répandu à travers le monde, était que ses dispositions portaient sur des points de procédure, et non de fond. Si un État acceptait ces conditions de base, il pouvait être reconnu comme un citoyen international en mesure de préserver sa culture, sa politique, sa religion et sa politique intérieure personnelles, à l'abri de toute intervention extérieure du système international. […] Le concept westphalien prenait la multiplicité comme point de départ et intégrait des sociétés diverses, dont chacune était acceptée comme une réalité, dans une quête d'ordre commune. Au milieu du XXe siècle, ce système international était en vigueur sur tous les continents ; il constitue toujours la charpente de l'ordre international actuel.

Henry Kissinger, *L'Ordre du monde*, édition originale 2014, traduction française, Fayard, 2016.

LES CLÉS DU SUJET

Identifier le document

Document

Nature, genre, source
- Traité géopolitique
- *L'Ordre du monde*

Auteur
Henry Kissinger, ancien secrétaire d'État des présidents américains Nixon et Ford

Date et contexte
2014 (traduit en français en 2016) : au moment où le leadership des États-Unis et l'autorité de l'ONU sont contestés

Thème
La pérennité du modèle westphalien

Comprendre la consigne

• La consigne vous invite à montrer en quoi les règles internationales élaborées lors des traités de Westphalie (1648) président aux relations internationales contemporaines.
• L'auteur souligne l'actualité de ce « modèle westphalien » : à l'aide de vos connaissances, vous devez critiquer son point de vue.

Dégager la problématique et construire le plan

• Le principal enjeu du sujet est de montrer les principes de fonctionnement des relations entre États au début du XXIe siècle en les reliant au « système westphalien », garant de la paix dans le monde.
• La problématique est indiquée par le sujet : le « modèle westphalien » permet-il de comprendre les relations internationales d'aujourd'hui ?

I. Un ordre mondial fondé sur les États ?	• Quels principes régissent les relations internationales ? • En quoi obéissent-ils au modèle westphalien ?
II. Un système international garant de la paix ?	• Comment fonctionnent les relations internationales ? • Dans quelle mesure traduisent-elles l'héritage westphalien ?

5 CORRIGÉ GUIDÉ

Les titres et les indications entre crochets ne doivent pas figurer sur la copie.

Introduction

[Présentation du document] Le document proposé est extrait d'un traité géopolitique *L'Ordre du monde* écrit par l'Américain Henry Kissinger qui a été notamment secrétaire d'État des présidents Richard Nixon et Gerald Ford. Il a été rédigé en 2014, au moment où le leadership des États-Unis et l'autorité de l'ONU sont contestés. L'auteur y défend la pérennité des règles élaborées lors des traités de Westphalie en 1648. [Problématique] Nous analyserons ce texte pour répondre à la question suivante : dans quelle mesure le « modèle westphalien » permet-il de comprendre les relations internationales contemporaines ? [Annonce du plan] Aussi aborderons-nous deux axes d'analyse : l'ordre mondial est-il toujours fondé sur les États ? [I] Le système des relations internationales contemporaines est-il garant de la paix ? [II]

I. L'ordre mondial est-t-il toujours fondé sur les États ?

1. Les États au cœur du système westphalien

- La paix de Westphalie (1648), qui met fin à la guerre de Trente Ans (1618-1648), instaure de nouveaux principes dans les relations internationales. C'est ce que rappelle Henry Kissinger au début de ce texte (« Si la paix de Westphalie… que radicaux », l. 1-3).

- Le premier de ces principes est le rôle fondamental des États dans l'organisation politique de l'Europe. La logique étatique supplante alors la logique impériale, dynastique ou religieuse ; celle-ci est incarnée par le Saint Empire romain germanique dirigé par la dynastie catholique des Habsbourg (« L'État… ordre européen », l. 3-5).

- Le second est la reconnaissance de la souveraineté des États, qui exclut toute ingérence dans les affaires internes, notamment religieuses. Il rappelle ainsi l'ambition des Habsbourg d'imposer le catholicisme à l'ensemble du continent européen dans la première moitié du XVIIe siècle (« La notion de souveraineté… conversion forcée », l. 5-10).

> **CONSEIL**
> En citant cet exemple, vous explicitez le propos de l'auteur en vous appuyant sur vos connaissances personnelles : c'est un atout pour votre copie.

2. Des relations internationales dominées par les États ?

- À l'heure actuelle, les États restent les principaux acteurs des relations internationales, comme l'illustre la puissance mondiale des États-Unis et de la Chine. Cependant, depuis la fin du XXe siècle, s'affirment des acteurs non étatiques comme les organisations terroristes internationales (Al-Qaida, l'organisation État islamique) qui contestent précisément le rôle des États.

- De même, la souveraineté des États est souvent mise à mal par de nombreuses ingérences extérieures. Ainsi, depuis 2015, une coalition de pays musulmans sunnites dirigée par l'Arabie saoudite mène une intervention militaire au Yémen contre une rébellion chiite soutenue par l'Iran.

> **À NOTER**
> L'Arabie saoudite considère le Yémen comme son « arrière-cour » ce qui justifie pour elle cette intervention militaire.

II. Le système international est-il garant de la paix ?

1. L'héritage du modèle westphalien

• Comme le rappelle Henry Kissinger, les traités de Westphalie, inspirés par la pensée de Grotius, ont pour but d'éviter la guerre par des règles internationales élaborées de concert par les États (« Le droit international… eux-mêmes », l. 19-23). Parmi ces règles : la souveraineté des États, l'égalité entre eux, la recherche d'un équilibre européen, la reconnaissance de la diversité religieuse du continent.

> **À NOTER**
> Auteur du traité *De Jure Belli ac Pacis* (1625), le Néerlandais Hugo de Groot, dit Grotius, est considéré comme un des pères fondateurs du droit international.

• L'action diplomatique et l'organisation de conférences internationales deviennent peu à peu les moyens privilégiés pour garantir la paix en Europe (« On institua des échanges… conflits armés », l. 14-18). Nous pouvons penser au congrès de Vienne (1814-1815), qui clôt les guerres des périodes révolutionnaire et impériale, ou à la conférence de la paix de Paris (1919-1920), qui fait suite au premier conflit mondial.

2. Des relations internationales pacifiques ?

• D'après Henry Kissinger, le système westphalien, destiné à garantir un ordre européen, s'est étendu ensuite à l'échelle mondiale. Il fait implicitement référence à la création de l'Organisation des Nations unies en 1945, qui était destinée notamment à maintenir la paix et la sécurité dans le monde (« Au milieu du XXe siècle… ordre international actuel », l. 33). La Charte des Nations unies reprend alors les principes fixés par les traités de Westphalie.

• Forte de 51 membres lors de sa création, l'ONU est passée à 184 membres en 1994 puis 193 membres aujourd'hui, intégrant peu à peu des États d'Afrique et d'Asie autrefois colonisés puis d'anciens États du bloc soviétique (« Le concept westphalien… une quête d'ordre commune », l. 30-33).

• Cependant, si l'ONU conserve un rôle important dans le maintien de la paix (envoi de casques bleus dans de nombreuses zones de guerre), elle semble impuissante face à certains conflits dans lesquels interviennent des puissances régionales ou des organisations terroristes (ex. : Mali, République démocratique du Congo, Syrie, Yémen, Irak, Afghanistan). Henry Kissinger se montre donc trop optimiste quant au bilan de l'action de l'ONU.

> **CONSEIL**
> Ce type de remarque souligne votre esprit critique vis-à-vis du point de vue de l'auteur : c'est donc un élément qui valorise votre copie.

Conclusion

[Réponse à la problématique] Ainsi, d'après l'analyse de ce document et nos connaissances personnelles, nous pouvons conclure que le modèle westphalien ne permet que partiellement de comprendre les relations internationales contemporaines. En effet, selon l'auteur, ce modèle repose sur le rôle central des États dans l'organisation politique de l'Europe et l'affirmation de leur souveraineté. Or, à l'heure actuelle, les acteurs non étatiques contestent leur rôle, et leur souveraineté est parfois mise à mal par des ingérences extérieures à l'occasion de conflits. D'autre part, il rappelle que le modèle westphalien repose sur l'élaboration d'un droit international et la prédominance de la diplomatie sur la guerre. À l'heure actuelle, l'ONU semble garante de ces principes mais parvient difficilement à assurer une paix durable dans certaines régions du monde, comme l'« arc des crises », qui va du Sahel à l'Afghanistan [Critique du document] L'intérêt de ce texte est de souligner la force et la longévité du modèle westphalien à travers l'histoire. Cependant, ayant exercé ses fonctions durant la guerre froide, l'auteur reste prisonnier d'un schéma peu valide en ce début du XXIe siècle.

▶ Le secret de fabrication

Vous pouvez ainsi souligner la principale limite du document en fin de conclusion : cela vous permet d'achever votre analyse de façon particulièrement pertinente. En effet, le point de vue de Henry Kissinger, qui a exercé ses plus hautes responsabilités diplomatiques durant les années 1970, est daté. C'est ce qui sous-tend l'ensemble de votre développement. Il est donc tout à fait bienvenu de clore votre démonstration par cette remarque. Le correcteur appréciera sans doute l'esprit critique dont vous faites preuve.

6 Sujet spécimen 2021
ÉTUDE CRITIQUE DE DOCUMENTS

Des guerres de nature différente

2 heures
10 points

INTÉRÊT DU SUJET • Il s'agit d'un sujet de synthèse qui couvre le premier axe et l'objet conclusif du thème 2. Il vous permettra de valoriser à la fois vos connaissances et vos qualités d'analyse.

En analysant les documents, en les confrontant et en vous appuyant sur vos connaissances, caractérisez les différentes formes de guerres.

DOCUMENT 1

ph © akg-images

Frédéric II marchant le 25 août 1758 à la tête de ses troupes à la bataille de Zorndorf, une victoire prussienne sur les troupes russes pendant la guerre de Sept Ans.

D'après le tableau du peintre allemand Carl Röchling, 1904.

S'ENTRAÎNER

DOCUMENT 2

Au moment où il écrit cet ouvrage, Marc Trévidic est juge d'instruction au pôle national antiterroriste à Paris.

Évidemment, et ce nom revenait aussi dans les dossiers, Al-Qaida était au centre de mes lectures. Aujourd'hui, personne n'ignore ce qu'est cette organisation, le nom d'Oussama Ben Laden est célèbre dans le monde entier. Avant le 11 septembre, Al-Qaida était surtout connu des services spécialisés. Certes, Ben Laden était depuis la fin des années 1990 l'un des fugitifs les plus recherchés par le FBI. Son nom et celui de son organisation apparaissaient dans certains articles de presse ou reportages télé. Mais dans la tête du grand public, il n'était pas encore l'ennemi public numéro un. Al-Qaida était au mieux un nom bizarre. Et l'idée que cette obscure organisation puisse faire vaciller l'Amérique était proprement inconcevable. [...] L'Occident a laissé les camps d'entraînement afghans prospérer, les jihadistes ont pu circuler dans le monde entier, librement, ou sous de fausses identités, tandis que les théoriciens de la terreur lançaient des fatwas[1] depuis Londres, sans être inquiétés. Les attentats se multipliaient, les menaces de Ben Laden contre l'Occident ne cessaient d'enfler, ses troupes grossissaient mais rien n'a pu stopper cette machine infernale. En retraçant la montée en puissance d'Al-Qaida, graduelle, planifiée, méthodique, on réalise à quel point la catastrophe était prévisible. Permettez-moi ce retour historique. Al-Qaida est un mot arabe que l'on peut traduire par « la base ». Ces dernières années, les théories se sont succédé sur les raisons pour lesquelles ce mot a finalement été choisi pour désigner la plus grande organisation terroriste du monde. Il est même difficile d'accorder la paternité de ce choix à qui que ce soit. Il fallait bien un nom car toute chose doit être nommée. Certains disent qu'il s'agit de désigner avant toute chose une « base militaire », d'autres soutiennent qu'il s'agit d'une base de données. Force est de constater qu'Al-Qaida a été les deux.

Marc Trévidic, *Au cœur de l'antiterrorisme*, 2011.

1. Dans le droit musulman, une fatwa est un avis religieux et juridique, sur une question concrète. Ici, le mot est synonyme de condamnation.

LES CLÉS DU SUJET

Identifier les documents

Documents 1 et 2

Nature, genre, source
- **Doc. 1** : tableau historique de source inconnue
- **Doc. 2** : texte extrait de l'essai géopolitique *Au cœur de l'antiterrorisme*

Auteur
- **Doc. 1** : le peintre allemand Carl Röchling
- **Doc. 2** : Marc Trévidic, juge d'instruction au pôle national antiterroriste français

Date et contexte
- **Doc. 1** : 1904, au moment de la montée des tensions en Europe
- **Doc. 2** : 2011, dix ans après les attentats du 11 septembre

Thèmes
- **Doc. 1** : la victoire prussienne sur les troupes russes à Zorndorf (1758)
- **Doc. 2** : la montée en puissance d'Al-Qaida

Comprendre la consigne

• Vous devrez préciser les caractéristiques des différentes formes de guerre abordées par chacun des deux documents : une guerre « classique » qui correspond au modèle théorisé par Clausewitz ; une guerre irrégulière qui s'en éloigne.

• Vous devrez mettre en relation les deux documents en les analysant ensemble à l'aide de critères étudiés en cours (nature des conflits, acteurs des conflits).

Dégager la problématique et construire le plan

• Si le modèle de Clausewitz permet de caractériser les conflits du XVIIIe siècle, il n'est plus pertinent pour analyser ceux de la période contemporaine. En effet, on est passé de guerres classiques à des guerres irrégulières.

• La problématique peut être celle-ci : Quelles sont les différences entre les guerres classiques de l'époque moderne et les guerres irrégulières contemporaines ? On pourra y répondre à l'aide d'un plan thématique.

I. La nature des guerres	• À quelle échelle le conflit se déroule-t-il ? • S'agit-il de conflits exclusivement politiques ? • Peut-on mesurer l'intensité des conflits ?
II. Les acteurs des guerres	• Quel est le rôle des États ? Quel est celui des acteurs non étatiques ? • Comment s'équilibrent les forces en présence ?

6 CORRIGÉ GUIDÉ

Les titres et les indications entre crochets ne doivent pas figurer sur la copie.

Introduction

[Accroche] Élaborée au début du XIXe siècle, la théorie militaire de Carl von Clausewitz permet d'analyser les conflits de l'époque moderne. Cependant ceux de l'époque contemporaine semblent échapper à cette grille d'analyse, comme le montrent ces deux documents. [Présentation des documents] Le premier document proposé est un tableau historique du peintre allemand Carl Röchling, réalisé en 1904 au moment de la montée des tensions entre États européens. Il représente la bataille de Zorndorf (1758) durant la guerre de Sept Ans. Le second document est un extrait d'un ouvrage publié en 2011, *Au cœur de l'antiterrorisme,* par Marc Trévidic, juge d'instruction au pôle national antiterroriste entre 2006 et 2015. Ce texte géopolitique décrit la montée en puissance de l'organisation Al-Qaida.

> **À NOTER**
> Carl Röchling (1855-1920) est un peintre allemand spécialisé dans la représentation de scènes de guerre et historiques.

[Problématique] Nous analyserons ces documents, en les confrontant, pour répondre à la question suivante : quelles sont les différences entre les guerres classiques de l'époque moderne et les guerres irrégulières contemporaines ?
[Annonce du plan] Pour ce faire, nous reviendrons sur la nature de ces conflits [I] puis sur leurs acteurs [II].

I. Des conflits de nature différente

1. Des échelles différentes

- Le document 1 nous rappelle que la guerre de Sept Ans, type même d'une guerre classique, est un conflit européen ; il oppose les troupes prussiennes aux troupes russes dans le cadre d'alliances, entre la Prusse et l'Angleterre, d'une part, la Russie, l'Autriche, la France, la Suède, l'Espagne et les princes allemands, de l'autre.

- Le document 2 souligne la dimension planétaire de l'activité d'Al-Qaida tant dans sa visibilité (« le nom d'Oussama Ben Laden est célèbre dans le monde entier », l. 3-4) que dans son champ d'action (« les jihadistes ont pu circuler dans le monde entier », l. 12-13).

2. Des enjeux différents

- Le principal enjeu de la guerre moderne est politique : il s'agit pour l'État belligérant d'affirmer sa puissance face à l'adversaire. Carl Röchling a choisi de

S'ENTRAÎNER

représenter le moment de la bataille de Zorndorf où le roi de Prusse Frédéric II donne à ses troupes la victoire sur les Russes. Au cours de la guerre de Sept Ans, la Prusse s'affirme en effet comme une grande puissance européenne.

- L'enjeu des attentats terroristes perpétrés par Al-Qaida est idéologique. Comme le note Marc Trévidic (« L'Occident a laissé… sans être inquiétés », l. 12-15), le principal objectif de cette organisation est de lutter contre les valeurs occidentales au nom d'une interprétation littérale et stricte du Coran.

3. Des conflits d'inégale intensité

- Comme le suggère le nombre de cadavres au premier plan du tableau (document 1), les guerres modernes sont particulièrement meurtrières. Ainsi, la bataille de Zorndorf entraîne en une seule journée la mort d'environ 10 000 soldats prussiens et 20 000 soldats russes.

- Le document 2 n'aborde pas explicitement le bilan humain des attentats perpétrés par Al-Qaida (« les attentats se multipliaient », l. 15-16). Cependant nous savons qu'en 2011, le nombre de victimes du terrorisme dans le monde s'élevait à 7 000 environ. Le nombre de victimes est donc relativement limité, comparé à celui des guerres modernes.

CONSEIL
N'hésitez pas à souligner les limites du document pour valoriser votre esprit critique auprès du correcteur.

II. Des acteurs différents

1. Acteurs étatiques et non étatiques

- Les principaux acteurs des guerres modernes sont les États. Le tableau de Carl Röchling le souligne bien avec la présence du roi de Frédéric II brandissant le drapeau du royaume de Prusse. Il précède les soldats de son armée, vêtus du même uniforme, qui se lancent à l'assaut des troupes russes (non représentées ici).

> **▶ Le secret de fabrication**
> Lorsque vous êtes en présence d'un document iconographique (tableau, photographie), vous devez en exploiter les informations pour justifier votre propos, en évitant la simple description qui ne serait qu'une forme de paraphrase. En relevant les éléments propres à l'entité étatique (le souverain, le drapeau, l'uniforme), vous êtes bien dans une logique argumentative.

- Le XXIe siècle voit l'irruption de « la plus grande organisation terroriste du monde » (l. 23-24) : Al-Qaida. Cette dernière agit en réseau à l'échelle mondiale sans direction centralisée ni ancrage territorial. Marc Trévidic souligne combien les États occidentaux, restés dans une logique de guerre froide, semblent impuissants face à cet adversaire (« Et l'idée… cette machine infernale », l. 10-18).

2. D'une guerre symétrique à une guerre asymétrique

• Les guerres de l'époque moderne se caractérisent par un relatif équilibre entre les forces militaires en présence. C'est pourquoi, il faut sept longues années de guerre pour que la Prusse sorte victorieuse de son affrontement avec l'Autriche et ses alliés.

• Au contraire, à l'époque contemporaine, la lutte des États occidentaux contre le terrorisme est asymétrique : les États-Unis, première puissance militaire mondiale, font face à quelques milliers de combattants. Ces derniers les attaquent sur leurs points faibles avec des attentats ciblés (comme ceux du 11 septembre), qui ont un fort impact psychologique sur les populations en raison de leur médiatisation (« Aujourd'hui… dans le monde entier », l. 2-4).

> **MOT CLÉ**
> Une guerre asymétrique se caractérise par un déséquilibre des forces militaires antagonistes.

3. D'une guerre régulière à une guerre irrégulière

• La guerre de l'époque moderne voit s'affronter principalement les armées régulières des États belligérants. Le document 1 rappelle que la bataille de Zorndorf marque la victoire de l'armée prussienne face à l'armée russe. C'est un des résultats de la réorganisation de l'armée prussienne mise en œuvre par le roi Frédéric-Guillaume Ier (1713-1740), père de Frédéric II.

• L'époque contemporaine est celle de guerres irrégulières, comme celle menée par Al-Qaida : cette organisation (« base militaire », l. 27) n'a pas d'armée régulière ; il n'y a plus de distinction entre combattants et non-combattants puisque les civils constituent des cibles privilégiées ; il n'y a plus de terrain d'affrontement circonscrit (« les jihadistes… le monde entier », l. 12-13).

Conclusion

[Réponse à la problématique] Ainsi, les deux documents proposés soulignent bien les différences entre les guerres modernes et les guerres contemporaines. Elles divergent d'abord par leur nature : à des conflits européens, aux enjeux politiques et de forte intensité s'opposent des conflits mondiaux, aux enjeux idéologiques et de moindre intensité. Par ailleurs, si les premières sont dominées par des États mobilisant leurs armées, avec un relatif équilibre des forces en présence, les secondes voient s'affirmer des acteurs non étatiques et sont à la fois asymétriques et irrégulières. [Intérêt et limites des documents] Les documents illustrent deux formes de guerre. Cependant, le document 1 n'est pas un document source, ce qui peut fausser l'analyse de la guerre moderne. Par ailleurs, le document 2, écrit dix ans après les attentats du 11 septembre, se montre parfois déterministe quant à la montée en puissance d'Al-Qaida (« la catastrophe était prévisible », l. 19-20).

7 Sujet spécimen 2021
ÉTUDE CRITIQUE DE DOCUMENTS

Clausewitz à l'épreuve des tentatives de paix au Moyen-Orient

2 heures
10 points

INTÉRÊT DU SUJET • Cette étude, assez difficile, doit vous permettre de faire preuve de réflexion pour mettre en lien la théorie de Clausewitz avec la tentative de résolution du conflit israélo-palestinien. La bonne compréhension du texte s'avère indispensable pour la mener à bien.

En analysant les documents, en les confrontant et en vous appuyant sur vos connaissances, montrez que la pensée de Clausewitz reste d'actualité pour comprendre la difficile construction de la paix au Moyen-Orient.

DOCUMENT 1

On ne peut considérer la guerre, c'est-à-dire les tensions et les actions hostiles, comme ayant atteint son terme aussi longtemps que la volonté de l'ennemi n'a pas été brisée, son gouvernement et ses alliés contraints de faire la paix, son peuple de se soumettre. Car il se peut que les hostilités reprennent, de l'intérieur du pays ou par l'entremise de ses alliés, quand bien même nous l'occupons tout entier. Bien entendu, cela peut avoir lieu aussi après que la paix a été conclue, ce qui ne prouve rien d'autre que ceci : toutes les guerres n'aboutissent pas à un verdict définitif et à un règlement parfait. Même si tel est le cas, cependant, la signature de la paix éteint toujours bien des étincelles qui auraient continué de couver […].

Mais dans le monde réel, cette fin de la guerre abstraite, cet ultime moyen de réaliser la fin politique auquel concourent tous les autres, à savoir la réduction de l'adversaire à l'impuissance, n'est pas à tout coup à portée de la main, et n'est pas non plus la condition *sine qua non* de la paix ; il ne peut donc en aucun cas être érigé en loi par la théorie. D'innombrables traités de paix furent signés sans que l'un des deux camps puisse être considéré comme réduit à l'impuissance, et même avant que l'équilibre des forces ait été visiblement rompu [...].

Dans la réalité, avec l'incapacité à résister plus avant, il y a deux raisons de faire la paix. La première est l'invraisemblance de la victoire, la deuxième son coût trop élevé [...].

La guerre n'a donc pas toujours besoin que les combats continuent jusqu'à l'anéantissement de l'un des antagonistes ; il peut suffire parfois d'une probabilité d'insuccès légère, peut-être à peine perceptible, pour décider un camp à abandonner la partie si ses motifs d'agir et les tensions qui l'animent sont de faible intensité. Si l'autre côté en est persuadé à l'avance, il est normal qu'il vise à réaliser cette probabilité au lieu d'emprunter le long chemin de l'anéantissement complet de l'adversaire.

Le bilan de l'énergie dépensée et de celle qui reste à dépenser pèse d'un poids encore supérieur dans la décision de faire la paix. La guerre n'étant pas commise par passion aveugle, mais contrôlée par son objectif politique, c'est la valeur attribuée à ce dernier qui détermine l'ampleur des sacrifices requis par sa réalisation. Cela vaut non seulement pour son ampleur mais également pour sa durée. Dès que la dépense d'énergie passe le seuil où elle n'est plus équilibrée par la valeur de l'objectif politique, il faut y mettre un terme, et la paix s'ensuit logiquement.

Carl von Clausewitz, *De la guerre*, livre I, chapitre II, 1832, traduction française de 1999.

S'ENTRAÎNER

DOCUMENT 2

Sur la photo, de gauche à droite : le ministre des Affaires étrangères de Russie Andrei Kozyrev ; le Premier ministre d'Israël Yitzhak Rabin ; un fonctionnaire américain ; le président des États-Unis Bill Clinton ; assis, le ministre des Affaires étrangères d'Israël Shimon Peres ; le président de l'Organisation de libération de la Palestine (OLP) Yasser Arafat ; le secrétaire d'État américain Warren Christopher ; le numéro 2 de l'OLP Mahmoud Abbas.

Signature à Washington des accords d'Oslo, 13 septembre 1993, photographie AFP/Getty Images.

LES CLÉS DU SUJET

Identifier le document

Nature, genre, source
- **Doc. 1** : traité militaire, *De la guerre*
- **Doc. 2** : photographie officielle, AFP

Auteur
- **Doc. 1** : le théoricien prussien Carl von Clausewitz (1780-1831)
- **Doc. 2** : pas d'auteur identifié

Documents 1 et 2

Date et contexte
- **Doc. 1** : 1832, après les guerres contre la France révolutionnaire et impériale
- **Doc. 2** : 13 septembre 1993, après les négociations secrètes entre Israël et l'OLP

Thèmes
- **Doc. 1** : les raisons de faire la paix
- **Doc. 2** : les accords israélo-palestiniens d'Oslo

Comprendre la consigne

- La consigne vous invite à montrer que la construction de la paix au Moyen-Orient peut être analysée à la lumière des principes énoncés par Clausewitz dans son traité militaire *De la guerre*.
- Vous partirez des idées directrices du document 1 en les reliant à ce que vous savez du processus de paix israélo-palestinien. Le document 2 n'illustre qu'une étape de ce dernier.

Dégager la problématique et construire le plan

- Depuis 1964, Israël est en guerre contre l'OLP dirigée par Yasser Arafat. Cependant, à partir de 1982, date de la reconnaissance palestinienne de l'État hébreu, les conditions de la paix se mettent en place. Ce processus semble aboutir lors des accords d'Oslo en 1993, remis en cause dès 1995. La pensée de Clausewitz permet d'en comprendre la logique.
- Dans quelle mesure la pensée de Clausewitz permet-elle de comprendre la complexité de la construction de la paix au Moyen-Orient ?

I. Un adversaire réduit à l'impuissance ?
- Quel est le rapport de force israélo-palestinien en 1993 ?
- La paix israélo-palestinienne est-elle définitive ?

II. Une victoire improbable ou trop coûteuse ?
- Quel est le risque de la guerre pour les deux parties ?
- Quel est le coût de la guerre pour celles-ci ?

S'ENTRAÎNER

7 CORRIGÉ GUIDÉ

Les titres et les indications entre crochets ne doivent pas figurer sur la copie.

Introduction

[Accroche] Après trente ans d'une lutte sans merci, un processus de paix israélo-palestinien s'amorce à partir de 1993. Ces deux documents nous permettent d'en mesurer la complexité. [Présentation des documents] Deux documents nous sont proposés ici. Le document 1 est un extrait du traité militaire *De la guerre* du théoricien prussien Carl von Clausewitz. Il a été publié en 1832, à titre posthume, quelque temps après la fin des guerres entre les coalitions européennes et la France impériale. Dans cet extrait, l'auteur expose les différentes raisons qui poussent des adversaires à faire la paix. Le document 2 est une photographie officielle de presse diffusée par l'AFP. Elle a été prise le 13 septembre 1993, à la suite des négociations secrètes israélo-palestiniennes. Elle présente la signature des accords d'Oslo entre le gouvernement israélien et l'OLP, sous l'égide des États-Unis et de l'URSS.

À NOTER
La rédaction d'une déclaration de principes entre Israël et l'OLP s'est déroulée à partir de 1992 sous l'égide de la Norvège, d'où la dénomination d'« accords d'Oslo ».

[Problématique] Nous analyserons ces documents pour répondre à la question suivante : dans quelle mesure la pensée de Clausewitz permet-elle de comprendre la complexité de la construction de la paix au Moyen-Orient ? [Annonce du plan] Pour ce faire, nous reprendrons tour à tour les différentes hypothèses de Clausewitz : ce processus est-il le résultat de la réduction à l'impuissance de l'adversaire [I] ou bien celui d'une victoire considérée comme improbable ou trop coûteuse [II] ?

I. La réduction de l'adversaire à l'impuissance ?

1. La théorie de Clausewitz…

- L'auteur rappelle que la guerre a pour but de soumettre l'ennemi à sa volonté (« On ne peut considérer la guerre… son peuple de se soumettre », l. 1-4).
- Selon lui, la signature de la paix peut être la conclusion logique de la victoire militaire : il parle de « verdict définitif » et de « règlement parfait » (l. 9).
- Même si le risque de reprise de la guerre après la signature d'un traité de paix existe (« Car il se peut que les hostilités reprennent… tout entier », l. 4-7), ce dernier est susceptible de limiter ce risque (« Même si tel est le cas… de couver », l. 10-11).

2. … à l'épreuve des faits

• La guerre que se livrent l'État d'Israël et l'OLP à partir de 1969 est fondée sur l'antagonisme suivant : Israël rejette l'existence d'un État palestinien, l'OLP refuse l'existence de l'État hébreu.

• Durant deux décennies, chacune des deux parties va tenter d'imposer par la force ses vues à l'autre : Israël par la force militaire ; l'OLP par la résistance armée et le terrorisme (ex. : l'intervention israélienne au Liban en 1982 contre les milices palestiniennes).

• La signature des accords d'Oslo en 1993, complétés par ceux d'Oslo II, peut être interprétée comme la reconnaissance par l'OLP de sa défaite militaire face à un adversaire plus puissant : la voie diplomatique semble alors pour Yasser Arafat la seule alternative à la lutte armée. Outre la reconnaissance mutuelle d'Israël et de l'OLP, ces accords prévoient l'autonomie des territoires occupés, confiés à une Autorité palestinienne.

À NOTER
À la fin de 1993, Yasser Arafat, Yitzhak Rabin et Shimon Peres reçoivent conjointement le prix Nobel de la paix.

• Cependant, la théorie de Clausewitz trouve ses limites dans le fait que les accords d'Oslo, complétés en 1995 par ceux d'Oslo II, n'évitent pas de nouvelles violences : dès 1994, le Hamas déclenche des attentats-suicides ; en 1995, le Premier ministre israélien Yitzhak Rabin est assassiné par un colon juif d'extrême droite.

MOT CLÉ
Fondé en 1987, le Hamas est un mouvement islamiste palestinien très influent à Gaza.

II. Une victoire improbable ou trop coûteuse ?

1. Une victoire improbable ?

• Selon Clausewitz, le risque de la défaite peut pousser un des deux belligérants à abandonner l'objectif de la destruction de l'adversaire et à opter pour la paix (« La guerre n'a donc pas toujours besoin… de faible intensité », l. 24-28).

• Ce risque pousse le gouvernement israélien à négocier secrètement avec l'OLP dès 1992. En effet, depuis 1987, l'image d'Israël est ternie par la répression de l'Intifada dans les territoires occupés. De même, jusque-là, l'OLP a échoué à fonder un État palestinien par les armes face à un État hébreu beaucoup plus puissant militairement.

MOT CLÉ
L'Intifada (guerre des pierres) oppose de jeunes Palestiniens aux soldats israéliens à Gaza et en Cisjordanie.

• Le contexte international, marqué par la fin de la guerre froide et le rapprochement américano-russe, joue aussi en faveur d'un règlement pacifique du conflit israélo-palestinien. Ainsi la photographie montre bien que les accords d'Oslo sont signés sous les auspices des États-Unis (représentés par le président Bill Clinton et son secrétaire d'État Warren Christopher) et de la Russie (représentée par le ministre des Affaires étrangères Andrei Kozyrev).

> ▶ **Le secret de fabrication**
>
> En précisant le contexte international dans lequel s'inscrivent les accords d'Oslo vous valorisez votre propos à plusieurs égards : vous complétez le contexte historique du document que vous avez présenté en introduction ; vous exploitez les informations de la photographie pour souligner la signification de la scène représentée. En effet, le rapprochement israélo-palestinien n'aurait pu avoir lieu sans la convergence de vue des deux grandes puissances.

2. Une victoire trop coûteuse ?

• Dans le dernier paragraphe du texte, Clausewitz explique que l'effort de guerre doit être proportionné à l'objectif politique que l'on cherche à atteindre. Si cet effort est disproportionné, la paix s'impose.

• Pour Israël, le coût moral de la victoire sur les Palestiniens semble trop lourd, à l'échelle nationale et internationale. Ainsi, depuis le début des années 1990, un puissant mouvement pacifiste s'exprime au sein de la société israélienne pour mettre fin à la répression militaire de l'Intifada. De plus, l'image d'Israël à l'étranger se dégrade pour cette même raison.

• Pour l'OLP, c'est le coût humain et politique qui est trop lourd : les jeunes Palestiniens tombent par dizaines sous les balles des soldats israéliens ; depuis sa fondation en 1987, le Hamas dispute à l'OLP le leadership de la cause palestinienne.

Conclusion

[Réponse à la problématique] Ainsi, la pensée de Clausewitz s'avère tout à fait pertinente pour comprendre la complexité de la construction de la paix au Moyen-Orient. La signature des accords d'Oslo peut être interprétée comme la conclusion logique de l'impuissance de l'OLP à fonder un État palestinien face à l'inflexibilité de l'État d'Israël. Cependant, ces accords ne permettent pas d'assurer une paix durable. Par ailleurs, la victoire contre l'OLP étant considérée par l'État hébreu comme improbable et trop coûteuse, la voie de la négociation et de la paix semble s'imposer. [Critique des documents] L'intérêt de cet ensemble documentaire est de nous donner la possibilité de confronter une théorie et une réalité historique qui la valide. Cependant, si le premier document est riche d'informations, le second est relativement descriptif d'autant qu'il s'agit d'une mise en scène très convenue.

Le Moyen-Orient, un foyer de conflits majeur depuis 1945

2 heures
10 points

INTÉRÊT DU SUJET • Ce sujet mobilise vos connaissances sur l'objet conclusif consacré au Moyen-Orient. Son intérêt réside dans l'analyse que vous ferez de cette région située au cœur de l'« arc des crises ». À cette occasion, vous utiliserez des notions géopolitiques comme les enjeux, les acteurs et les modes de résolution des conflits.

▶ Le Moyen-Orient, un foyer de conflits majeur depuis 1945.

LES CLÉS DU SUJET

Analyser le sujet

Le Moyen-Orient, un foyer de conflits majeur depuis 1945

Formulation
- Forme affirmative
- Caractérisation d'une région du monde

Bornes chronologiques et spatiales
- De la fin de la Seconde Guerre mondiale à nos jours
- Le Moyen-Orient dans sa globalité

Type de sujet
Sujet analytique

Notions et mots clés
- Conflits : guerres ouvertes, tensions
- Majeur : au cœur d'enjeux mondiaux

Dégager la problématique

- Vous devez montrer ce qui fait du Moyen-Orient le foyer majeur de conflits armés dans le monde depuis 1945.
- On peut ainsi formuler la problématique de la façon suivante : Pourquoi les conflits au Moyen-Orient sont-ils au cœur des questions internationales depuis 1945 ?

Construire le plan

Pour expliquer ce qui fait de la région un foyer de conflits majeur, un plan analytique est le plus adapté. En effet, il s'agit de mettre en évidence les facteurs des conflits, leurs protagonistes et la façon dont on tente de les résoudre.

I. Des enjeux mondiaux	• Quels types d'enjeux ? • À quelles échelles ?
II. Des acteurs multiples	• Quels types d'acteurs ? • Comment interviennent-ils dans les conflits ?
III. Des modes de résolution inégalement efficaces	• Quels modes de résolution des conflits ? • Avec quelle efficacité ?

8 CORRIGÉ GUIDÉ

Les titres et les indications entre crochets ne doivent pas figurer sur la copie.

Introduction

[Accroche] Les tensions militaires survenues entre les États-Unis et l'Iran sur le territoire irakien au tournant des années 2019-2020 soulignent combien le Moyen-Orient est une région particulièrement sensible. [Présentation du sujet] En effet, depuis la fin de la Seconde Guerre mondiale durant laquelle le pétrole a joué un rôle essentiel dans la victoire des Alliés, le Moyen-Orient, en particulier la région du golfe Persique, est le théâtre de nombreux conflits armés aux enjeux souvent mondiaux.

[Problématique] Pourquoi les conflits au Moyen-Orient sont-ils au cœur des questions internationales depuis 1945 ? [Annonce du plan] Pour répondre à cette problématique, nous présenterons d'abord les enjeux mondiaux de ces conflits [I], puis leurs multiples acteurs [II] avant de souligner l'inégale efficacité des modes de leur résolution [III].

I. Des enjeux mondiaux

1. Des enjeux économiques

• Le Moyen-Orient possède les plus grandes réserves d'hydrocarbures au monde : 50 % des réserves de pétrole et 40 % des réserves de gaz. C'est donc une région stratégique pour l'approvisionnement énergétique des pays industrialisés comme les États-Unis ou plus récemment la Chine, devenue le premier importateur de pétrole.

• Le Moyen-Orient est aussi un lieu de passage incontournable pour le trafic maritime mondial. Le canal de Suez et le détroit de Bab El-Mandeb sont nécessairement empruntés pour les échanges commerciaux entre les pays de l'Union européenne et ceux de l'Asie orientale. Avec 40 % du total, le détroit d'Ormuz constitue un point de passage stratégique pour le trafic pétrolier mondial.

2. Des enjeux politiques

• Pendant la guerre froide, la région est divisée entre les alliés des États-Unis et ceux de l'Union soviétique. Parmi les premiers on trouve l'Arabie saoudite, Israël, la Turquie et l'Iran (jusqu'en 1979) ; parmi les seconds, l'Égypte (jusqu'en 1972), la Syrie et l'Irak. Les guerres israélo-arabes, qui opposent l'État hébreu à des coalitions de pays arabes, sont à appréhender à la lumière de la rivalité américano-soviétique.

À NOTER
L'Iran du shah est un fidèle allié des États-Unis. Après sa chute en 1979, le pays rompt avec les Américains sans pour autant rallier l'Union soviétique.

• Dans les années 1990, le Moyen-Orient est le théâtre de l'instauration d'un « nouvel ordre mondial » voulu par les États-Unis. En effet, au lendemain de la victoire de la coalition internationale contre l'Irak durant la guerre du Golfe (1991), la superpuissance américaine se veut la garante du respect du droit international en n'hésitant pas à jouer le rôle de « gendarme du monde ».

• Après les attentats du 11 septembre 2001, le Moyen-Orient devient le principal foyer de la lutte contre le terrorisme menée par les États-Unis, leurs alliés occidentaux et la Russie. Dans cette logique, les États-Unis interviennent militairement en Afghanistan, pays qui abrite des camps d'entraînement d'Al-Qaida (2001) puis envahissent l'Irak, soupçonné de soutenir le terrorisme (2003). Plus récemment, les frappes aériennes américaines, occidentales et russes en Syrie ont pour but de détruire les forces de l'organisation terroriste État islamique.

3. Des enjeux culturels

• Le Moyen-Orient abrite les lieux saints des religions monothéistes à savoir l'islam, le christianisme et le judaïsme. Ainsi, Jérusalem est le lieu de vives tensions entre Juifs orthodoxes et Arabes musulmans qui revendiquent le libre accès au même sanctuaire : le « mont du Temple » pour les premiers, l'« esplanade des Mosquées » (troisième lieu saint de l'islam) pour les seconds. Tensions d'autant plus vives que Jérusalem, conquise en 1967 et proclamée capitale de l'État hébreu en 1980, est revendiquée par les Palestiniens.

> **▶ Le secret de fabrication**
>
> En développant l'exemple de Jérusalem, vous opérez un changement d'échelle fort à propos. En effet, les conflits au Moyen-Orient sont multiscalaires : ils sont à envisager à l'échelle mondiale, régionale, nationale et locale. À cette dernière échelle, l'exemple de La Mecque est une alternative : c'est le premier lieu saint de l'islam mais dont le contrôle par l'Arabie saoudite est contesté par les chiites.

• Le Moyen-Orient connaît aussi le déploiement d'un certain nombre d'idéologies transnationales, génératrices de potentiels conflits : en particulier le sionisme, le nationalisme arabe et l'islamisme. Le sionisme, théorisé dès la fin du XIXe siècle par Theodor Herzl, a pour objectif de créer un État juif en Palestine. Ce projet se concrétise avec la proclamation de l'État d'Israël en 1948, qui en retour nourrit le nationalisme arabe. Celui-ci vise en effet à défendre les droits des Arabes comme nation voire de les unifier (panarabisme). Cette idéologie a eu ses champions : le président égyptien Nasser dans les années 1950-1960 ; le président irakien Saddam Hussein dans les années 1980. L'islamisme quant à lui préconise l'application de la loi coranique (la charia) dans les États musulmans et le rejet des valeurs occidentales. Il se divise en de nombreux courants et tendances et inspire la politique extérieure de régimes comme celui de la Turquie ou, côté chiite, celui de la République islamique d'Iran.

II. Des acteurs multiples

1. Les États

• À différentes échelles, le Moyen-Orient est le théâtre d'affrontements entre puissances. À l'échelle mondiale, s'opposent aujourd'hui les États-Unis et la Russie, à la recherche d'un statut de superpuissance. Ainsi, cette dernière est intervenue de façon décisive dans le conflit syrien en 2015 pour soutenir le régime du président Bachar El-Assad contre l'État islamique et les rebelles anti-Assad. Elle a souligné l'impuissance de la coalition internationale formée autour des États-Unis. À l'échelle régionale, on assiste également à une lutte d'influence entre puissances : actuellement, l'Arabie saoudite et l'Iran s'affrontent indirectement dans de nombreux États (Yémen, Irak, Syrie ou encore Liban).

• Comme dans le reste du monde, l'ONU tâche de maintenir la paix. Environ 15 000 Casques bleus ont été envoyés dans la région dans le cadre d'opérations de maintien de la paix comme l'ONUST au Proche-Orient. L'Union européenne, au titre de la PESC (Politique étrangère et de sécurité) intervient également en faveur de la paix dans la région : depuis 2017, une mission civile européenne assiste le gouvernement irakien pour la mise en œuvre d'une stratégie de sécurité.

À NOTER
L'ONUST (Organisme des Nations unies chargé de la surveillance de la trêve) fait respecter depuis 1948 le cessez-le-feu et les accords d'armistice conclus entre Israël et les États arabes voisins.

2. Les acteurs non étatiques

• Le Moyen-Orient est le terrain d'action privilégié d'organisations terroristes transnationales comme Al-Qaida et l'organisation État islamique. Contrairement à la stratégie déterritorialisée d'Al-Qaida, l'organisation État islamique s'est taillé de 2014 à 2017 un vaste territoire de 200 000 km^2 à cheval sur l'Irak et la Syrie. Ces organisations mènent une guerre asymétrique contre les États de la région comme la Syrie et les puissances étrangères.

• Les combattants irréguliers relaient les stratégies des États. Ainsi, aux côtés de la coalition internationale dirigée par les États-Unis, qui intervient principalement par des bombardements aériens, les combattants kurdes luttent au sol contre ceux de l'État islamique. Le désengagement des États-Unis à la fin de l'année 2019 laisse les Kurdes aux prises avec la Turquie qui les combat au même titre que Daech.

III. Des modes de résolution inégalement efficaces

1. Des traités et des processus de paix

• Deux traités de paix ont définitivement mis fin à des conflits interétatiques. Après quatre conflits, Israël et l'Égypte signent le traité de Washington en 1979. L'Égypte récupère le Sinaï et reconnaît l'État hébreu. Cependant, le volet palestinien de l'accord, qui prévoit un statut d'autonomie aux Palestiniens des territoires occupés, reste lettre morte. En 1994, un second traité de paix israélo-arabe est signé entre Israël et la Jordanie. Les deux États normalisent leurs relations et règlent les contentieux territoriaux.

À NOTER
Il s'agit de : la guerre de 1948-1949 ; la guerre de Suez (1956) ; la guerre des Six-Jours (1967) ; la guerre du Kippour (1973).

• En 1993, sous l'impulsion des États-Unis, le Premier ministre israélien Yitzhak Rabin et le dirigeant de l'OLP Yasser Arafat signent les accords d'Oslo. Ceux-ci prévoient la reconnaissance mutuelle d'Israël et d'un État palestinien en échange de l'arrêt du terrorisme palestinien et de la répression israélienne. Ces accords sont complétés en 1995 par les accords d'Oslo II qui précisent le découpage de la Cisjordanie. Mais très vite, le processus de paix israélo-palestinien s'enlise avec l'assassinat de Rabin en 1995, l'opposition du Hamas, parti islamiste rival de l'OLP, la reprise de la colonisation juive en territoire palestinien et le déclenchement de la seconde intifada en 2000. Il est aujourd'hui au point mort.

2. Des cessez-le-feu et des conflits latents

• Des cessez-le-feu mettent provisoirement un terme à des conflits internationaux. C'est le cas de la guerre Iran-Irak (1980-1988). Après huit années d'un conflit qui a fait sans doute un million de victimes et a détruit l'économie des deux États belligérants, le Conseil de sécurité de l'ONU adopte à l'unanimité la résolution 598. Celle-ci prévoit la mise en place d'un cessez-le-feu et le retrait des troupes sur la base des frontières internationalement reconnues. Si l'Irak l'accepte aussitôt, il faut attendre l'année suivante pour que l'Iran la valide à son tour.

• De nombreux conflits sont en attente de résolution, faute de terrain ou de volonté d'entente. C'est le cas au Yémen, en proie à une guerre civile puis théâtre d'une intervention militaire (nommée « Tempête décisive ») opérée par une coalition dirigée par l'Arabie saoudite en 2015. L'enlisement du conflit opposant par partis interposés cette puissance à l'Iran, a conduit à une catastrophe humanitaire (10 000 morts, famine, choléra). Bien que des pourparlers de paix aient été entamés fin 2018, aucune paix durable ne se profile.

Conclusion

[Réponse à la problématique] Ainsi, depuis 1945, le Moyen-Orient est bien un foyer de conflits majeur à l'échelle mondiale : par ses enjeux, économiques, politiques et culturels ; par la diversité de ses acteurs ; par les modes de résolution qui impliquent souvent les États-Unis ou l'ONU. [Ouverture] Face à la multiplicité des conflits dans la région, Jean-Paul Chagnollaud estime que « si la paix paraît impossible à moyen terme, cela ne signifie pas que le Moyen-Orient soit condamné à une guerre perpétuelle ».

CONSEIL
Une citation est possible en fin de conclusion si elle ouvre le sujet sur une question plus vaste.

Moyen-Orient : une paix impossible ?

2 heures
10 points

INTÉRÊT DU SUJET • En vous appuyant sur vos connaissances du cours et votre réflexion personnelle, vous pourrez mettre en valeur vos qualités d'analyse et de synthèse pour expliquer le fait que la paix au Moyen-Orient semble impossible.

▶ Moyen-Orient : une paix impossible ?

LES CLÉS DU SUJET

Analyser le sujet

Moyen-Orient : une paix impossible ?

Formulation
- Formule interrogative
- Pas de bornes chronologiques explicites

Bornes chronologiques et spatiales
- Implicitement : de 1945 à nos jours
- Le Moyen-Orient (au sens large)

Type de sujet
Sujet analytique

Notions et mots clés
- Paix : état durable de non-guerre
- Impossible : irréalisable

Dégager la problématique

- Depuis 1945, le Moyen-Orient est le théâtre de guerres à répétition. Seuls deux traités de paix y ont été signés.
- On peut donc se demander pour quelles raisons cette région est conflictuelle de façon chronique. Le sujet étant déjà problématisé, vous pouvez en reprendre la formulation en guise de problématique.

Construire le plan

Pour étudier les raisons de la conflictualité quasi-permanente de cette région, un plan thématique est le plus adapté.

I. Les faiblesses des États	• Comment se manifeste l'absence de cohésion nationale ? • Comment l'autorité des États est-elle bafouée par d'autres acteurs ?
II. Les ingérences extérieures	• Comment les puissances extérieures interviennent-elles dans les conflits de la région ? • Comment les puissances régionales s'ingèrent-elles dans ces conflits ?

9 CORRIGÉ GUIDÉ

Les titres et les indications entre crochets ne doivent pas figurer sur la copie.

Introduction

[Accroche] En 2019, dans la revue *Questions internationales*, le géopoliticien Jean-Paul Chagnollaud constate : « Depuis des décennies, des conflits de toutes sortes ne cessent de défigurer le Moyen-Orient. Aucun n'a été réglé même s'il ne faut pas oublier l'importance des traités de paix signés entre Israël et deux États arabes. » [Présentation du sujet] En effet, depuis 1945, le Moyen-Orient est le théâtre de guerres interétatiques et de guerres civiles amplifiées par des interventions extérieures : la région est ainsi devenue l'épicentre de l'« arc de crises ». [Problématique] Dans cette perspective, nous nous attacherons à répondre à la question suivante : pourquoi la paix au Moyen-Orient semble-t-elle impossible ? [Annonce du plan] Pour ce faire, nous soulignerons d'abord les profondes faiblesses des États de la région [I] puis les effets sur leur stabilité des ingérences extérieures [II].

I. Les faiblesses des États du Moyen-Orient

1. L'absence de cohésion nationale

• Mis à part l'Arabie saoudite et les pays du Golfe, les États du Moyen-Orient, dont les frontières ont été tracées par la France et le Royaume-Uni en 1920, ont une faible cohésion

À NOTER
Par le traité de Sèvres (1920), la France et le Royaume-Uni se voient confier l'administration des provinces arabes issues du démantèlement de l'Empire ottoman.

nationale. Différentes communautés culturelles et religieuses coexistent sur des territoires créés de toutes pièces.

• Dans ces États, la logique communautaire l'emporte bien souvent sur la logique de l'État-nation. Ainsi, le système politique libanais repose sur le confessionnalisme, c'est-à-dire une répartition du pouvoir proportionnelle au poids de chaque communauté religieuse (chrétiens maronites, musulmans chiites ou sunnites, druzes). La guerre civile qui a ensanglanté le pays de 1975 à 1990 a opposé ces communautés.

• Dans d'autres États, une communauté minoritaire impose son pouvoir au reste de la population. C'est le cas de la Syrie, à majorité sunnite, dirigée par la minorité alaouite (chiite) du clan El-Assad. Depuis 2011, cette minorité réprime férocement un soulèvement populaire.

• Enfin, certains États fondés sur des idéologies nationalistes comme la Turquie et Israël refusent de reconnaître les droits de leurs minorités (Kurdes pour la première, Palestiniens pour le second).

2. L'autorité bafouée des États

• Dans les États touchés par une guerre civile, on assiste à une « privatisation de la violence » (Jean-Pierre Chagnollaud). En effet, lorsqu'un État, qui a le monopole de la violence (arbitraire) s'effondre, d'autres acteurs non étatiques l'exercent à sa place. C'est le cas au Liban, en Syrie et en Irak.

> **▶ Le secret de fabrication**
>
> Vous pouvez commencer une sous-partie en développant une notion générale, ici la privatisation de la violence. Rappelez-en l'auteur pour justifier votre propos. Cela vous permet par la suite de présenter des exemples.

• Ainsi, des milices armées, souvent liées à des communautés religieuses et culturelles, imposent leur loi. On peut citer le Hezbollah chiite au Liban, devenu un véritable « État dans l'État ».

• Des mouvements nationalistes participent également à cette privatisation de la violence. Les Kurdes combattent ainsi en Irak, en Syrie et en Turquie pour défendre leur autonomie.

> **À NOTER**
> Depuis 2005, la Constitution fédérale irakienne reconnaît l'autonomie du Kurdistan.

• Enfin, les organisations terroristes profitent de l'effondrement des États pour s'implanter et agir au Moyen-Orient. Ainsi, de 2014 à 2017, l'organisation État islamique s'est taillé un immense territoire à cheval sur la Syrie et l'Irak.

II. Les ingérences extérieures

1. L'intervention des grandes puissances

• À partir de 1945, les États-Unis interviennent régulièrement au Moyen-Orient. Il s'agit pour eux de sécuriser leur approvisionnement en pétrole, de garantir la libre circulation maritime dans la région, de soutenir leur allié israélien et, à partir de 2001, de lutter contre le terrorisme.

> **▶ Le secret de fabrication**
> Pour donner de la consistance à votre dissertation, il est utile d'aller au-delà de la simple description ou narration. Ainsi, en présentant les enjeux des interventions américaines, vous adoptez une démarche analytique qui sera valorisée dans l'évaluation de votre copie.

• Ainsi, lors de la première guerre du Golfe, ils interviennent en réaction à l'invasion du Koweït par l'Irak en 1990. Avec l'aval de l'ONU, ils mettent sur pied une coalition internationale qui, en février 1991, contraint l'Irak à demander un cessez-le-feu. Ce conflit ruine l'Irak et appauvrit sa population, soumise à un embargo de douze ans.

> **MOT CLÉ**
> Un embargo est une mesure prise à l'encontre d'un pays, interdisant l'exportation de certains produits vers celui-ci.

• En 2003, lors de la seconde guerre du Golfe, les États-Unis envahissent l'Irak au nom de « la guerre contre le terrorisme », cette fois sans mandat de l'ONU. Cette intervention est prolongée par huit années d'occupation militaire et d'administration américaine. Elle entraîne l'effondrement de l'État irakien, le démantèlement de son armée et le réveil d'antagonismes religieux entre chiites et sunnites.

• Cependant, à partir de 2015, la Russie s'est affirmée comme une grande puissance en intervenant en Syrie aux côtés du régime de Bachar El-Assad, alimentant la guerre civile dans ce pays.

2. L'ingérence des puissances régionales

• L'ingérence des puissances régionales, soucieuses de défendre leurs intérêts et leur influence, contribue à amplifier les conflits et en accroître la complexité.

• Jusqu'à la fin du XXe siècle, les puissances régionales interviennent dans deux types de conflits : les conflits israélo-arabes et les conflits déclenchés par l'Irak. Ainsi, lors des différentes guerres israélo-arabes, l'État hébreu affronte une coalition d'États arabes.

• Lors de la première guerre du Golfe, qui oppose d'abord l'Irak au Koweït, de nombreux États de la région participent à la coalition internationale réunie par les États-Unis (Égypte, Syrie, Arabie saoudite, Émirats arabes unis).

• Depuis le début du XXIe siècle, deux puissances régionales s'opposent en intervenant dans de multiples conflits : l'Arabie saoudite et l'Iran. En Syrie, en proie à la guerre civile depuis 2011, l'Iran soutient le régime de Bachar El-Assad tandis que l'Arabie saoudite prend parti pour les rebelles. Au Yémen, l'Arabie saoudite, à la tête d'une coalition d'États arabes, prend parti pour le gouvernement tandis que l'Iran aide les rebelles houtistes.

CONSEIL
Lorsque vous donnez des exemples, limitez-vous à l'essentiel pour éviter de diluer votre démonstration dans des détails.

Conclusion

[Réponse à la problématique] En somme, aux yeux de divers observateurs, la paix au Moyen-Orient semble chose impossible. En effet, l'absence de cohésion nationale de nombreux États et la privatisation de la violence accentuent une logique communautaire. Par ailleurs, l'ingérence répétée des États-Unis et des puissances régionales contribue à amplifier, complexifier et faire durer certains conflits. [Ouverture] Cependant, des solutions diplomatiques proposées par les Nations unies laissent entrevoir des possibilités de sortie de conflit comme au Yémen à propos duquel des pourparlers de paix ont été entamés en décembre 2018.

10 Étude critique de document

La rivalité entre puissances régionales au Moyen-Orient

2 heures
10 points

INTÉRÊT DU SUJET • L'étude de ce document tout à fait explicite vous permettra de mobiliser assez aisément vos connaissances sur l'histoire contemporaine du Moyen-Orient pour présenter les enjeux d'une rivalité de puissances.

▶ **Étudiez de façon critique ce document pour présenter les enjeux et les manifestations de la rivalité entre l'Arabie saoudite et l'Iran au Moyen-Orient.**

DOCUMENT **Rivalités dans le golfe Persique**

Sur les terrains syrien et libanais, l'affrontement entre l'Arabie saoudite et l'Iran est donc hautement visible. Mais il a ses sources ailleurs. La République islamique n'a jamais accepté la prétention de l'Arabie saoudite à régenter la péninsule arabique, ni à exercer une sorte de califat sur le monde musulman.

La rivalité entre les deux pays prend naissance dans les années 1970, avec le retrait britannique de la région. Le shah se positionne alors en gendarme du golfe Persique. La Révolution islamique, elle, s'en prend aux dirigeants impies de son voisinage, fomente des troubles en Arabie saoudite, notamment lors des grands pèlerinages, voire des attentats. L'Arabie saoudite encaisse d'abord, puis contre-attaque, en redoublant de prosélytisme wahhabite[1] dans le monde musulman, en créant le Conseil de coopération du Golfe (CCG) et en soutenant, après une période d'hésitation, Saddam Hussein dans sa guerre contre l'Iran (1980-1988).

Il y a bien un effort d'apaisement après la mort de Khomeini en 1989, mais le 11 septembre et l'intervention américaine en Irak remettent tout en cause. L'Arabie saoudite ne supporte pas de voir des chiites au pouvoir à Bagdad. Dès lors que la démocratie est invoquée dans la vague des printemps arabes, elle supporte mal aussi le maintien au pouvoir en Syrie d'un clan issu de la petite minorité alaouite. Elle supporte encore moins que la signature en 2015 d'un accord nucléaire entre six puissances et l'Iran permette à celui-ci d'échapper à sa condition de hors-la-loi. Et à la faveur de la prise de pouvoir *de facto* du jeune prince héritier, Mohammed ben Salman, comme de l'arrivée de Donald Trump, l'Arabie saoudite abandonne sa politique prudente, presque timide, qui réfrénait jusqu'alors l'expression publique de son hostilité à l'Iran.

L'Iran, comme souvent, attend la faute de l'adversaire pour réagir. Lorsqu'en mars 2015, Mohammed ben Salman lance contre les rebelles houthis[2] du Yémen une campagne de frappes aériennes, l'Iran vient discrètement à leur secours, juste assez pour maintenir une plaie saignante au flanc de l'Arabie saoudite. La campagne, qui devait être brève, dure toujours au printemps 2018. De même, lorsque l'Arabie saoudite, suivie par quatre autres pays, rompt en juin 2017 ses relations diplomatiques et économiques avec le Qatar, coupant ses liens de communication terrestre, l'Iran s'empresse de l'approvisionner par voies maritime et aérienne.

François Nicoullaud, in Thierry de Montbrial, Dominique David (dir.), *Ramses 2019. Les Chocs du futur*, Institut français des relations internationales/Dunod, 2018, Malakoff.

1. Wahhabite : relatif au wahhabisme, doctrine puritaine islamique.
2. Houthis : à l'origine, membres d'une tribu du Yémen. Actuellement, le terme désigne les combattants d'un mouvement politique et religieux.

LES CLÉS DU SUJET

Identifier le document

Document

Nature, genre, source
Article d'une revue de géopolitique : *Ramses 2019. Les Chocs du futur.*

Auteur
Le chercheur François Nicoullaud

Date et échelle
- 2018, durant la montée des tensions dans le golfe Persique
- Moyen-Orient, échelle régionale

Thème
La rivalité entre l'Arabie saoudite et l'Iran au Moyen-Orient

Comprendre la consigne

• La consigne porte sur les relations conflictuelles entre les deux puissances régionales du golfe Persique : l'Arabie saoudite et l'Iran. Vous devez préciser ce qui les motive et la façon dont s'exprime cet antagonisme.
• Chaque paragraphe du texte vous indique les facteurs de tension entre les deux États puis mentionne des événements qui les illustrent.

Dégager la problématique et construire le plan

La consigne vous invite à expliquer la rivalité entre l'Arabie saoudite et l'Iran tout en la décrivant. La notion de puissance est implicite.
Une formulation synthétique de la problématique vous permet d'englober ces deux dimensions : comment l'Arabie saoudite et l'Iran s'affirment-ils comme des puissances rivales au Moyen-Orient ?

I. Les enjeux d'une rivalité	• Quelles sont les ambitions de l'Arabie saoudite ? • Quelles sont celles de l'Iran ?
II. Une rivalité diplomatique	• Comment les deux puissances tentent-elles de se contenir ? • À quelles occasions s'opposent-elles diplomatiquement ?
III. Une rivalité militaire	• Dans quel contexte international les deux États s'affrontent-ils ? • Quels sont les conflits directs et indirects entre ces puissances ?

10 CORRIGÉ GUIDÉ

Introduction

Les titres et les indications entre crochets ne doivent pas figurer sur la copie.

[Présentation du document] Le document proposé est un article géopolitique extrait de l'ouvrage *Les Chocs du futur. Ramses 2019*. Il a été écrit par le chercheur François Nicoullaud en 2018 au moment de fortes tensions dans le golfe Persique. Il rappelle les origines et l'historique de l'antagonisme entre l'Arabie saoudite et l'Iran. [Problématique] Nous étudierons ce document de façon critique pour répondre à la question suivante : comment l'Arabie saoudite et l'Iran s'affirment-ils comme des puissances rivales au Moyen-Orient ?

[Annonce du plan] Pour ce faire, nous présenterons d'abord les enjeux de cette rivalité [I] puis ses manifestations dans le domaine diplomatique [II] et dans le domaine politique [III].

I. Les enjeux de la rivalité entre l'Arabie saoudite et l'Iran

1. Un enjeu politique : le leadership régional

• Comme le rappellent les lignes 3-5 du document, l'Arabie saoudite entend imposer son influence sur l'ensemble de la péninsule arabique, ce que lui conteste l'Iran.

• Pour exercer son influence régionale, l'Arabie saoudite peut compter sur une armée puissante (ses dépenses militaires sont les plus élevées de la région) et son rôle au sein du Conseil de coopération du Golfe.

MOT CLÉ
Le Conseil de coopération du Golfe est une organisation régionale siégeant à Ryad qui regroupe six États du golfe Persique.

• De son côté, l'Iran se présente comme « gendarme du golfe Persique » depuis les années 1970 en contrôlant l'accès au détroit d'Ormuz. Il dispose d'une armée aguerrie et soudée par un fort sentiment national ; de plus, le pays compte des alliés dans la région (la Syrie, l'Irak, le Hezbollah libanais, le Hamas palestinien).

2. Un enjeu religieux : l'antagonisme sunnisme/chiisme

• Aux lignes 4-5, l'auteur rappelle l'ambition de l'Arabie saoudite d'« exercer une sorte de califat sur le monde musulman ». Le pays abrite en effet le plus grand lieu saint de l'islam à La Mecque et se veut le garant de la pureté religieuse (l. 8-13).

• Par ailleurs, l'Arabie saoudite accueille le siège de la Ligue islamique mondiale qui forme les imams et finance la construction de mosquées dans le monde entier.

• L'Iran conteste ce rôle à son adversaire dont elle considère les dirigeants comme « impies » (l. 9). En effet, les chiites, majoritaires en Iran, contestent aux dirigeants sunnites saoudiens la direction de l'ensemble des musulmans. De plus, ils dénoncent leur alliance avec les États-Unis, rapprochement jugé contre-nature.

[Transition] Ainsi, l'antagonisme entre l'Arabie saoudite et l'Iran est fondé sur des enjeux politiques et religieux. Il se traduit en premier lieu par une rivalité diplomatique.

II. Une rivalité diplomatique

1. Un « bloc saoudien » ?

• Depuis 1981, le Conseil de coopération du Golfe (évoqué l. 13) regroupe autour de l'Arabie saoudite six autres monarchies arabes et musulmanes : Oman, le Koweït, Bahreïn, les Émirats arabes unis et le Qatar. Il fait contrepoids à la puissance iranienne.

• Mais cette alliance se fissure en 2017 avec la rupture des relations diplomatiques de l'Arabie saoudite et de quatre autres pays avec le Qatar, accusé de soutenir le terrorisme et d'être trop proche de l'Iran (l. 35-38).

À NOTER
Un processus de rapprochement diplomatique entre l'Arabie saoudite et le Qatar s'amorce depuis 2019.

2. Une diplomatie iranienne active

• Considéré comme un paria international depuis 1979, l'Iran sort de son isolement en signant en 2015 un accord international sur le nucléaire (l. 22-24). Celui-ci prévoit le renoncement au nucléaire militaire et la levée des sanctions économiques contre l'Iran.

• En 2017, l'Iran soutient le Qatar contre l'Arabie saoudite en contournant le blocus terrestre par un approvisionnement maritime et aérien (l. 37-38). Il s'ingère ainsi dans des litiges internes au camp sunnite pour en favoriser la division.

> **▶ Le secret de fabrication**
> On reprend ici l'exemple de la crise qatarie déjà évoquée dans la première sous-partie, en adoptant le point de vue iranien. Il ne s'agit pas d'une simple redite mais d'un changement de perspective qui vous permet de donner de la cohérence à l'ensemble de la deuxième partie : la diplomatie iranienne est une réponse à la diplomatie saoudienne.

[Transition] Ainsi, face au « bloc saoudien », l'Iran mène une diplomatie active pour le fragiliser. Cependant, cette rivalité diplomatique se double d'une rivalité militaire.

III. Une rivalité militaire

1. Aux débuts de la République islamique (1979-1989)

• En 1979, l'Iran soutient des mouvements de déstabilisation en Arabie saoudite comme lors de l'attaque de la grande mosquée de La Mecque par des fondamentalistes islamistes en 1979 (l. 9-11).

• Lors de la guerre Iran-Irak (1980-1988), l'Arabie saoudite soutient l'Irak de Saddam Hussein aux côtés des puissances occidentales contre l'Iran de l'ayatollah Khomeini (l. 14-15). L'auteur rappelle que ce choix a été précédé d'une période d'hésitation en raison de l'ambition de Saddam Hussein de devenir le leader du monde arabe, ce qui effrayait la monarchie saoudienne.

2. Dans les années 2010

• Le maintien au pouvoir de Bachar Al-Assad en Syrie en pleine révolution arabe est un camouflet pour l'Arabie saoudite (l. 18-19). En effet, ce dirigeant, soutenu par l'Iran, est membre de la minorité chiite du pays.

• Cependant, le pays sort de sa réserve avec l'arrivée au pouvoir du prince Mohammed ben Salman en 2015, soutenu par les États-Unis. Ainsi, il forme une coalition arabe sunnite (avec les membres du Conseil de coopération du Golfe notamment) pour intervenir au Yémen contre une rébellion de la minorité chiite houthie. Cette intervention baptisée « Tempête décisive » s'enlise en raison du soutien militaire de l'Iran aux rebelles (l. 30-34).

À NOTER
La guerre a détruit le pays, provoqué la mort de 10 000 personnes et entraîné la famine et une épidémie de choléra.

Conclusion

[Réponse à la problématique] Ainsi, la rivalité entre l'Arabie saoudite et l'Iran au Moyen-Orient repose sur des enjeux de puissance et d'antagonisme religieux. Elle se manifeste par une opposition diplomatique entre un groupe d'États soudés autour du royaume saoudien et l'État perse isolé mais s'appuyant sur les communautés chiites de la région. Elle se traduit également par un affrontement militaire direct (guerre Iran-Irak) ou indirect (guerre au Yémen). [Critique du document] L'intérêt de ce document est de souligner la diversité des enjeux de conflits entre les deux puissances et de retracer leur antagonisme sur plusieurs décennies. Cependant, il évoque peu la dimension mondiale de cette rivalité avec le jeu des grandes puissances.

11 Sujet zéro • DISSERTATION

Le patrimoine : entre héritage et construction

2 heures
10 points

INTÉRÊT DU SUJET • Le patrimoine est pris entre deux dynamiques. D'un côté, il constitue une trace du passé, de l'autre il est récupéré et adapté par les sociétés en fonction d'enjeux immédiats.

Le patrimoine, héritage du passé ou construction mémorielle ?

LES CLÉS DU SUJET

Analyser le sujet

Le patrimoine, héritage du passé ou construction mémorielle ?

Formulation
- Définir ce qu'est le patrimoine
- Cette explication repose sur la confrontation de deux expressions

Bornes chronologiques et spatiales
- Du XIXe siècle à aujourd'hui
- Bornes spatiales non précisées

Type de sujet
Sujet analytique

Notions et mots clés
- Patrimoine : ensemble de biens matériels ou immatériels pensés comme le bien d'une communauté
- Héritage du passé : ce qui a été transmis au fil de l'histoire
- Construction mémorielle : sens donné par les sociétés actuelles à ce qui constitue le patrimoine

Dégager la problématique

- Les États et les sociétés utilisent le patrimoine à des fins politiques, économiques et sociales.
- Entre héritage du passé et construction mémorielle, comment les sociétés pensent-elles leur patrimoine ?

Construire le plan

Le plan doit rester analytique car aucune rupture n'est assez nette pour donner du sens à un plan chronologique.

I. Des fonctions multiples	• À quoi le patrimoine sert-il ? • Quels éléments patrimoniaux sont mis en avant pour comprendre le passé ?
II. Un levier de la puissance	• Comment les chefs d'État réinterprètent-ils le patrimoine ? • Qu'est-ce que le patrimoine nous apprend sur les rivalités géopolitiques ?
III. Un patrimoine conflictuel	• Qu'est-ce qu'un conflit d'usage lié au patrimoine ? • À qui le patrimoine appartient-il ?

11 CORRIGÉ GUIDÉ

Les titres et les indications entre crochets ne doivent pas figurer sur la copie.

Introduction

▶ Le secret de fabrication

La formulation du sujet est assez complexe. Pour votre problématique, vous pouvez reprendre les termes « héritage du passé » et « construction mémorielle » tout en proposant une question personnelle. Vous montrez ici que ce sont les sociétés qui définissent les usages du patrimoine. Le terme « ou » ne doit surtout pas vous amener à choisir d'emblée entre les deux expressions.

[Accroche] En mars 2021, alors que la Grèce réclame de nouveau la restitution des frises du Parthénon, le Premier ministre britannique Boris Johnson répond que celles-ci ont été légalement acquises et qu'elles restent la propriété du British Museum. [Présentation du sujet] Cet exemple témoigne de l'augmentation des conflits liés au patrimoine. Le patrimoine est ici entendu dans un sens collectif, il englobe l'ensemble des biens matériels et immatériels pensés comme le bien d'une communauté. Le patrimoine est autant un héritage du passé qu'une construction mémorielle. Il dépend profondément du sens que la société actuelle souhaite ou non valoriser.

[Problématique] Entre héritage du passé et construction mémorielle, comment les sociétés pensent-elles leur patrimoine ? [Annonce du plan] Le patrimoine a d'abord de multiples fonctions liées aux intérêts immédiats des sociétés [I]. Ces usages témoignent de la participation du patrimoine à la construction de la puissance [II]. Ces disparités d'usage et ces enjeux expliquent la place du patrimoine dans de nombreux conflits [III].

I. Des fonctions multiples

1. Des enjeux politiques

• Dans les relations avec des pays alliés, les gouvernants ont un usage politique du patrimoine. La Chine a ainsi mis en place la « diplomatie du panda » : le prêt de pandas à des zoos étrangers pour une dizaine d'années contre une forte somme d'argent.

• Le patrimoine a une charge symbolique et la mémoire ne retient souvent qu'une partie de l'identité des monuments. Le château de Versailles est associé avant tout à Louis XIV alors qu'il a été utilisé par d'autres rois et chefs d'État. C'est un grand honneur pour un dirigeant d'y être invité aujourd'hui.

MOT CLÉ
Le *soft power* permet un rayonnement international ; le patrimoine en fait partie lorsqu'il est par exemple utilisé sur le plan diplomatique pour conclure des accords commerciaux ou des partenariats culturels.

2. Une fonction économique et sociale

• Si le patrimoine est un objet de construction mémorielle, c'est aussi parce qu'il constitue une ressource importante. Le conflit entre la Grèce et le Royaume-Uni autour des frises du Parthénon illustre cette dimension économique. La restitution des frises à Athènes ferait perdre une pièce majeure au British Museum.

• Les sociétés sélectionnent les éléments de leur passé qu'elles souhaitent mettre en avant. Le gouvernement espagnol a par exemple décidé de sortir la sépulture de Franco en 2019 de *El Valle de los Caidos* afin de consacrer le monument à l'ensemble des Espagnols morts au cours de la guerre civile.

[Transition] Le patrimoine est bien un héritage du passé, mais les sociétés contemporaines le reconstruisent en fonction de leurs sensibilités et de leurs intérêts immédiats. Ce patrimoine contribue dès lors à la puissance de celui qui le met en avant.

CONSEIL
Dans vos transitions, reprenez des éléments de votre problématique pour y répondre au fur et à mesure.

II. Un levier de la puissance

1. Un patrimoine et une mémoire sélectifs

• Il est difficile de patrimonialiser un élément culturel dans sa globalité. Ce sont souvent des éléments typiques qui sont ainsi reconnus : la pizza d'Italie et le repas gastronomique français sont inscrits au patrimoine de l'Unesco.

• La mémoire relève aussi d'un processus sélectif selon les volontés politiques. La ville de Vichy reste ainsi associée au gouvernement de Pétain. La mairie mène aujourd'hui une campagne pour réhabiliter son image en valorisant son patrimoine architectural.

2. La vitrine du pays

• Les chefs d'État utilisent certains éléments du patrimoine pour faire rayonner leur pays dans le cadre des relations internationales. Ainsi, lors de la visite en France du président Donald Trump, Emmanuel Macron l'a invité à la tour Eiffel pour un repas gastronomique préparé par le chef Alain Ducasse. Vladimir Poutine et Xi Jinping ont été reçus au château de Versailles.

> ▶ **Le secret de fabrication**
> Illustrez vos idées d'exemples. La difficulté ici est de ne s'appuyer que sur les deux jalons (frises du Parthénon et château de Versailles). Pour éviter un propos trop répétitif, n'hésitez pas à utiliser des exemples abordés dans d'autres leçons. L'exemple du repas gastronomique est développé dans l'objet de travail conclusif.

• Le patrimoine sert aussi à montrer sa suprématie à ses concurrents. En 2018, quand Xi Jinping fait visiter la Cité interdite à Donald Trump, c'est certes une marque de respect, mais en présentant ce monument édifié au XVe siècle, le président chinois rappelle aussi à son homologue que son pays a une longue histoire, contrairement aux États-Unis.

[Transition] Les dirigeants utilisent le patrimoine pour mettre en avant leur puissance. Cela implique de sélectionner certains éléments, au risque de provoquer des conflits.

III. Un patrimoine conflictuel

1. L'exemple français

• La société française est parfois marquée par des conflits d'usage vis-à-vis de certains monuments. En septembre 2021, l'Arc de Triomphe a été emballé selon le projet de l'artiste Christo. Certains Parisiens y ont vu une souillure sur un monument qu'ils considèrent comme le leur.

• L'héritage entre donc parfois en contradiction avec la construction mémorielle dévolue à certains lieux. En 2016, pour le centenaire de la bataille de Verdun, des enfants allemands et français ont couru au milieu des sépultures du site sur fond de percussions. Des associations, ainsi que certains politiques, y ont vu un manque de respect envers les morts alors que les organisateurs voulaient marquer l'union entre deux pays autrefois ennemis.

CONSEIL
Quand vous prenez l'exemple d'un conflit d'usage, présentez les différents points de vue des acteurs.

2. Le passé contre la construction mémorielle

• Les conflits du patrimoine sont aussi liés à une interprétation plurielle du passé. Dans le cas des frises du Parthénon, les Grecs mettent en avant le fait qu'elles sont la propriété des Athéniens. Les Britanniques, eux, insistent sur une transaction légale quand lord Elgin les a rachetées en 1800 après un accord avec le Grand vizir alors que la Grèce n'était pas indépendante.

• Le patrimoine participe à la construction de l'identité collective. L'un des conflits majeurs liés au patrimoine reste les œuvres saisies en Afrique pendant la colonisation et rapportées en Europe. Les États anciennement colonisés parlent de spoliation et exigent le retour de leurs biens.

MOT CLÉ
La spoliation est le fait de déposséder quelqu'un de ses biens, souvent par la force ou la fraude.

Conclusion

[Réponse à la problématique] Le patrimoine est donc à la fois un héritage du passé et une construction mémorielle. Cet héritage reste présent et les sociétés contemporaines mettent en avant tel ou tel aspect de leur patrimoine en fonction d'intérêts immédiats. [Ouverture] Cette question se pose de façon plus prononcée dans les pays qui ont subi une destruction de leur patrimoine. À Mossoul en Irak, la reconstruction de la mosquée al-Nouri a été confiée à des Égyptiens par l'Unesco. Or, de nombreux Irakiens se plaignent car les architectes risquent de ne pas replacer la mosquée dans l'histoire irakienne.

12 Dissertation

Le patrimoine, un instrument de puissance

2 heures
10 points

S'ENTRAÎNER

INTÉRÊT DU SUJET • Le sujet amène à penser le patrimoine comme un facteur de puissance des États, au même titre que l'économie ou le secteur militaire. Relevant du *soft power*, il constitue une « vitrine » et un symbole permettant d'identifier un pays.

▶ Le patrimoine, un instrument de puissance.

LES CLÉS DU SUJET

Analyser le sujet

Le patrimoine, un instrument de puissance

Formulation
Notion centrale du thème (« patrimoine ») accompagnée d'une clé de lecture (« instrument de puissance »)

Bornes chronologiques et/ou spatiales
• Aucune borne n'est donnée.
• Jalons : sur le patrimoine européen.
• Avec le rôle de l'Unesco, l'échelle mondiale ne doit pas être occultée.

Type de sujet
Sujet évolutif

Notions et mots clés
• Patrimoine : ce qu'une communauté choisit de conserver de son passé.
• Puissance : éléments qui permettent à des acteurs d'exercer une influence durable.

Dégager la problématique

• Le patrimoine relève de facteurs culturels, mais aussi économiques, politiques et sociaux. Les principales autorités étatiques essaient de laisser leur marque dans un élément patrimonial.

• Le patrimoine est utilisé à des fins immédiates pour montrer sa puissance passée et actuelle.

Construire le plan

Un plan thématique permet de vous focaliser sur le patrimoine comme élément de puissance et de privilégier une réflexion globale. Il est préférable à une approche chronologique qui présenterait forcément des différences selon les espaces envisagés.

I. Le patrimoine, facteur de développement	• Le patrimoine est progressivement passé de la sphère privée à la sphère publique. • Comment est-il réinterprété en fonction des enjeux politiques du moment ?
II. Le patrimoine dans les relations internationales	• Comment le patrimoine peut-il être un élément du *soft power* ?
III. Un patrimoine, source de conflits	• Le patrimoine crée des conflits d'usage car chaque acteur peut lui prêter une fonction différente. • Pourquoi bénéficie-t-il d'une protection à l'échelle mondiale ?

12 CORRIGÉ GUIDÉ

Les titres et les indications entre crochets ne doivent pas figurer sur la copie.

Introduction

[Accroche] En novembre 2017, lors de la venue en Chine du président Donald Trump, le président Xi Jinping lui fait visiter la Cité interdite, souhaitant ainsi mettre en avant la puissance chinoise par son patrimoine. [Présentation du sujet] Le patrimoine représente l'ensemble des biens, matériels et immatériels, ayant une valeur particulière et devant être transmis aux générations futures. Il est un moyen pour les chefs d'État de montrer leur puissance. Celle-ci est constituée par un ensemble d'éléments permettant d'exercer une influence durable à l'échelle régionale ou mondiale. [Problématique] Dans quelle mesure le patrimoine permet-il aux États de montrer et renforcer leur puissance ? [Annonce du plan] Le patrimoine est d'abord un instrument de développement contribuant à renforcer la puissance d'un État [I], ce patrimoine participe également au rayonnement parmi les autres puissances [II], mais il s'agit également d'une source de conflits aux différentes échelles [III].

▶ **Le secret de fabrication**

La présentation du sujet est une étape capitale de votre introduction puisqu'elle témoigne de votre compréhension du sujet. Il convient donc de définir les termes clés de la dissertation. Si cette étape est bien menée, elle aboutit logiquement à votre problématique. Ce binôme (présentation du sujet et problématique) constitue le cœur de la réflexion que vous allez porter tout au long de la dissertation.

I. Le patrimoine, facteur de développement

1. Le patrimoine, un objet de son temps

• Durant l'Antiquité et le Moyen Âge, le patrimoine relève du domaine privé. Avec la Renaissance et la mise à l'honneur d'œuvres antiques, les pouvoirs royaux et pontificaux se préoccupent de leur préservation. Aujourd'hui, certaines collections privées trouvent leur place dans des musées d'État comme celui du Prado à Madrid.

CONSEIL
Bien que le plan chronologique soit rarement pertinent dans la spécialité, vous pouvez dresser une évolution historique dans une sous-partie.

• La définition de patrimoine se précise au moment de la Révolution française car des œuvres de l'Ancien Régime sont détruites. Le patrimoine revêt alors une charge symbolique et peut être interprété différemment selon les acteurs et l'époque. À Paris, le Panthéon, au XVIIIe siècle, était prévu pour être une église. Le projet, repensé au cours de la Révolution, aura dès lors vocation à accueillir les corps des « grands hommes », tels Rousseau et Voltaire. Victor Hugo y est même directement inhumé après sa mort en 1885.

2. Une ressource économique et sociale

• Le patrimoine est un élément permettant d'identifier certains territoires. Il peut être facteur d'union entre les habitants de ce territoire, qui lui donnent la même fonction, ou bien facteur de division. En Espagne, le monument *Valle de los Caídos* a été érigé sous Franco pour y accueillir des combattants morts de la guerre civile (1936-1939) nationalistes mais aussi républicains. La sépulture de Franco y est placée à sa mort en 1975, mais, après des années de polémique, elle est retirée en 2019.

• Le patrimoine est également un facteur de puissance car il constitue un élément d'attrait pour le tourisme et certains monuments reçoivent des millions de visiteurs chaque année comme le château de Versailles, la statue de la Liberté ou le Taj Mahal.

[Transition] Le patrimoine permet donc un développement local, national et international. Instrument de puissance, il est devenu un objet de dialogue entre différents acteurs à l'échelle mondiale.

S'ENTRAÎNER

II. Le patrimoine dans les relations internationales

1. La vitrine du pays

• La patrimonialisation est une pratique qui tend à se renforcer et permet d'identifier certaines cultures. La cuisine mexicaine est ainsi inscrite au patrimoine culturel immatériel de l'Unesco.

> **MOT CLÉ**
> La patrimonialisation est le processus par lequel un espace, un bien ou une pratique se transforme en objet du patrimoine.

• Le patrimoine est un instrument du *soft power* utilisé dans le cadre des relations internationales. Le président Emmanuel Macron a ainsi reçu son homologue russe Vladimir Poutine en 2017 au château de Versailles, avec un déjeuner préparé par le chef Alain Ducasse.

2. Un instrument diplomatique

• L'échange culturel se pense comme un approfondissement des relations interétatiques ; c'est le cas du Louvre d'Abu Dhabi créé en accord avec la France.

• Le patrimoine participe à la mise en scène du pouvoir. Afin de consolider la position de la Chine dans les relations internationales, Xi Jinping devient le premier dirigeant chinois à s'être rendu à l'Unesco en 2014. Il y a appelé au respect de la diversité culturelle pour contribuer à la paix entre les nations, même si dans le même temps il réprimait la minorité ouighour.

> **MOT CLÉ**
> L'Unesco est une institution de l'ONU née en 1945 qui promeut l'éducation, la science et la culture.

[Transition] Le patrimoine est donc un instrument de dialogue entre les puissances, mais aussi un moyen de mettre le pays en avant.

III. Un patrimoine, source de conflits

1. Les conflits d'usage

• À l'échelle locale, le patrimoine provoque des conflits d'usage entre différents acteurs qui peuvent le percevoir comme une ressource à exploiter ou à préserver. C'est le cas de Venise, classée au patrimoine mondial de l'Unesco. Si les restaurateurs et hôteliers veulent attirer un maximum de touristes, des associations entendent limiter cette pratique car les risques de dégradations sont accrus.

> **MOT CLÉ**
> Un conflit d'usage est un ensemble de rivalités entre les usagers d'une même ressource pour sa gestion ou son exploitation.

• Par ailleurs, les destructions sont courantes dans le patrimoine. Se pose alors la question de savoir si l'on reconstruit en étant fidèle à l'œuvre initiale ou s'il faut adapter le monument. L'incendie de Notre-Dame en 2019 illustre ce dilemme.

2. Les menaces géopolitiques

• Le patrimoine a régulièrement été pillé ou détruit dans l'histoire car il symbolise la puissance d'autrui. En 2001, en Afghanistan, le régime taliban démolit les bouddhas de Bamiyan construits entre le IIIe et le Ve siècles alors qu'ils sont inscrits au patrimoine mondial de l'Unesco.

> ▶ **Le secret de fabrication**
> Dans l'idéal, chaque idée doit être accompagnée d'un exemple. Vous pouvez bien sûr utiliser les jalons, mais essayez de préparer quelques exemples originaux, comme ici les bouddhas de Bamiyan.

• Les États ont signé plusieurs conventions pour protéger le patrimoine dans le cadre des conflits (notamment à La Haye en 1954), mais elles ne concernent que les grandes puissances. En 2014-2015, Daech a ainsi détruit 28 sites en Syrie et Irak. Le Conseil de sécurité de l'ONU a depuis voté une résolution faisant de la destruction du patrimoine culturel un crime de guerre.

Conclusion

[Réponse à la problématique] Si le patrimoine apparaît bien comme un instrument permettant aux États de montrer leur puissance, il en est par ailleurs un symbole et un instrument. Cela explique les concurrences sur le plan patrimonial ainsi que les attaques contre ce patrimoine par différents ennemis. Il permet également de rééquilibrer la perception de la puissance, souvent jugée sur les seuls critères économiques et militaires. [Ouverture] L'affaiblissement de Daech en Syrie et en Irak lève le voile sur l'ampleur de leurs destructions du patrimoine dans cette région. Pourtant, aucun de ces deux pays n'a aujourd'hui les moyens de restaurer ces monuments. Une coopération mondiale devient donc nécessaire pour sauver ce patrimoine séculaire.

> **CONSEIL**
> Vous pouvez ouvrir votre conclusion avec un exemple pris dans l'actualité qui complète votre travail et propose une nouvelle réflexion.

S'ENTRAÎNER

13 Sujet spécimen 2021
ÉTUDE CRITIQUE DE DOCUMENTS

Les menaces sur le patrimoine dans le monde

2 heures
10 points

INTÉRÊT DU SUJET • Ce sujet invite à s'interroger sur les menaces qui pèsent sur le patrimoine mondial : destruction de monuments par des groupes islamistes, détérioration par une fréquentation touristique excessive. Il convient ensuite de présenter les différents acteurs qui tentent de répondre à ces menaces à toutes les échelles.

En analysant les documents, en les confrontant et en vous appuyant sur vos connaissances, répondez à la question suivante : quelles menaces pèsent sur le patrimoine mondial et comment les différents acteurs tentent-ils d'y remédier ?

DOCUMENT 1

Mardi 24 janvier, la directrice générale de l'Unesco, Mme Irina Bokova, a reçu le maire de Venise, M. Luigi Brugnaro, au siège de l'Unesco, avec des représentants du gouvernement italien, afin de discuter de la protection du site de Venise et sa lagune, inscrit au patrimoine mondial de l'Unesco depuis 1987.

Cette rencontre fait suite à la visite de la directrice générale à Venise les 3 et 4 novembre 2016 à l'occasion des 50 ans de la grande inondation de Venise. La discussion a porté sur les mesures mises en œuvre par les autorités italiennes et la municipalité de Venise pour assurer la protection du site à long terme. Le Comité du patrimoine réuni en juillet 2016 avait exprimé plusieurs recommandations et demandé à l'Italie d'en faire rapport avant le 1er février 2017.

Les autorités italiennes ont réaffirmé leur volonté de répondre aux préoccupations soulevées par le Comité du patrimoine mondial en juillet dernier à propos de la préservation de la ville de Venise. Cet engagement s'est traduit par l'adoption d'un nouveau « Pacte pour

Venise », signé le 26 novembre dernier et qui prévoit 457 millions d'euros d'investissement pour la préservation de la ville de Venise et sa lagune au cours des quatre prochaines années. De plus, dans le cadre du plan stratégique national pour le développement du tourisme, présenté par le ministère des Activités et Biens culturels et du Tourisme le 16 décembre dernier, et dont l'objectif est de mettre le tourisme durable au centre des politiques nationales, une action spécifique pilote est prévue pour le suivi et la gestion des flux touristiques à Venise.

« Venise est un patrimoine partagé de valeur universelle exceptionnelle. Nous devons tous travailler ensemble, l'Unesco, le gouvernement, la municipalité et toutes les parties prenantes. Ce matin, le maire de Venise m'a présenté en détail le grand nombre d'actions réalisées et les projets concrets qu'il a l'intention de mettre en œuvre. J'ai pu mesurer l'ampleur des efforts menés conjointement par la municipalité et le gouvernement. Nous allons continuer à travailler dans cet esprit », a déclaré Irina Bokova.

« Ma présence aujourd'hui est le signe de la confiance et de l'attachement de Venise à la coopération internationale. J'ai présenté à la directrice générale les progrès accomplis au cours des quinze derniers mois par l'administration municipale, qui témoignent du fort engagement pour la revitalisation de Venise et montrent une inversion de tendance par rapport au passé. Je souhaite que cette rencontre soit le point de départ d'une coopération qui offre une nouvelle vision de la ville, une vision pour les vingt prochaines années, où tous s'engagent pour un avenir meilleur pour les jeunes et les générations futures », a déclaré le maire, Luigi Brugnaro.

L'entretien bilatéral entre la directrice générale et le maire s'est poursuivi par une journée de réunions de travail pour évoquer les différents aspects de la gestion de ce site du patrimoine mondial.

Source : publication sur le site Internet de l'Unesco
du 24 janvier 2017, consultée le 23 mai 2020.

S'ENTRAÎNER

DOCUMENT 2

Avant et après : le temple de Baalshamin, l'un des monuments emblématiques de Palmyre en Syrie, a été détruit par Daech en août 2015. Le site de Palmyre est inscrit sur la liste du patrimoine mondial en péril de l'Unesco.

ph © JOSEPHEID/AFP

Source : Joseph Eid, AFP, *Le Monde*, 2 avril 2016.

LES CLÉS DU SUJET

Identifier les documents

Documents

Nature, genre, source
- Doc. 1 : texte publié par le site de l'Unesco
- Doc. 2 : photographie de l'AFP publiée par le journal *Le Monde*

Auteurs
- Doc. 1 : rédacteurs de l'Unesco
- Doc. 2 : le photographe Joseph Eid

Dates et contexte
- Doc. 1 : 2017, coopération entre la ville de Venise et l'Unesco
- Doc. 2 : Syrie, après 2015

Thèmes
- Doc. 1 : la protection du site de Venise et sa lagune
- Doc. 2 : la destruction du site de Palmyre par Daech

Comprendre la consigne

• La consigne vous invite à aller plus loin qu'une simple présentation des menaces qui pèsent sur le patrimoine, comme pourrait le suggérer une lecture rapide du sujet.
• Il s'agit d'identifier les différents risques qui menacent le patrimoine et les mesures prises par les différents acteurs pour y faire face.
• La problématique à laquelle vous répondrez est la suivante : en quoi ces documents témoignent-ils de la vulnérabilité du patrimoine et des politiques mises en œuvre pour le protéger ?

Dégager la problématique et construire le plan

Au regard du sujet, suivre le plan de la consigne est la solution la plus facile mais aussi la plus efficace afin de gagner du temps.

I. Un patrimoine mondial menacé	• Pourquoi le site de Venise est-il menacé ? • En quoi le site de Palmyre témoigne-t-il de nouvelles menaces sur le patrimoine ?
II. Un patrimoine mondial à protéger	• Quels sont les différents acteurs de la protection du patrimoine ? • Quelles mesures prendre pour faire face à ces menaces ?

13 CORRIGÉ GUIDÉ

Les titres et les indications entre crochets ne doivent pas figurer sur la copie.

Introduction

[Accroche] Le patrimoine est une trace du passé que les sociétés décident de transmettre aux générations futures pour ses caractéristiques exceptionnelles. Il est par définition fragile et doit donc être protégé. [Présentation du sujet] Le site Internet de l'Unesco, institution de l'ONU chargée de l'identification et la protection du patrimoine mondial, présente le 24 janvier 2017 un article sur la protection d'un site remarquable mais vulnérable : celui de Venise et de sa lagune. Un an plus tôt, le journal *Le Monde* publie une photo du site de Palmyre en Syrie, en grande partie détruit en août 2015 par l'organisation terroriste Daech. [Problématique] En quoi ces documents témoignent-ils de la vulnérabilité du patrimoine et des politiques mises en œuvre pour le protéger ? [Annonce du plan] Pour répondre à cette question, nous présenterons les menaces qui pèsent sur le patrimoine [I] puis les actions pour y faire face [II].

▶ Le secret de fabrication

Lorsque le plan est suggéré dans la consigne, il faut veiller à ne pas répéter celui-ci dans la problématique. Utilisez alors des synonymes ou préférez une formulation plus générale.

I. Un patrimoine mondial menacé

1. Un patrimoine victime des aléas naturels

• « Venise est un patrimoine partagé de valeur universelle exceptionnelle », ainsi s'exprime la directrice de l'Unesco en 2017, rappelant le statut particulier dont la ville et sa lagune bénéficient depuis 1987. Venise est non seulement inscrite sur la liste du patrimoine mondial de l'Unesco mais son caractère « universel » la place sous une vigilance particulière de l'institution onusienne.

• C'est à l'occasion des « 50 ans de la grande inondation de Venise » qu'Irina Bokova, directrice générale de l'Unesco, s'est rendue sur place. En effet, en 1966, Venise avait été victime de pluies torrentielles provoquant des inondations exceptionnelles et la détérioration de nombreuses œuvres d'art. L'opinion publique prit alors conscience de la vulnérabilité de Venise.

• Venise est en effet particulièrement soumise aux aléas naturels : le phénomène d'*acqua alta* (« hautes eaux ») s'explique par la montée des eaux de l'Adriatique. Avec le changement climatique, le phénomène a tendance à devenir plus fréquent. Tassant les fondations de la ville, il menace des édifices exceptionnels tels la place Saint-Marc, sa basilique et le palais des Doges.

2. Un patrimoine menacé par le terrorisme

• Ailleurs dans le monde, d'autres menaces, de nature politique, pèsent sur des sites patrimoniaux mondialement connus. C'est le cas du site de Palmyre, en Syrie, où le temple de Baalshamin a été détruit par Daech en août 2015. La superposition d'une photographie du site avant sa destruction avec une autre présentant l'ampleur des dégâts est saisissante.

• Comme au Mali en 2012, le patrimoine est ici victime du fondamentalisme religieux. Le temple d'une divinité antique est détruit à l'explosif par Daech, organisation islamique qui depuis 2014 procède à la destruction organisée et au vol d'objets appartenant au patrimoine culturel des territoires qu'il contrôle en Irak, en Syrie ou en Libye.

CONSEIL

Le site de Palmyre n'est pas un jalon du thème traité. Néanmoins, vous avez étudié le cas du Mali où la problématique est la même, ainsi que Daech dans le thème « Faire la guerre, faire la paix ». Ne cloisonnez pas vos connaissances.

3. Un patrimoine fragilisé par le « surtourisme »

• Une autre menace est évoquée par le document 1, celle du « surtourisme ». Paradoxalement, le phénomène d'*acqua alta* fonctionne comme un cliché vendeur pour tout professionnel du tourisme à Venise, comme son carnaval. Il faut rappeler que près de 30 millions de touristes se rendent dans cette ville chaque année.

MOT CLÉ
Le surtourisme désigne un phénomène de saturation de certains sites touristiques par un nombre croissant de visiteurs.

• Aussi, la « gestion des flux touristiques » est devenue un casse-tête pour les autorités de la ville, comme le rappelle le texte : ce sont près de 77 000 personnes par jour qui déambulent dans un centre-ville d'une superficie de 17 km^2. Les rues bondées, les transports saturés, les prix exorbitants de l'immobilier, le non-respect de lieux sacrés sont liés à ce « surtourisme ». Venise devient un parc d'attractions.

[Transition] Les menaces qui pèsent sur le patrimoine entraînent des mouvements de protestation. Ils viennent du monde entier concernant la Syrie, ils sont issus d'organisations de résidents à Venise. Cela oblige les différents acteurs du patrimoine à intervenir.

S'ENTRAÎNER

II. Un patrimoine mondial à protéger

1. De nombreux acteurs à toutes les échelles

• « Nous devons tous travailler ensemble, l'Unesco, le gouvernement, la municipalité et toutes les parties prenantes » : cette citation du document 1 présente la multiplicité des acteurs de la protection du patrimoine. Au premier rang desquels l'Unesco, organisme de l'ONU qui, dès 1954 adopte une convention pour la protection des biens culturels en cas de conflit armé.

• À partir de 1978, le comité du Patrimoine mondial distingue le caractère exceptionnel de certains biens ou sites en les inscrivant sur une liste. Ils sont alors placés sous la sauvegarde internationale par l'intermédiaire d'une coopération financière et matérielle.

• L'Unesco peut aussi les classer sur la liste du patrimoine « en péril », comme c'est le cas de Palmyre. Venise a failli rejoindre cette liste à la suite d'une demande du maire. Ce classement permet à l'Unesco d'engager d'importants travaux ou de déplacer certains biens patrimoniaux comme au Mali.

• Cette inscription, donnant une mauvaise image d'un site prisé des touristes, comme Venise, peut être un moyen de pression sur les autorités afin que celles-ci prennent des mesures concrètes pour protéger ce site. Ces mesures sont mises en œuvre par les autorités centrales (gouvernements) mais aussi par les collectivités territoriales (municipalité de Venise).

2. Les mesures de protection

• Les autorités italiennes et celles de Venise ont répondu aux demandes de l'Unesco en adoptant un « pacte pour Venise » en 2016, c'est-à-dire un plan d'investissement pour « sauvegarder » et revitaliser la ville. Plusieurs solutions sont à l'étude ou mises en place : contrôler les locations de logements, instaurer un quota de visiteurs (portiques), créer une nouvelle taxe.

• Il s'agit des « projets concrets » évoqués par le maire. Des mesures de protection plus anciennes ont aussi vu le jour, comme le très coûteux projet MOSE, sorte de « cloisons oscillantes » permettant de limiter les inondations.

• À Palmyre, tout reste à faire. Le rôle de l'Unesco est pour l'instant d'évaluer précisément les dommages subis et de récolter des fonds avant d'entreprendre peut-être des actions de restauration une fois la situation politique stabilisée.

> **À NOTER**
> Depuis la date de l'article, la ville de Venise a interdit en 2021 la fréquentation du grand canal aux gros paquebots de croisière (bateaux de plus de 200 touristes).

Conclusion

[Réponse à la problématique] La patrimonialisation peut être au cœur d'enjeux géopolitiques, comme en Syrie, qui aboutissent à la destruction de biens patrimoniaux. L'attractivité touristique peut aussi mettre en péril la préservation du patrimoine, comme à Venise. Le patrimoine est donc vulnérable et il revient à l'Unesco et aux autorités nationales et locales de prendre des mesures pour le préserver, que ce soit par des opérations concrètes de protection ou par des mesures de restauration. [Ouverture] Quelles que soient les mesures prises, elles engagent des investissements coûteux. À l'heure où le monde vit une crise sanitaire sans précédent, ces sujets ne semblent plus être une priorité pour les différents acteurs locaux. Si la Covid-19 a vidé Venise de ses touristes, nul doute que la municipalité de la « Sérénissime » sera plus encline à mener des campagnes de communication pour les faire revenir qu'à accélérer la mise en place d'une « taxe » pour limiter leur afflux.

Patrimoine et urbanisme à Paris

2 heures
10 points

INTÉRÊT DU SUJET • Ce sujet mobilise vos connaissances sur les usages du patrimoine. Il s'agit de s'interroger sur la compatibilité entre la protection et la mise en valeur du patrimoine, d'une part, et l'évolution de l'urbanisme, d'autre part.

Montrez que ces documents témoignent des enjeux urbanistiques et politiques du patrimoine à Paris.

DOCUMENT 1 La pyramide du Louvre, un incontournable de la « ville lumière »

Les rives de la Seine à Paris sont classées au patrimoine mondial de l'Unesco depuis 1991. Le Louvre s'inscrit dans ce patrimoine protégé mais sa pyramide, inaugurée en 1989, n'est pas encore classée aux Monuments historiques. Le projet du Grand Louvre a permis de passer de 3 à 10 millions de visiteurs par an.

ph © Bertrand Gardel/hermis.fr

DOCUMENT 2 **La pyramide, 30 ans après...**

Inaugurée en 1989, la Pyramide du Louvre a vu le jour [...] dans une bataille acharnée et des hurlements à « la profanation culturelle ». Mais 30 ans après, l'œuvre de Ieoh Ming Pei est unanimement célébrée comme une réussite. [...]

Tout aura commencé le 31 juillet 1981, quand Jack Lang, nouveau ministre de la Culture, écrit au président François Mitterrand : « Il y aurait une idée forte à mettre en chantier : récréer le Grand Louvre en affectant le bâtiment tout entier aux musées. » [...] « La cour Napoléon était un épouvantable parking. Le musée était handicapé par l'absence d'entrée centrale [...] » explique-t-il dans un entretien avec l'AFP. [...]

Trois historiens [...] publient un livre-réquisitoire : *Paris mystifié. La Grande Illusion du Grand Louvre*. La critique ne porte pas tant sur l'agrandissement que sur l'esthétique d'une architecture contemporaine dans un décor Napoléon III. [...] La polémique[1], portée par de grandes plumes, à travers les médias [...], va faire rage plusieurs années. Éternel conflit des anciens et des modernes, comme pour les colonnes de Buren, l'Arche de La Défense ou le Centre Pompidou... [...] Jacques Chirac[2], maire de Paris, en pleine compétition avec Mitterrand, avait été furieux d'avoir été averti par une fuite dans les médias. [...]

Pour son actuel président-directeur Jean-Luc Martinez, « le Louvre est le seul musée au monde dont l'entrée est une œuvre d'art », et la pyramide est devenue le symbole d'un musée résolument tourné vers l'avenir. [...]

Le Grand Louvre, alliant moderne et ancien, aura contribué « à un mouvement international en faveur des grands projets, et 150 musées ont fait l'objet de rénovations », analyse l'ancien ministre de François Mitterrand.

« La Pyramide du Louvre fête ses 30 ans : histoire d'une polémique en 7 actes », AFP, 22 mars 2019.

---

1. François Mitterrand est alors accusé de mégalomanie par les partis de droite.
2. Jacques Chirac est maire de Paris de 1977 à 1995. Battu aux élections présidentielles de 1981 par François Mitterrand, il devient le Premier ministre de celui-ci de 1986-1988, lors de la première cohabitation.

LES CLÉS DU SUJET

Identifier les documents

Documents 1 et 2

Nature, genre, source
- **Doc. 1** : photographie
- **Doc. 2** : article de presse de l'AFP

Destinataire
Publics français et étranger

Date et contexte
2019, soit 30 ans après l'inauguration de la pyramide du Louvre

Thèmes
- Préservation du patrimoine
- Urbanisme
- Usage politique du patrimoine

Comprendre la consigne

- Quels contrastes la pyramide du Louvre crée-t-elle dans le paysage urbain ?
- Quels reproches les partis politiques de droite ont-ils alors adressés au président ?
- Quelle est la place patrimoniale de la pyramide du Louvre aujourd'hui ?

Dégager la problématique et construire le plan

- Demandez-vous quels sont les débats suscités par la construction de la pyramide du Louvre. Ces débats perdurent-ils aujourd'hui ?
- La problématique peut être la suivante : En quoi ces documents sont-ils le reflet de débats urbanistiques et politiques aujourd'hui dépassés ? On pourra y répondre à l'aide d'un plan thématique.

I. Une pyramide objet de débats entre « patrimoine » et « modernité »	• Que reproche-t-on à la pyramide ? • Quels sont les avantages de ce projet ?
II. Un projet architectural, objet de débats politiques	• Qui sont les opposants à ce projet ? • Quel est le contexte politique de l'inauguration du projet ?
III. Une polémique dépassée	• Comment la photographie met-elle en valeur la pyramide ? • Quelle est la portée internationale de cette œuvre ?

14 CORRIGÉ GUIDÉ

Les titres et les indications entre crochets ne doivent pas figurer sur la copie.

Introduction

[Présentation des documents] En 2019, la pyramide du Louvre a fêté ses trente ans. Ce monument est évoqué dans les deux documents soumis à notre étude : une photographie, prise de nuit, de la cour Napoléon du Louvre, où trône la pyramide, et un article de presse de l'AFP daté du 22 mars 2019. [Présentation du sujet] L'article revient sur les polémiques suscitées par la pyramide du Louvre lors de sa construction, tandis que la photographie met en valeur les atouts de ce projet de transformation du Louvre en Grand Louvre. [Problématique] En quoi ces documents sont-ils le reflet de débats urbanistiques et politiques aujourd'hui dépassés ? [Annonce du plan] Nous verrons que ce projet architectural a opposé les défenseurs d'un patrimoine muséifié et ceux qui militent pour l'aménagement de ce patrimoine afin de l'adapter à la modernité [I]. Nous verrons aussi que les débats ont été vifs entre progressistes et conservateurs [II] mais qu'ils semblent aujourd'hui dépassés tant la pyramide est entrée dans le paysage urbain de Paris [III].

I. Une pyramide, objet de débats urbanistiques

1. Le Louvre, monument patrimonial

• Le Louvre, forteresse construite sous Philippe Auguste au XIIe siècle, devient une résidence royale au XIVe siècle puis un musée pendant la Révolution française en 1793. Il est inscrit sur la liste des monuments historiques en 1889. Comme le mentionne le paratexte du document 1, le Louvre est classé au patrimoine mondial de l'Unesco en tant qu'élément des rives de la Seine.

2. Un projet moderne de rénovation du musée

• À son arrivée au ministère de la Culture, en 1981, Jack Lang propose au nouveau président de la République, François Mitterrand, une rénovation d'envergure du musée, pour créer le Grand Louvre. Il s'agit d'affecter « le bâtiment tout entier aux musées » et de réorganiser ses entrées.

> **INFO +**
> Le palais du Louvre partageait ses espaces avec le ministère des Finances.

• « La cour Napoléon était un épouvantable parking » (l. 9) : les abords du musée étaient également inadaptés et exclure les voitures de son environnement proche relevait autant d'un projet urbanistique (réorganiser la circulation et le stationnement autour de ce lieu) que d'une mise en valeur esthétique.

3. De nombreuses critiques : une architecture inadaptée au lieu

• Dès le début du projet, la construction d'une pyramide en plein cœur de la Cour carrée du Louvre fait débat. L'auteur du texte évoque même une « bataille acharnée et des hurlements à la profanation culturelle » (l. 2) ainsi que les critiques d'historiens remettant en cause une construction contemporaine au sein d'un « décor Napoléon III ».

CONSEIL
N'oubliez pas de citer le texte et de décrire la photographie, votre étude doit s'appuyer sur des éléments précis.

• Ces débats opposent régulièrement les défenseurs du patrimoine historique, qui souhaitent qu'il reste le témoin d'un passé qui doit garder son « authenticité », pour être transmis aux générations futures, et les défenseurs d'un nouvel urbanisme d'une métropole en évolution. C'est le cas par exemple lors de l'installation des colonnes de Buren dans la cour d'honneur du Palais Royal en 1986, à la même époque que les travaux du Louvre.

[Transition] Le projet de construction de la pyramide du Louvre rend ainsi compte des conflits d'intérêts entre préservation et modernisation. Les débats ont cependant dépassé le cadre artistique et culturel vers le champ politique.

II. Un projet architectural, objet de débats politiques

1. Un président bâtisseur accusé de mégalomanie

• François Mitterrand, au pouvoir en France de 1981 à 1995, est un président bâtisseur : projet du Grand Louvre, Opéra Bastille, Grande Arche de La Défense, Grande Bibliothèque nationale. Il est accusé de « mégalomanie » par ses opposants politiques, la pyramide renvoyant à l'image de l'Égypte antique et à la puissance des pharaons. On soupçonne François Mitterrand de se prendre alors pour Toutankhamon. Ces critiques émanent de la droite conservatrice malmenée par la première alternance de la Ve République, en 1981.

2. Un contexte particulier de cohabitation

• Entre la première évocation du projet architectural et sa réalisation, sept ans se sont écoulés. Lorsque Jacques Chirac apprend par la presse le projet, il est alors maire de Paris et leader de l'opposition. En 1986, son parti gagne les élections législatives, aussi le président de la République le nomme Premier ministre : c'est la première cohabitation. Il adhère alors au projet, non sans réserve. En 1988, Jacques Chirac perd les élections présidentielles face à François Mitterrand qui commence un second mandat.

• C'est dans ce contexte politique particulier que la pyramide du Louvre a été construite puis inaugurée. C'est pour cela également que la polémique a fait « rage plusieurs années », les considérations politiques ont été au moins aussi importantes que les débats patrimoniaux, historiques et esthétiques.

[Transition] Si les défenseurs d'une « muséification » de Paris dénonçaient une pyramide rompant l'harmonie de la cour, il est aujourd'hui difficile de leur donner raison tant le débat semble dépassé sur ce projet particulier.

III. Une polémique dépassée

1. Une pyramide pour le premier musée du monde

• La construction d'une entrée centrale, dont l'absence handicapait le musée comme le rappelle Jack Lang, était sans doute une idée pertinente. Même si le musée du Louvre dispose toujours de plusieurs entrées, la pyramide est pour le moins une entrée majestueuse dont l'éclat est mis en valeur par un éclairage nocturne (document 1). Elle permet à la lumière d'entrer dans un très vaste hall desservant les trois ailes du musée.

• C'est tout le projet du Grand Louvre qui a permis au musée de tripler le nombre de visiteurs et de devenir le musée le plus fréquenté du monde avec 9,6 millions de visiteurs en 2019.

2. Une entrée de musée, monument du patrimoine parisien

• Aujourd'hui la pyramide du Louvre n'est plus un objet de débat. Elle est devenue un monument à part entière que les touristes viennent voir. Décor d'œuvres de fiction, comme le roman *Da Vinci Code*, elle n'a pas rompu l'harmonie du lieu et est considérée comme une véritable « œuvre d'art ». C'est d'ailleurs le lieu qu'a choisi Emmanuel Macron pour son discours le soir des élections présidentielles le 7 mai 2017.

3. Un monument qui fait des émules

• Le projet du Grand Louvre a suscité un « mouvement international en faveur des grands projets », puisque « 150 musées ont fait l'objet de rénovations » (document 2). C'est le cas en effet du musée de l'Ermitage, du Metropolitan Museum of Art de New York ou du musée du Vatican dont une nouvelle entrée est inaugurée en 2000. Le Louvre est d'ailleurs devenu lui-même une marque qui s'exporte avec l'ouverture d'une antenne à Abu Dhabi en 2017.

Conclusion

[Réponse à la problématique] Les documents témoignent bien des débats qui ont agité la classe politique et les Français concernant la construction de la pyramide du Louvre. Ce débat est classique entre les conservateurs, défenseurs de l'homogénéité du paysage parisien et de son patrimoine ancien, et ceux qui cherchent à adapter la capitale à son époque. [Ouverture] L'esthétisme de la pyramide du Louvre montre qu'un projet ambitieux et moderne peut être une réussite. Il faut surtout que la modernité puisse mettre en valeur ce qui est ancien, et c'est là tout le défi à relever.

15 Sujet spécimen 2021 • DISSERTATION

Valoriser le patrimoine en France

2 heures
10 points

S'ENTRAÎNER

INTÉRÊT DU SUJET • Depuis 1959, l'État gère le patrimoine en France. Dans le cadre d'une multiplication des acteurs et des enjeux, la notion de patrimoine s'est progressivement élargie.

▶ Quelles sont les finalités de la valorisation du patrimoine en France ?

LES CLÉS DU SUJET

Analyser le sujet

Quelles sont les finalités de la valorisation du patrimoine en France ?

Formulation
- Question assez simple au premier abord
- Les termes « finalités » et « valorisation » au cœur du sujet

Bornes chronologiques et/ou spatiales
- De la Révolution française au XXIe siècle
- L'ensemble de l'espace français

Type de sujet
Sujet évolutif

Notions et mots clés
- Valorisation : mise en valeur de certains éléments relevant du patrimoine
- Patrimoine : ensemble de biens matériels ou immatériels pensés comme le bien d'une communauté
- Finalités : objectifs

Dégager la problématique

- Quelles sont les principales étapes de la valorisation du patrimoine français ?
- Pourquoi le patrimoine est-il un élément de la puissance de la France ?

Construire le plan

L'objectif est ici de montrer comment la notion de patrimoine s'est élargie car l'État en fait de plus en plus un élément de sa puissance.

I. Protéger pour valoriser le patrimoine	• À quel moment les premières politiques du patrimoine sont-elles mises en place ? • Qui sont les acteurs de la valorisation du patrimoine ?
II. Un patrimoine pluriel	• Qu'est-ce que le patrimoine français ? • Comment la notion de patrimoine a-t-elle été élargie ?
III. Une valorisation nécessaire à la puissance	• Comment le patrimoine français est-il valorisé ? • Quel lien les Français entretiennent-ils avec leur patrimoine ?

15 CORRIGÉ GUIDÉ

Les titres et les indications entre crochets ne doivent pas figurer sur la copie.

Introduction

▶ Le secret de fabrication

Sans être chronologique, le plan proposé permet de montrer une véritable évolution sur deux siècles. Dans un premier temps, la protection l'emporte sur la valorisation. Comme plusieurs chefs d'État y voient un élément de puissance, ils organisent sa valorisation et élargissent la notion de patrimoine. Désormais, la puissance de la France ne se pense plus sans cette dimension patrimoniale.

[Accroche] En 2018, la France lance le Loto du patrimoine, qui combine un tirage le 14 juillet et un jeu de grattage. L'objectif est d'utiliser cet argent pour assurer l'entretien de monuments en péril. [Présentation du sujet] Cet exemple témoigne de la volonté de l'État français de valoriser des monuments en difficulté. C'est pendant la Révolution que se met en place une politique de protection du patrimoine. Au fil du temps, l'État et de multiples acteurs y voient une ressource et un moyen de rayonner. Le pays est ainsi associé dans le monde autant à la tour Eiffel qu'à Victor Hugo et à la baguette de pain. Les actions de valorisation du patrimoine ont pour objectif de renforcer le *soft power* et ainsi de participer à l'idée d'une « exception française ». [Problématique] Dans quelle mesure la valorisation du patrimoine participe-t-elle à la puissance de la France ? [Annonce du plan] Dans un premier temps, protéger le patrimoine a permis de le valoriser. [I] Puis la notion de patrimoine s'est élargie. [II] Enfin, cette valorisation s'est avérée nécessaire pour faire du patrimoine un pilier de la puissance française. [III]

I. Protéger pour valoriser le patrimoine

1. Entre protection et valorisation

• Au début de la Révolution française, une commission des monuments est créée pour réaliser un inventaire des édifices et objets publics alors que les biens ecclésiastiques sont l'objet de nombreux actes de vandalisme. Cette volonté de protection est la première étape de valorisation.

• Au XIXe siècle, le patrimoine recouvre alors essentiellement les monuments. C'est ainsi que naît en 1840 l'Inspection générale des monuments historiques chargée de dresser une liste de monuments que l'État doit protéger. Certains monuments sont alors mis en valeur, comme le château de Versailles, où Napoléon III reçoit la reine Victoria en 1855.

2. Les acteurs du patrimoine

• L'État reste l'acteur majeur de la valorisation. C'est lui décide de ce qui relève ou non du patrimoine. Ainsi, il élargit la définition du patrimoine, en y incorporant les objets issus des fouilles archéologiques en 1941 ou le patrimoine naturel en 1960. Par l'ouverture au public et la création d'événements, l'État valorise certains éléments patrimoniaux.

MOT CLÉ
Le patrimoine naturel est un paysage remarquable composé de ressources naturelles à préserver.

• Les collectivités territoriales mettent davantage en valeur le patrimoine local. Dans les années 1970-1980, le conseil régional du Nord-Pas-de-Calais soutient la création du Centre historique minier de Lewarde. Il s'agit de la première étape de la mise en valeur du patrimoine houiller de la région, ce qui a conduit l'Unesco à classer le site au patrimoine mondial.

CONSEIL
Quand vous évoquez les acteurs, évitez le catalogue exhaustif. Privilégiez les acteurs les plus importants, puis illustrez par des exemples.

[Transition] La valorisation est généralement l'étape qui suit la protection. La France prend peu à peu conscience de cette ressource et élargit alors sa définition du patrimoine.

II. Un patrimoine pluriel

1. La place du matériel

• La notion de patrimoine reste encore fortement associée aux monuments. La France attire les touristes par ses monuments. L'Arc de Triomphe a ainsi accueilli 1,61 million de visiteurs en 2019, le Mont-Saint-Michel 1,48 million et le château de Carcassonne plus de 600 000 visiteurs. Ces édifices incarnent différentes pages de l'histoire du pays et permettent la valorisation de certaines régions.

• Dans les années 1970, l'État commence aussi à mettre en avant le patrimoine industriel, scientifique et technique. Il s'agit parfois d'un moyen d'améliorer l'image de certains sites. Ainsi, au Centre historique minier de Lewarde le visiteur reconstitue le quotidien d'un mineur.

MOT CLÉ
Le patrimoine industriel rassemble les paysages, objets et bâtiments liés à une activité industrielle.

2. Le développement du patrimoine immatériel

• L'Unesco définit le patrimoine culturel immatériel (PCI) par l'ensemble des pratiques, représentations et savoir-faire que les communautés reconnaissent comme faisant partie de leur patrimoine culturel. Les différents acteurs privés et publics français inscrivent alors au patrimoine de nombreux éléments, comme la dentelle au point d'Alençon en 2009.

• La France met aussi en avant sa gastronomie. En 2010, le repas gastronomique des Français est inscrit au PCI. Ce patrimoine pluriel explique que la France soit le pays le plus visité au monde puisqu'en 2018 elle a accueilli près de 90 millions de visiteurs venus admirer ses monuments, découvrir sa gastronomie et ses traditions.

[Transition] Cet élargissement de la notion de patrimoine s'est fait rapidement et témoigne de la volonté de l'État d'en faire un pilier de sa puissance.

III. Une valorisation sélective mais nécessaire à la puissance

1. Les méthodes de valorisation

• La France valorise son patrimoine au cours de différents événements. En 1984 sont ainsi lancées les « journées portes ouvertes dans les monuments historiques ». Elles se sont depuis élargies à une partie de l'Union européenne et permettent d'accéder alors à certains monuments habituellement fermés au grand public.

• La valorisation du patrimoine français se fait aussi à l'étranger pour illustrer le rayonnement de la France. En mars 2015, à l'initiative du ministre des Affaires étrangères, 1 000 chefs organisent un repas gastronomique dans les ambassades de 150 pays. On parle ici de gastrono-diplomatie.

MOT CLÉ
La gastrono-diplomatie est l'utilisation par un État de sa gastronomie comme moyen de rayonnement et de puissance à l'international.

2. Les limites

• Seuls quelques monuments sont pleinement valorisés au point de connaître une fréquentation importante. La moitié des visites de musées se concentrent ainsi sur 1 % d'entre eux. La valorisation du patrimoine repose souvent sur quelques associations et elle manque de rayonnement.

> ▶ **Le secret de fabrication**
> Le devoir met en avant le patrimoine et la façon dont celui-ci participe à la puissance de la France. Il est important de montrer que ce processus rencontre des oppositions et connaît des limites. Vous nuancez ainsi votre propos, ce qui donne une dimension plus réflexive à votre copie : elle se démarquera des autres.

• Des voix dénoncent le fait que la notion de patrimoine se soit trop élargie à de nombreux domaines, au risque de faire perdre au pays son identité. On parle ici d'inflation patrimoniale ou de « tout patrimoine ». Il importe alors de redonner davantage de sens à chaque élément patrimonialisé.

Conclusion

[Réponse à la problématique] La France a très tôt compris l'intérêt de valoriser son patrimoine. Si la notion s'est élargie, le processus n'a profité qu'à quelques éléments patrimoniaux. Le patrimoine reste pourtant un élément clé de la puissance française dans les relations internationales. [Ouverture] Malgré les quelques faiblesses du modèle français, force est de constater le succès de sa politique patrimoniale ; il lui incombe donc désormais d'aider les pays en difficulté ou qui sortent de conflits à protéger leur patrimoine et à le mettre en valeur.

16 Étude critique de document

Cinéma et patrimonialisation du bassin minier

2 heures
10 points

INTÉRÊT DU SUJET • Cette étude de documents s'intéresse au rôle du cinéma dans le processus de patrimonialisation du bassin minier du Nord-Pas-de-Calais.

▶ À l'aide des documents et de vos connaissances, vous montrerez en quoi le cinéma a participé à la patrimonialisation d'un site remarquable.

DOCUMENT **Les friches minières du Nord-Pas-de-Calais au cinéma**

Le cinéma, dans le Nord et le Pas-de-Calais, a accompagné, au moins dans les années 1990, le changement de regard porté sur les friches minières [...]. À une époque où la culture a souvent inspiré la reconversion de sites industriels dévastés, les tournages purent participer à la reconversion de ce qui était encore perçu comme un « sous-patrimoine ».

Le cas de *Germinal* est significatif. Le film [sorti en 1993] s'inscrit dans un contexte de crise économique, sociale, identitaire qui frappe le bassin minier. Si ce basculement brutal conduit à accepter avec fatalité l'effacement des traces du monde d'hier, il incite aussi à la mobilisation de quelques acteurs locaux, dont d'anciens mineurs, qui aspirent à défendre une mémoire du passé minier et des territoires dans lesquels elle se grave. Ce camp des acteurs du patrimoine est rejoint, de manière fortuite, par Claude Berri dont le projet s'inscrit bien dans une logique mémorielle. [...]

Le soutien unanime apporté au film à différentes échelles a accéléré le classement du site minier au titre des monuments historiques en 1992. *Germinal* fut une caisse de résonance pour les militants locaux de la patrimonialisation [...]. Le film a également suggéré à ce patrimoine révélé une nouvelle fonction, dans le secteur de l'image, lui garantissant un futur [...], Arenberg figurant parmi les cinq grands sites de mémoire qui doivent abriter des pôles économiques et culturels régionaux sur différentes thématiques. [...]

Quinze ans plus tard, le cinéma participe à la requalification d'une autre friche minière. La Cité des électriciens, au cœur de Bruay-la-Buissière, dans la partie occidentale du bassin minier. 20 millions de spectateurs la découvrent en 2008 grâce à *Bienvenue chez les Ch'tis* de Dany Boon. S'y joue l'une des scènes les plus mémorables du film ; elle y est dépeinte comme une cité fantôme en marge de Bergues ; rien ne suggère une quelconque valeur patrimoniale de cet espace en ruines dont les habitants jouent les « marginaux ». [...] Pourtant, si Claude Berri est perçu comme un « sauveur » du site et un « père » du projet à Arenberg, le rôle de Dany Boon dans le cas de la Cité des Électriciens est loin de faire consensus.

Nicolas Marichez, « Le cinéma, vecteur de patrimonialisation du bassin minier du Nord et du Pas-de-Calais », site geoconfluences.ens-lyon.fr, 19 mars 2020.

LES CLÉS DU SUJET

Identifier le document

Document

Date et contexte
Années 1990-2010 : avant et après le classement du site par les monuments historiques

Nature, genre, source
Article d'un site scientifique géographique, *Géoconfluences*

Espace et échelle
Échelle locale : bassin minier du Nord-Pas-de-Calais

Thème
La mise en valeur du patrimoine industriel et le rôle du cinéma dans ce processus de patrimonialisation

Comprendre la consigne

Il s'agit ici de rappeler les étapes de la patrimonialisation d'une région industrielle et de comprendre quel rôle le cinéma a pu jouer dans ce processus. Il est néanmoins important de nuancer ce rôle et de présenter les véritables acteurs du projet.

Dégager la problématique et construire le plan

Comment le cinéma peut-il être un outil de la patrimonialisation d'un site ?

I. Coup de projecteur du cinéma sur un patrimoine oublié	Quel rôle les films mentionnés dans le texte ont-ils joué dans la patrimonialisation du bassin minier ?
II. Le rôle secondaire du cinéma dans ce processus	• Quels sont les autres acteurs du projet mentionnés indirectement dans le texte ? • Pourquoi le film de Dany Boon est-il « loin de faire consensus » ?

16 CORRIGÉ GUIDÉ

Les titres et les indications entre crochets ne doivent pas figurer sur la copie.

Introduction

[Accroche] En 2012, le bassin minier du Nord-Pas-de-Calais devient un « paysage culturel, évolutif et vivant » remarqué par l'Unesco. [Présentation du sujet] Ainsi, la valeur patrimoniale d'une région aménagée par les hommes, reflet d'une histoire humaine, est reconnue cette année-là. Cet article, publié sur le site de géographie *Géoconfluences* en mars 2020, évoque ce processus de patrimonialisation du bassin minier et insiste particulièrement sur le rôle que le cinéma a pu y jouer. [Problématique] Ainsi on se demandera comment le cinéma peut être un outil de la patrimonialisation d'un site. [Annonce du plan] Nous montrerons que le cinéma a jeté un « coup de projecteur » sur un patrimoine oublié [I] mais que son rôle n'a fait qu'accélérer un processus déjà engagé grâce à l'action de nombreux autres acteurs [II].

I. Coup de projecteur du cinéma sur un patrimoine oublié

1. Le cinéma au service d'un territoire et d'une identité oubliés

• Comme l'évoque le texte, le cinéma a permis de changer le « regard porté sur les friches minières » (l. 2-3), c'est-à-dire ces territoires particuliers, délaissés depuis les années 1980 et jugés inesthétiques : terrils, fosses, chevalement, tours d'extraction.

• Ces vestiges encombrants sont utilisés comme décors par Claude Berri dans son film *Germinal* sorti en 1993 et d'anciens mineurs sont engagés comme figurants (l. 10-13). Il s'agit de faire revivre une grève évoquée dans le roman naturaliste d'Émile Zola à la fin du XIXe siècle, de raviver cette mémoire du monde ouvrier et de ses luttes.

> **▶ Le secret de fabrication**
> N'hésitez pas à apporter des éléments de vos connaissances personnelles (cinéma, lectures...). Cela témoigne de votre culture générale.

2. Le cinéma au service de la muséification et de la reconversion

• Le processus de patrimonialisation a été accéléré par le film *Germinal*, jusqu'au classement du site d'Arenberg : « Le soutien unanime apporté au film à différentes échelles a accéléré le classement du site minier au titre des monuments historiques en 1992 » (l. 16-18). Aussi les décors et les affiches du film sont présents sur le site et celui-ci est évoqué par les guides.

• Par ailleurs, Wallers-Arenberg est devenu, quelques années après le film, un site dédié aux industries de l'image, territoire de l'innovation dont la reconversion a été accélérée en 2015 : « Le film a également suggéré à ce patrimoine révélé une nouvelle fonction, dans le secteur de l'image, lui garantissant un futur » (l. 19-21).

• La Cité des Électriciens, plus vieille cité minière de France, longtemps laissée à l'abandon, sert également de décor au film de Dany Boon, *Bienvenue chez les Ch'tis* en 2008. Celle-ci est classée aux monuments historiques l'année suivante et sa reconversion est achevée en 2019 : le film a pu ici encore jouer un rôle d'accélérateur de la patrimonialisation. Les corons sont réhabilités en logements sociaux, en lieux touristiques et culturels.

II. Le rôle secondaire du cinéma dans ce processus

1. Une patrimonialisation portée par de nombreux acteurs

• La mobilisation de « militants locaux » (l. 18-19) a permis de conserver un patrimoine menacé avant la fermeture de la dernière fosse en 1990. Les premiers musées de la mine ouvrent à la fin des années 1970 de la patrimonialisation.

• Dans les années 1990, la patrimonialisation est avant tout portée par des acteurs politiques locaux puis nationaux. En 2000 est créée l'association du bassin minier soutenue par l'État qui classe 69 sites miniers sur l'Inventaire supplémentaire des Monuments historiques. Ces mesures favorisent le classement du bassin minier au patrimoine mondial de l'Unesco en 2012.

S'ENTRAÎNER

2. Une image cinématographique qui divise

• Si Claude Berri est considéré comme un « sauveur » à Arenberg, il n'en est pas de même pour Dany Boon à la Cité des Électriciens. Même si le film a contribué à populariser toute la région des Hauts-de-France et à y relancer le tourisme, il « est loin de faire consensus » (l. 34) car il a aussi donné une image assez négative de la cité minière et surtout de ses habitants.

À NOTER
Le film *Bienvenue chez les Ch'tis* n'est pas évoqué dans le projet de réhabilitation de la Cité des Électriciens et Dany Boon n'a pas été invité à l'inauguration.

• La patrimonialisation du bassin minier par l'Unesco a redonné une fierté à ses habitants. Ceux-ci sont désormais soucieux de l'image de leur passé et de leur identité véhiculée par le cinéma et s'avèrent désormais plus exigeants.

Conclusion

[Réponse à la problématique] Le cinéma français a bien accompagné la mise en valeur du patrimoine industriel minier, mais il n'en a pas été l'instigateur principal. Il a accéléré, ici plus qu'ailleurs, un processus déjà engagé à l'échelle nationale, celui de la reconnaissance d'un nouveau type de patrimoine. [Ouverture] Aujourd'hui le passé industriel du lieu reste vivant, il s'adapte pour concilier nouveaux aménagements, nouvelles activités et préservation de l'identité et du bâti miniers.

17 Étude critique de documents

Le patrimoine, élément du rayonnement culturel français

2 heures
10 points

S'ENTRAÎNER

INTÉRÊT DU SUJET • Le patrimoine matériel et immatériel de la France fait partie intégrante de sa puissance et contribue à son rayonnement international.

▶ D'après les documents proposés, vous montrerez comment la France utilise son patrimoine pour renforcer son influence dans le monde.

DOCUMENT 1 La gastronomie, cette nouvelle arme de la diplomatie française

Pour faire rayonner notre gastronomie, le Quai d'Orsay organise jeudi un dîner à la française dans nos ambassades de 150 pays.

La gastronomie, une affaire d'État ? « Oui », à en croire le ministère des Affaires étrangères. Jeudi 19 mars [2015], à l'appel de Laurent Fabius[1], le ban et l'arrière-ban des meilleurs chefs français et étrangers est convoqué pour la confection d'un déjeuner à la gloire de la cuisine française. Le clou de cette manifestation : un dîner d'exception à Versailles, dans la galerie des Batailles, concocté par six grands chefs étoilés, d'Alain Ducasse à Joël Robuchon, à l'intention de l'ensemble des ambassadeurs étrangers.

Le même jour, l'opération-charme sera dupliquée dans les ambassades, consulats, restaurants de 150 pays où 1 300 chefs s'efforceront, avec un dîner à la française, de prouver que la gastronomie fait partie du patrimoine français. Comme ses paysages, son architecture, sa littérature, son cinéma ou sa mode. Une façon de rappeler que notre cuisine, au cœur de notre culture, peut être aussi le meilleur ambassadeur de nos valeurs et de notre art de vivre. [...]

Alors futile, ridicule cette glorification des arts de la bouche et de la table ? Certainement pas. À l'époque du *soft power* […], la culture gastronomique fait partie de la boîte à outils d'une grande puissance. Que pour imprimer sa marque, la France l'utilise conjointement avec la politique, la diplomatie, la force militaire ou la règle de droit, pourquoi pas ? C'est en tout cas l'intention de Laurent Fabius. […]

Moins glorieux que de vendre des Rafale[2], moins gratifiant que d'exporter des Airbus ? Pas sûr. Dans la guerre économique, il faut savoir cultiver le cru et le cuit, le *soft* et le *hard*. Aux États-Unis où les séries et les blockbusters hollywoodiens rapportent plus que l'industrie aéronautique, personne ne songe à établir une hiérarchie des atouts et des intérêts de la nation. Alors pourquoi pas le goût, cet héritage séculaire ?

Jean-Gabriel Fredet, « La gastronomie, cette nouvelle arme de la diplomatie française », site Challenges.fr, 17 mars 2015.

1. Laurent Fabius est ministre des Affaires étrangères de 2012 à 2016.
2. Les Rafale sont des avions de combat de Dassault aviation développés pour la Marine nationale et l'Armée de terre française qui sont exportés dans plusieurs pays.

DOCUMENT 2 **Les 10 sites, classés monuments nationaux, les plus visités en France (en milliers de visites en 2018)**

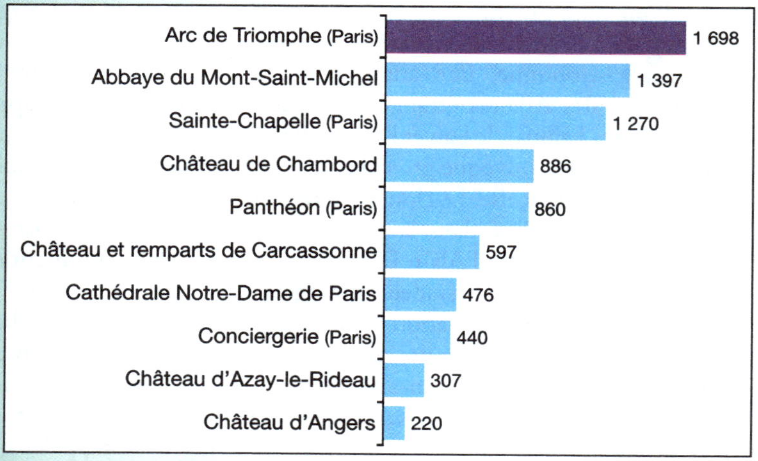

« Cinq graphiques pour décrypter le patrimoine français », *Le Figaro*, 20 septembre 2019.

LES CLÉS DU SUJET

Identifier les documents

Documents 1 et 2

Nature, genre, source
- Article de presse tiré du site économique de *Challenges*
- Graphique réalisé par *Le Figaro* à partir des données du ministère de la Culture

Auteur et destinataire
- **Doc. 1** : Jean-Gabriel Fredet
Lecteurs de la presse économique
- **Doc. 2** : *Le Figaro*
Lecteurs des grands quotidiens nationaux

Date et échelles
- 2015, échelle internationale
- 2018, échelle nationale

Thèmes
- Rôle de la gastronomie dans la puissance de la France
- Monuments nationaux français les plus visités

S'ENTRAÎNER

Comprendre la consigne

Le *soft power* français repose en grande partie sur son patrimoine riche et varié. Dans ce cadre, la gastronomie est utilisée par les autorités françaises à des fins diplomatiques.

Dégager la problématique et construire le plan

Le patrimoine doit être pensé comme un élément contribuant à la puissance de la France. En effet, le patrimoine, et ici plus spécifiquement la gastronomie, sont des moyens d'exporter et de promouvoir le modèle français.

I. Le patrimoine, un atout touristique
- Sur quoi repose l'identité culturelle de la France ?
- Quelle place occupe le patrimoine parmi les motivations des touristes venus en France ?

II. La France vue de l'étranger au prisme de son patrimoine

Comment le patrimoine et la gastronomie sont-ils utilisés par les politiques pour donner une image positive de la France à l'étranger ?

III. Contribuer à la puissance du pays

Dans quelle mesure le patrimoine apparaît-il comme un élément du *soft power* français ?

17 CORRIGÉ GUIDÉ

Les titres et les indications entre crochets ne doivent pas figurer sur la copie.

Introduction

[Accroche] Selon le chef français Antonin Carême (1784-1833), « les seules ententes internationales possibles sont des ententes gastronomiques ». [Présentation du sujet] Ce cuisinier reconnu en Europe à l'époque du congrès de Vienne (1815) témoigne ici du rôle de la gastronomie dans la négociation diplomatique. Le repas apparaît en effet comme un temps propice à la poursuite des négociations sous une forme plus décontractée entre les chefs d'État. Les deux documents reviennent plus largement sur la place du patrimoine dans la puissance de la France. Le premier est l'extrait d'un article tiré du site de la revue *Challenges* paru en 2015 décrivant comment la diplomatie française a fait une démonstration de force grâce à ses grands chefs cuisiniers. Le second présente, sous forme d'un graphique paru en 2019 dans *Le Figaro*, les monuments nationaux les plus visités en France.

> CONSEIL
> La citation est un excellent moyen d'accroche. Pensez bien à la relier à la présentation du sujet.

[Problématique] Dans quelle mesure le patrimoine matériel et immatériel contribue-t-il à la puissance de la France ? [Annonce du plan] Nous verrons tout d'abord que la France attire de nombreux touristes grâce à son patrimoine riche et varié [I], ensuite que la patrie de Victor Hugo est identifiée au travers de ce patrimoine depuis l'étranger [II], enfin que cette perception du patrimoine français consolide la puissance du pays [III].

I. Le patrimoine, un atout touristique

1. Séduire par le patrimoine

• La France raconte d'abord son histoire par ses monuments aux visiteurs qui viennent découvrir le pays. Dans le document 2, les monuments nationaux apparaissent comme un condensé de l'histoire de France : les remparts de Carcassonne rappellent le Moyen Âge, le château de Chambord évoque la Renaissance, le Panthéon rassemble les grandes personnalités du pays tels Jean Jaurès et Simone Veil.

> ▶ **Le secret de fabrication**
> Vous devez utiliser les deux documents. Or, ici le document 1 s'avère plus riche en informations que le 2. Sur votre brouillon, relevez les monuments du document 2 pour essayer de les répartir entre chacune des trois parties.

• Le patrimoine immatériel participe également à ce jeu de séduction. Le repas gastronomique français, aux côtés de la cuisine mexicaine, a été inscrit au patrimoine culturel immatériel de l'humanité adopté par l'Unesco. Les femmes et hommes politiques recourent ainsi à la gastrono-diplomatie, comme le ministre des Affaires étrangères Laurent Fabius qui organise en France une « opération charme » (doc. 1, l. 11) pour les ambassadeurs ou à l'étranger dans les ambassades et consulats français.

MOT CLÉ
On appelle « gastrono-diplomatie » l'utilisation par un État de sa gastronomie comme outil de rayonnement et de puissance à l'échelle internationale.

2. Un argument touristique

• Premier pays touristique au monde en nombre de visiteurs, la France a attiré 89,3 millions de touristes étrangers en 2018. Parmi les nombreux édifices visités figurent les monuments nationaux présentés dans le document 2. L'Arc de Triomphe est ainsi le plus fréquenté avec 1 698 000 visiteurs par an.

• Laurent Fabius s'appuie sur l'ensemble du patrimoine puisqu'il utilise deux des principaux éléments du patrimoine français, un monument et la gastronomie : « Le clou de cette manifestation : un dîner d'exception à Versailles, dans la galerie des Batailles, concocté par six grands chefs étoilés » (doc. 1, l. 7-9). Le temps d'une soirée, les ambassadeurs vont donc déguster l'une des meilleures cuisines au monde dans le château de Louis XIV.

[Transition] Si la France utilise, comme d'autres pays, son patrimoine pour attirer les touristes et séduire ses hôtes, celui-ci est aussi connu depuis l'étranger.

II. La France vue de l'étranger au prisme de son patrimoine

1. Exporter la culture française

• La France est l'un des pays parvenant le mieux à exporter sa culture, en particulier grâce à l'Organisation internationale de la francophonie. Dans les pays ayant appartenu à l'empire français comme l'Algérie et le Sénégal, nombreux sont les habitants à maîtriser le français. Ses monuments inspirent dans le monde entier. Par exemple, le complexe hôtel-casino Paris Las Vegas a reproduit une tour Eiffel avec l'autorisation du maire de Paris.

▶ Le secret de fabrication
La réflexion est souvent moins poussée dans l'étude critique des documents que dans la dissertation. Insistez au cours de votre développement sur l'intérêt de votre sujet. Vous expliquez ici que le patrimoine n'a pas les effets immédiats de la puissance militaire et économique, mais que son empreinte à l'échelle mondiale est plus durable. Placez ces éléments réflexifs en début ou fin de sous-partie.

• L'exportation de la gastronomie s'inscrit dans cette même logique, même si ce rayonnement de la France s'avère plus discret que les échanges économiques ou militaires : « Moins glorieux que de vendre des Rafale, moins gratifiant que d'exporter des Airbus ? Pas sûr. » (doc. 1, l. 24-25). Les échanges culturels comme la gastronomie n'impliquent pas dans l'immédiat de fortes retombées économiques, mais consolident la présence de la France dans le monde et sa puissance.

2. Les monuments et la gastronomie depuis l'étranger

• Certains monuments du patrimoine français sont mondialement connus comme la tour Eiffel ou Notre-Dame de Paris. L'incendie de Notre-Dame en avril 2019 a suscité une vive émotion dans le monde entier ; Vladimir Poutine a déclaré : « Notre Dame est un symbole historique de la France, un trésor inestimable de la culture européenne et mondiale ».

• Les chefs français ont également une renommée dépassant le cadre des frontières. Le chef étoilé Alain Ducasse (doc. 1, l. 9) dispose de restaurants dans de nombreux pays et fait partie selon le magazine *Forbes* des 100 personnalités les plus influentes au monde. La gastronomie « peut être aussi le meilleur ambassadeur de nos valeurs et de notre art de vivre » (doc. 1, l. 16-17) et un support de l'influence française.

[Transition] Ce patrimoine français, reconnu et apprécié tant en France qu'à l'étranger, apparaît comme un pilier de la puissance française.

III. Contribuer à la puissance du pays

1. Le *soft power* français

• Comme l'Italie, la France peut utiliser son patrimoine pour valoriser son image auprès des étrangers venus visiter le pays et dans le monde : « À l'époque du *soft power* [...], la culture gastronomique fait partie de la boîte à outils d'une grande puissance » (doc. 1, l. 19-20). Le concept de *soft power* développé par Joseph Nye recouvre les critères non coercitifs de la puissance, notamment les éléments culturels. La France s'avère ici particulièrement concernée avec « ses paysages, son architecture, sa littérature, son cinéma ou sa mode » (doc. 1, l. 14-15).

• Paris représente le cœur du patrimoine français puisque sur les dix monuments nationaux les plus visités en 2018, la moitié se trouvent dans la capitale : l'Arc de Triomphe, la Sainte-Chapelle, le Panthéon, Notre-Dame et la Conciergerie (doc. 2). Et la plupart des grands chefs français possèdent au moins un restaurant à Paris.

2. La gastronomie, un symbole français assumé

• Certes, le patrimoine n'a pas les mêmes capacités que l'armée ou l'économie pour imposer la puissance du pays, mais il s'agit d'un outil supplémentaire pour s'affirmer dans le concert des nations : « pour imprimer sa marque, la France l'utilise conjointement avec la politique, la diplomatie, la force militaire ou la règle de droit » (doc 1, l. 21-22). La France a d'ailleurs permis l'adoption en 2005 de la convention de l'Unesco pour la protection et la promotion de la diversité des expressions culturelles.

> **MOT CLÉ**
> Adoptée en 2005, elle reconnaît les acteurs et les biens culturels comme vecteurs de valeurs et d'identité. Dans le cadre de la mondialisation, ces éléments nécessitent une protection particulière.

• L'article prend la forme d'un plaidoyer pour la promotion de la gastronomie française, notamment par une comparaison avec les États-Unis : « Aux États-Unis où les séries et les blockbusters hollywoodiens rapportent plus que l'industrie aéronautique, personne ne songe à établir une hiérarchie des atouts et des intérêts de la nation. Alors pourquoi pas le goût, cet héritage séculaire ? » (doc. 1, l. 26-30). Hollywood est en effet autant associé à la première puissance du monde que son armée ou ses firmes transnationales.

Conclusion

[Réponse à la problématique] Le chef cuisinier Antonin Carême avait donc raison. La gastronomie est un support indéniable de la diplomatie. Les deux documents montrent à quel point le patrimoine participe au rayonnement international de la France. Si l'article se concentre sur la gastronomie, le graphique montre la diversité des monuments, même si les plus visités se trouvent souvent dans la capitale. [Critique du document] Il aurait pu être intéressant de compléter ces éléments par une analyse approfondie du patrimoine régional ou de l'importance des paysages français. [Ouverture] Alors que la mondialisation bouleverse les positions économiques et militaires de chacun, le patrimoine apparaît comme un pilier durable de la puissance. La France, avec son patrimoine historique, architectural et naturel exceptionnel, peut l'utiliser davantage dans la construction d'un modèle particulier.

> **CONSEIL**
> Pour montrer la continuité de votre réflexion, n'hésitez pas à reprendre l'auteur de la citation utilisée en introduction.

18 Sujet zéro 2020 • DISSERTATION

Les sociétés humaines face aux fluctuations du climat

2 heures
10 points

INTÉRÊT DU SUJET • Depuis le Moyen Âge, les sociétés font face aux changements climatiques et comprennent progressivement l'impact qu'ont leurs activités sur l'environnement.
À partir de la fin du XXe siècle, le thème du réchauffement climatique s'impose dans les relations internationales.

Les sociétés humaines face aux fluctuations du climat, hier et aujourd'hui.

LES CLÉS DU SUJET

Analyser le sujet

Les sociétés humaines face aux fluctuations du climat, hier et aujourd'hui

Formulation
- « Face à » : les sociétés humaines sont confrontées aux changements climatiques
- « Hier » : approche historique ; « aujourd'hui » : approche géopolitique

Bornes chronologiques et spatiales
- Depuis le Moyen Âge
- L'Europe pour les changements climatiques
- Le monde pour le climat dans les relations internationales

Type de sujet
Sujet évolutif

Notions et mots clés
- Sociétés humaines : groupes humains constitués sous des formes privées (ONG) ou publiques (État)
- Fluctuations du climat : changements de températures et leur impact

Dégager la problématique

- Quels changements climatiques connaissent les Européens, puis les habitants du monde, depuis le Moyen Âge ?
- Comment les sociétés tentent-elles d'agir sur ces changements ?

Construire le plan

Le plan thématique permet d'insister sur les inégalités entre les pays et sur l'impact du changement climatique, tout en lui donnant une profondeur historique.

I. Les changements à travers l'histoire	• Quelles fluctuations climatiques ont connues les sociétés européennes depuis le Moyen Âge ? • Quel est le lien entre l'industrialisation et le réchauffement climatique ?
II. Des conséquences plurielles	• Quels sont les impacts des fluctuations climatiques sur les sociétés ? • Quelles sociétés sont les plus touchées par le réchauffement climatique ?
III. Une mobilisation inégale	• Quels acteurs se mobilisent face au changement climatique ? • Quel est le rôle des États ?

18 CORRIGÉ GUIDÉ

Les titres et les indications entre crochets ne doivent pas figurer sur la copie.

Introduction

> **▶ Le secret de fabrication**
> Pour l'accroche, plutôt que de recourir à une citation pas assez connectée au sujet, vous pouvez vous appuyer sur un livre abordé en cours. La parole de spécialistes montre que vous avez assimilé quelques grandes idées de leur ouvrage et donne une valeur supplémentaire à votre ouverture.

[Accroche] Dans *Les Révoltes du ciel*, les historiens Fabien Locher et Jean-Baptiste Fressoz montrent que les sociétés modernes ont pris assez tôt conscience de leur impact sur le climat. [Présentation du sujet] Les fluctuations du climat ont toujours eu des conséquences sur les modes de vie des sociétés. Ces dernières, par leurs activités, agissent aussi sur le climat et en prennent pleinement conscience depuis la fin du XXe siècle.

[Problématique] Dans quelle mesure les sociétés ont-elles été impactées par les fluctuations climatiques et comment ont-elles tenté d'y remédier ?

[Annonce du plan] Tout d'abord, depuis le Moyen Âge, les fluctuations climatiques accompagnent l'histoire des sociétés [I], ces fluctuations ont eu de fortes conséquences sur les sociétés et leur environnement [II]. Aussi, les États et les citoyens ont commencé à prendre conscience du phénomène et à se mobiliser pour limiter le réchauffement climatique. [III]

I. Les changements climatiques à travers l'histoire

1. Périodes chaudes et périodes froides

• Les sociétés humaines ont été confrontées à différentes phases climatiques. Entre le Xe et le XIIIe siècle, l'optimum climatique médiéval (OCM) marque un réchauffement de l'hémisphère nord, et plus particulièrement de l'Amérique du Nord et l'Europe.

• Ces périodes d'adoucissement alternent avec des moments de refroidissement à l'image du Petit Âge glaciaire entre le XVe et le milieu du XIXe siècle. Les hivers sont plus froids et les automnes pluvieux, alors que les glaciers avancent sur les vallées.

2. Le poids du réchauffement climatique

• Le XIXe siècle ouvre l'ère de l'anthropocène. Contrairement aux variations climatiques antérieures, ce sont les sociétés et leurs activités qui sont responsables d'un réchauffement climatique. En effet, le recours aux énergies fossiles (charbon, pétrole, gaz) provoque une augmentation des gaz à effet de serre (GES) et donc à une augmentation des températures.

> **MOT CLÉ**
> L'anthropocène (« âge de l'humain ») se caractérise par une empreinte humaine si forte qu'elle peut modifier en profondeur l'environnement et le climat.

• L'industrialisation se diffuse dans les pays riches, puis émergents au cours du XXe siècle et le réchauffement s'accélère. Les travaux du GIEC (Groupe d'experts intergouvernemental sur l'évolution du climat) montrent depuis trois décennies le lien entre le réchauffement et les activités des sociétés industrielles.

• Tous les pays ne participent pas au réchauffement avec la même intensité, par exemple, les États-Unis émettent plus de 10 000 millions de tonnes de CO_2 par an et Madagascar moins de 100 millions.

> **CONSEIL**
> N'hésitez pas à utiliser des chiffres pour un ou deux exemples dans votre copie. Ils donnent du poids à votre argumentation.

[Transition] Ces changements climatiques ont de multiples conséquences sur les êtres humains et leurs milieux.

II. Des conséquences plurielles

1. Sur les milieux

• Les fluctuations climatiques modifient évidemment les milieux naturels. Et les sociétés humaines subissent leurs effets : si l'optimum climatique médiéval permet de bons rendements agricoles, le Petit Âge glaciaire provoque une diminution des récoltes et donc d'importantes disettes.

• Plus grave, le réchauffement climatique apparu depuis le XIXe siècle entraîne la fonte des glaciers et donc la hausse du niveau des mers, ainsi que l'extinction de nombreuses espèces animales et végétales. Les conséquences sont frappantes dans certains espaces insulaires et en Arctique.

2. Sur les sociétés

• La hausse du niveau des mers menace donc des populations qui sont concentrées sur les littoraux. En Chine et aux États-Unis, c'est le cas de la majorité des habitants. La ville de Jakarta, en Indonésie, est régulièrement touchée par des inondations, si bien que le gouvernement a réfléchi à délocaliser la capitale du pays vers Palangkaraya, hors de l'île de Java.

> **CONSEIL**
> Si les jalons sont attendus pour illustrer votre copie, amenez quelques exemples originaux (ici Palangkaraya) qui feront sortir votre copie du lot.

• Si les pays riches et émergents ont la plus grande responsabilité dans le réchauffement climatique, ce sont les sociétés des pays pauvres qui en sont les principales victimes. Ainsi, les espaces les plus menacés par des phénomènes climatiques extrêmes (canicules, cyclones, sécheresses) sont l'Afrique subsaharienne, l'Amérique centrale et du Sud, puis l'Asie du Sud.

[Transition] Les fluctuations climatiques ont toujours eu des conséquences sur les sociétés, mais depuis la fin du XXe siècle, elles s'aggravent. Les sociétés prennent plus ou moins conscience de ces menaces.

III. Une mobilisation inégale

1. Un souci croissant

• Les sociétés humaines ont très tôt compris que leurs activités avaient un impact sur leur environnement. Dès le Petit Âge glaciaire, les hommes recourent par exemple aux registres météorologiques, qui mesurent l'évolution des températures de l'atmosphère, et s'interrogent sur l'évolution du climat. Par le boisement ou le reboisement, ils comprennent aussi qu'ils peuvent influer sur le cycle de l'eau.

• La prise de conscience se renforce à la fin du XXe siècle. En 1992, lors du sommet de la Terre de Rio, le GIEC explique qu'il faut limiter le réchauffement à 1,5 °C pour le siècle suivant afin de limiter les phénomènes météorologiques extrêmes. Pour cela, les sociétés doivent trouver un équilibre entre le développement économique et la préservation de l'environnement.

2. Une accélération au cours des années 2000

• Depuis les années 2000, les États s'impliquent davantage. Malgré certaines divergences, l'accord de Paris de 2015 marque une nouvelle étape puisque la majorité des pays du monde s'y engagent pour limiter leurs émissions de GES. Les États-Unis s'en retirent avec Donald Trump en 2017, mais Joe Biden y replace le pays dès son entrée en fonction en 2021.

• Toutefois, beaucoup estiment que l'action des États est encore trop timide. Les organisations non gouvernementales tentent de sensibiliser les gouvernements pour limiter le réchauffement. Certaines personnalités, comme Greta Thunberg, mettent cette cause sur le devant de la scène par des marches citoyennes et des discours dans les grandes institutions. Face à ces démarches, les climatosceptiques comme Donald Trump ou Jair Bolsonaro nient encore le réchauffement climatique.

MOT CLÉ
Les climatosceptiques sont des acteurs publics ou privés qui nient le réchauffement climatique ou la responsabilité des sociétés humaines dans ce phénomène.

Conclusion

[Réponse à la problématique] Si les fluctuations climatiques font partie de l'histoire des sociétés, l'anthropocène ouvre une nouvelle ère. Les sociétés humaines, à travers leurs activités industrielles et leur mode de vie, génèrent une hausse progressive des températures aux conséquences multiples. [Ouverture] Si la politique des États et des acteurs économiques a provoqué un réchauffement climatique, ces mêmes acteurs doivent désormais privilégier la préservation de l'environnement à l'économie pour remédier à ces dégâts qui affectent la planète entière.

▶ Le secret de fabrication

L'ouverture est une étape délicate car elle clôt le devoir et doit dans l'idéal ouvrir sur un autre sujet. Vous pouvez utiliser la prospective. Vous avez soulevé un problème dans votre dissertation qui n'est pas résolu à ce jour, vous pouvez donc proposer une piste cohérente et réfléchie pour qu'il se résolve dans le futur.

19 Dissertation

Le réchauffement climatique : état des lieux

2 heures
10 points

INTÉRÊT DU SUJET • La réalité du réchauffement climatique fait aujourd'hui l'objet d'un très large consensus scientifique. Néanmoins, l'ampleur future du phénomène et les éventuelles mesures à prendre continuent à diviser.

▶ Le réchauffement climatique : état des lieux.

LES CLÉS DU SUJET

Analyser le sujet

Formulation
Deux propositions hiérarchisées par un signe de ponctuation

Bornes chronologiques et spatiales
• Absence de dates : *a priori*, la période contemporaine, les dernières décennies
• Absence de lieu précis : la planète dans son ensemble

Le réchauffement climatique : état des lieux

Type de sujet
Sujet tableau

Notions et mots clés
• réchauffement climatique
• état des lieux

Dégager la problématique

• Pour traiter ce sujet, il convient d'abord de définir le réchauffement climatique et de déterminer ses éventuelles causes.
• L'expression « état des lieux » vous invite à voir les effets du réchauffement climatique et les différentes formes qu'il prend à travers le monde.
• On peut donc en déduire la problématique suivante : Quels sont les effets du réchauffement climatique, quelles formes prend-il à travers le monde ?

Construire le plan

Dans la mesure où il vous est demandé de faire une synthèse mondiale du phénomène du réchauffement climatique, un plan analytique s'impose.

I. Les différents aspects du réchauffement climatique	• Comment la « communauté internationale » a-t-elle pris conscience du phénomène ? • En quoi le réchauffement modifie-t-il les écosystèmes ?
II. Les raisons du phénomène	• Quels sont les effets environnementaux induits par la révolution industrielle ? • En quoi l'anthropisation de l'espace modifie-t-elle l'environnement ?
III. Les politiques contre le réchauffement climatique	• Quelles sont les grandes initiatives des États pour lutter contre le réchauffement climatique ? • Quelles sont leurs limites ?

19 CORRIGÉ **GUIDÉ**

Les titres et les indications entre crochets ne doivent pas figurer sur la copie.

Introduction

[Accroche] Comme en témoigne la couverture médiatique internationale dont fit l'objet la Conférence de Paris sur le climat en 2015, le réchauffement climatique est aujourd'hui au centre du débat mondial. [Présentation du sujet] Le réchauffement climatique, qui se traduit par une hausse régulière des températures annuelles moyennes à la surface du globe, fait désormais l'objet d'un très large consensus scientifique. Ses effets, bien que variables selon les régions considérées, sont déjà tout à fait observables. [Problématique] Quels sont les effets du réchauffement climatique, quelles formes prend-il à travers le monde ? [Annonce du plan] C'est ce à quoi nous allons tenter de répondre en définissant d'abord quels sont les effets concrets observables du réchauffement climatique à la surface du globe [I]. Nous verrons ensuite les raisons qui peuvent l'expliquer [II] et, pour finir, nous envisagerons les politiques de lutte engagées contre ce phénomène [III].

I. Les différents aspects du réchauffement climatique

▶ Le secret de fabrication

Une fois que vous avez défini l'idée directrice de votre partie, il est essentiel de vous interroger, au brouillon, sur l'ensemble des différents aspects qu'elle recouvre. Faites bien attention à éviter le hors-sujet.

1. Une lente prise de conscience du phénomène

• Les climatologues évaluent à 0,5 °C la hausse de la température mondiale depuis 1900. D'après leurs calculs, d'ici à 2100, la hausse globale devrait être comprise, selon les scénarios, entre 1 et 5 °C.

• Déjà ancien, le phénomène n'a pourtant pas été immédiatement pris en compte. En 1972, le retentissement mondial du rapport Meadows, insistant sur le fait qu'il ne peut y avoir de développement économique infini dans un monde aux ressources finies, contribua à attirer l'attention sur les problèmes écologiques.

• Mais ce n'est qu'au cours des années 1980 que l'ONU se saisit du problème du réchauffement climatique. À l'initiative du météorologue suédois Bert Bolin, le GIEC (Groupe d'experts intergouvernemental sur l'évolution du climat) est créé en 1988.

2. Le réchauffement climatique : des effets déjà observables

• Même si les effets du réchauffement climatique sont déjà perceptibles, ils ne le sont pas partout avec la même intensité et ils n'ont pas les mêmes conséquences sur tous les espaces.

• Les effets de l'élévation du niveau marin sont déjà sensibles sur les côtes basses et les États insulaires, notamment ceux du Pacifique, dont l'altitude ne dépasse pas en général quelques mètres. Des études géologiques récentes tendraient à montrer que le niveau des îles serait susceptible de s'élever avec le niveau de la mer. Il n'en demeure pas moins que des îles ont déjà été en partie évacuées, comme les archipels de Tuvalu ou de Kiribati.

• Outre la hausse régulière de la température moyenne du globe, année après année, le réchauffement du climat a également d'autres conséquences comme la fonte des glaciers et de la banquise, tant dans l'Arctique que dans l'Antarctique, l'augmentation du nombre d'accidents climatiques, cyclones et tempêtes, sécheresses exceptionnelles à l'origine de gigantesques incendies comme en Russie, au Brésil ou en Australie récemment…

CONSEIL
Il est bon d'avoir des exemples précis afin de démontrer l'idée énoncée en début de chaque paragraphe. Prenez soin de sélectionner vos exemples car, en temps limité, vous n'aurez pas le temps de tout dire.

S'ENTRAÎNER

[Transition] Comme nous venons de le voir, les effets du réchauffement climatique sont déjà aisément observables à la surface du globe. Nous allons maintenant essayer d'en déterminer les causes.

II. Les raisons du phénomène

1. Le résultat de l'extension de la civilisation industrielle ?

• Même si l'origine anthropique du réchauffement climatique est aujourd'hui admise par l'ensemble de la communauté scientifique, nombreux furent ceux qui, jusqu'au début des années 2000, nièrent sa réalité en rappelant qu'au cours de la longue histoire de la Terre, le climat avait connu d'autres variations. L'extrême rapidité de l'augmentation des températures de ce dernier demi-siècle tend néanmoins à en imputer la responsabilité aux humains.

• La principale explication mise en avant est celle de l'explosion des rejets de gaz à effet de serre, en particulier le dioxyde de carbone (CO_2) – notamment liés à la pollution automobile qui est à elle seule responsable d'environ 70 % de la pollution atmosphérique dans les villes des pays développés, et le méthane (CH_4), lié quant à lui à l'extension de l'élevage, en particulier bovin.

2. L'anthropisation du monde

• L'urbanisation croissante tend à renforcer le réchauffement climatique dans la mesure où les grandes concentrations humaines sont des sources de chaleur, tant en raison des infrastructures et des immeubles modifiant l'effet albédo qu'en raison des chauffages urbains qui sont à l'origine d'importants rejets de vapeurs d'eau.

> **MOT CLÉ**
> L'albédo désigne le pourcentage de radiation lumineuse réfléchie par une surface donnée.

• Plus globalement, l'accroissement très rapide de la population humaine, passée de 2,5 milliards d'individus en 1950 à près de 8 milliards aujourd'hui, contribue également à l'augmentation des activités. Elles s'avèrent de toutes natures : combustions, chauffages, déforestation, extension des champs et des prés qui modifient également l'albédo, pollutions atmosphériques, artificialisation des sols, et sont responsables à des degrés divers, de l'augmentation de l'effet de serre.

[Transition] L'origine anthropique du réchauffement climatique est pour l'essentiel un fait acquis. La communauté internationale se divise cependant sur les mesures à prendre pour faire face à cette situation.

> **CONSEIL**
> Utilisez un vocabulaire précis. Listez au brouillon les termes et concepts qui serviront dans votre développement.

III. Les politiques contre le réchauffement climatique

1. Un préalable : l'analyse scientifique du phénomène

• Le GIEC est le principal organisme d'expertise de l'ONU sur l'évolution du climat. Ses travaux, publiés sous la forme de rapports tous les 5 ou 6 ans, servent de base aux travaux de la Conférence annuelle des Parties (COP ou *Conference of the Parties*).

• Créées à la suite du Sommet de la Terre en 1992, les Conférences des Parties réunissent chaque année les représentants de la plupart des pays du monde. Certaines d'entre elles ont donné lieu à des avancées significatives comme la COP 3 qui, en 1997, aboutit au protocole de Kyoto. Signé par l'Europe, le Japon et le Canada, celui-ci vise à réduire les rejets de CO_2 dans l'atmosphère. En 2015, la COP 21 déboucha sur l'accord de Paris dans lequel les États signataires, y compris les États-Unis et la Chine, c'est-à-dire les deux premiers pollueurs de la planète, s'engageaient à limiter le réchauffement climatique à 2 °C par rapport à l'ère préindustrielle.

2. Des politiques de lutte limitées et pour l'instant peu efficaces

• Pour positives qu'elles soient, ces avancées s'avèrent pour l'instant peu efficientes. Dès la COP 22, réunie à Marrakech (Maroc), les participants durent reconnaître que l'engagement de Paris ne serait pas tenu.

• En fait, la communauté internationale reste extrêmement divisée sur ces questions. Outre les pays pétroliers, peu favorables à la réduction de l'utilisation des énergies fossiles pourtant principales responsables de l'effet de serre, les États-Unis se montrent en général un partenaire peu commode. Ainsi, de la même façon que le Président George W. Bush avait rejeté le protocole de Kyoto, Donald Trump a dénoncé l'accord de Paris signé par son prédécesseur, Barack Obama. Les pays émergents, en particulier l'Inde et le Brésil refusent également tout accord contraignant, considérant que celui-ci pénaliserait leur développement économique.

Conclusion

[Réponse à la problématique] Le réchauffement climatique est un fait désormais globalement accepté par la communauté internationale. Mais, au-delà de ce constat, les différentes nations du monde continuent à s'opposer sur les causes exactes et surtout sur les réponses à apporter à un tel phénomène.
[Ouverture] Pourtant, l'urgence climatique, annoncée par de nombreux scientifiques dont Dennis Meadows, est une réalité tangible et ses conséquences humaines, comme les réfugiés climatiques que le rapport Groundswell de la Banque mondiale (2018) évalue à plus de 140 millions d'ici 2050, sont déjà dramatiques.

S'ENTRAÎNER

20 Sujet spécimen 2021
ÉTUDE CRITIQUE DE DOCUMENTS

La gestion des milieux « naturels »

2 heures
10 points

INTÉRÊT DU SUJET • Les milieux « naturels » sont le résultat d'une rencontre entre la société et un milieu particulier. La réussite de cette rencontre repose sur l'équilibre entre son exploitation et sa protection.

DOCUMENT 1

Ainsi, la nouvelle forêt peut être la forêt actuelle plantée depuis quelques années, mais aussi les forêts récentes datant de quelques décennies seulement, telles celles installées depuis la guerre de 1914-18, dans les zones rouges du front, ou encore des forêts séculaires dont on peut dater avec précision l'acte de naissance à l'image de la forêt du littoral landais ou des forêts de montagne créées dans un cas pour fixer les dunes littorales et dans l'autre pour stabiliser les bassins de réception des torrents montagnards.

Bien souvent un acte législatif souligne le début de la création de ces nouvelles entités forestières, par exemple la législation sur la restauration des terrains de montagne de 1860 et 1882, sur les zones rouges de 1919 ou celle portant sur la création du Fonds forestier national en 1946.

Du désordre écologique provoqué par les torrents ravageurs aux décisions politiques de reboisement, ces nouvelles forêts s'inscrivent dans un contexte historique qu'il importe de caractériser avec précision. Une nouvelle forêt doit toujours être datée. Tout reboisement est à resituer dans une époque avec ses contraintes écologiques, ses besoins économiques, ses conflits sociaux et ses choix politiques. Landes et montagnes au XIXe siècle constituent de véritables laboratoires où s'élaborent de nouveaux systèmes de gestion forestière, révélateurs des aspirations et des contradictions de toute une société.

D'après Paul Arnould, « Les nouvelles forêts françaises », *L'Information géographique*, volume 60, n° 4, 1996.

DOCUMENT 2 Carte du parc national de Yellowstone (États-Unis)

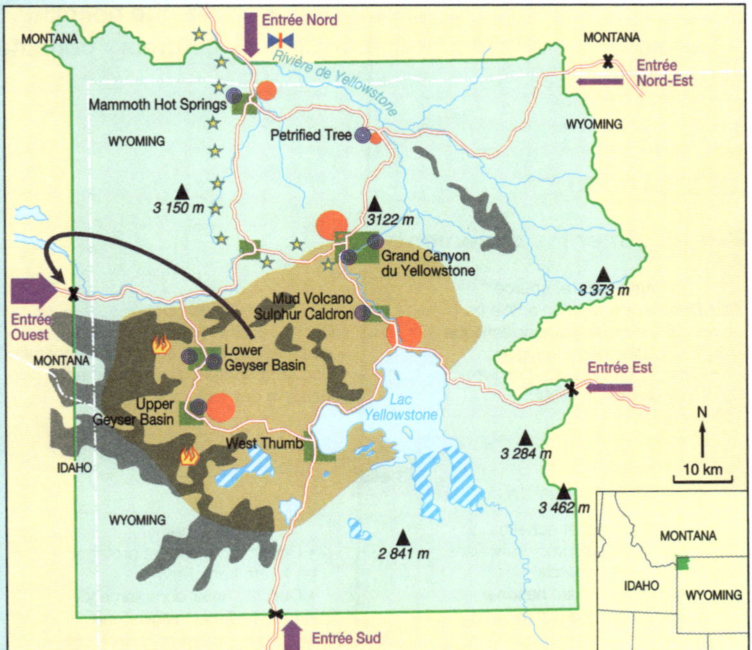

1. Concentration d'événements naturels

- Un cadre pittoresque : forêts, lacs, reliefs élevés
- Limite de la caldeira, volcan endormi depuis 400 000 ans
- Anciennes coulées de lave
- Événements géothermiques majeurs : geysers, sources d'eau chaude
- Limites des espaces protégés

2. Mise en valeur forte mais régulée

- Grandes routes carrossables ouvertes aux véhicules à moteur
- Lieux de concentration touristique (campings, hôtels, restaurants, boutiques)
- Infrastructures hôtelières (gîtes, hôtels, campings)
- Entrée fermée en hiver ; accès payant
- Lacs partiellement ou totalement fermés à la navigation à moteur

3. Pression anthropique et conflits sociaux

- Accès au parc par entrée en 2007 / Total 2,87 millions en 2007
- Conflit autour de la ressource en eau
- Conflit d'usage entre ski nordique et motoneiges : projet de quotas de motos
- Politique de réintroduction du loup
- Grands incendies de 1988

Source : Samuel Depraz, *Géographie des espaces naturels protégés*, éditions Armand Colin, 2008.

En analysant les documents, en les confrontant et en vous appuyant sur vos connaissances, montrez que concilier exploitation et protection des milieux « naturels » constitue un défi.

LES CLÉS DU SUJET

Identifier les documents

Documents 1 et 2

Nature, genre, source
- **Doc. 1** : extrait d'un article paru en 1996 dans la revue scientifique *L'Information géographique*
- **Doc. 2** : croquis tiré d'un livre de géographie de 2008

Auteurs
- **Doc. 1** : Paul Arnould, géographe spécialiste des forêts et de l'environnement
- **Doc. 2** : Samuel Depraz, géographe spécialiste des espaces naturels

Espaces et échelles
- **Doc. 1** : les forêts françaises depuis le XIXe siècle
- **Doc. 2** : le parc national de Yellowstone (États-Unis)

Thèmes
- **Doc. 1** : exploiter et protéger les forêts françaises
- **Doc. 2** : gérer durablement le parc national Yellowstone

Comprendre la consigne

- Les milieux « naturels » sont pris entre la nécessaire exploitation et le besoin de protection.
- Le terme « défi » montre la difficulté à résoudre ce dilemme.

Dégager la problématique et construire le plan

- Le terme « naturels » est placé entre guillemets : il n'existe pas de milieu naturel puisque les sociétés aménagent, exploitent et préservent leur milieu.
- La survie de ces milieux et des sociétés qui y vivent repose sur un équilibre fragile entre exploitation et protection.

I. Entre phénomènes naturels et actions humaines	• Quand sont nés le parc de Yellowstone et les forêts françaises ? • Comment les humains ont-ils construit des milieux dits « naturels » ?

II. Les sociétés et leur milieu	• Quelles menaces les humains font-ils peser sur ces milieux fragiles ? • Quels sont les principaux aménagements réalisés ?
III. Exploiter et protéger son milieu	• Quels rôles jouent les pouvoirs publics dans l'exploitation et la préservation de ces milieux ? • Comment trouver le juste équilibre entre exploitation et protection ?

20 CORRIGÉ GUIDÉ

S'ENTRAÎNER

Les titres et les indications entre crochets ne doivent pas figurer sur la copie.

Introduction

[Accroche] L'écrivain François-René de Chateaubriand a écrit : « Les forêts précèdent les peuples, les déserts les suivent ». L'écrivain montre ici l'impact précoce des sociétés sur les forêts. Aujourd'hui, les images de la déforestation en Amazonie ou en Afrique centrale témoignent de la validité de son constat.
[Présentation des documents] Les deux documents proposés reviennent sur le rapport des humains à leur milieu. Le premier est l'extrait d'un article intitulé « Les nouvelles forêts françaises », publié par le géographe Paul Arnould dans la revue *L'Information géographique* en 1996. Le second est un croquis du parc de Yellowstone réalisé par le géographe Samuel Depraz et issu de son livre *Géographie des espaces naturels protégés*.
[Problématique] Dans quelle mesure les sociétés parviennent-elles à mener une gestion durable de leurs milieux « naturels » ? [Annonce du plan] Avec l'anthropocène, les milieux « naturels » reposent sur la combinaison d'éléments naturels et humains [I]. Ces sociétés agissent donc sur leur milieu et le transforment [II] : la préservation de celui-ci repose sur la recherche d'un équilibre entre l'exploitation et la protection. [III]

▶ Le secret de fabrication

Formuler la problématique est parfois complexe. Ne vous contentez pas de mettre la consigne à la forme interrogative. Pour éviter de partir dans une mauvaise direction, rapprochez la consigne de l'axe du programme et n'hésitez pas à utiliser une notion majeure du cours, ici la « gestion durable ».

I. Entre phénomènes naturels et actions humaines

1. Des milieux « naturels »

• Les deux milieux présentés dans les documents ont été construits au fil de l'histoire. Ainsi, le parc de Yellowstone se situe en partie sur un volcan endormi, la caldeira, où les coulées de lave ont formé certains territoires et dont les sources d'eau chaude sont l'une des spécificités du parc.

• En revanche, les forêts françaises sont plus récentes puisque le texte de Paul Arnould relève plusieurs actions sur les forêts dont les plus anciennes datent du Second Empire (1852-1870) : « La législation sur la restauration des terrains de montagne de 1860 et 1882 » (l. 10-11). Néanmoins, la volonté de protection des forêts par l'État remonte au Moyen Âge.

2. Patrimonialiser des espaces « naturels » ?

• Le sujet met le terme « naturels » entre guillemets et invite donc à le nuancer. Les forêts sont ainsi avant tout le résultat de l'action humaine. Les politiques de reboisement sont lancées par les gouvernements, comme en France sous Colbert pour construire une flotte avec le bois issu des forêts. Aux États-Unis, dans les années 1870-1880, c'est le président Grant qui crée le parc national de Yellowstone pour protéger cet espace.

> **MOT CLÉ**
> Un parc national est une portion de territoire où la faune et la flore sont protégées de certaines activités humaines.

• Les sociétés agissent sur ces milieux et certaines évolutions, que l'on croit être le fruit de la nature, sont en réalité le produit de l'action humaine (ex. : la réintroduction de loups dans le parc de Yellowstone). Cependant, en fonction des acteurs, cela peut provoquer des conflits d'usage comme dans le parc de Yellowstone où certains veulent permettre l'usage de motoneiges alors que d'autres souhaitent les interdire.

[Transition] Le parc de Yellowstone et les forêts françaises ne sont donc pas des milieux « naturels ». Les sociétés y agissent en fonction de leurs intérêts.

II. Les sociétés et leur milieu

1. Les menaces naturelles et anthropiques

• Certaines menaces sont les conséquences de phénomènes naturels comme les incendies de 1988 dans le parc de Yellowstone provoqués par la foudre et amplifiés par la sécheresse. Un tiers du parc a été touché et il a dû être fermé.

• Les risques sont aussi la conséquence de certaines activités humaines. Les forêts françaises ont ainsi été ravagées par la Première Guerre mondiale. Le texte se réfère en effet à cet événement : « telles celles installées depuis la guerre de 1914-1918 » (l. 3-4). Des forêts situées à l'est et au nord de la France ont été en partie détruites pour utiliser le bois ou parce qu'elles représentaient un obstacle dans l'avancée des armées.

2. Des espaces à aménager

• Les sociétés voient aussi dans ces espaces une possibilité d'agir pour préserver l'environnement, par exemple « la forêt du littoral landais ou des forêts de montagne créées dans un cas pour fixer les dunes littorales et dans l'autre pour stabiliser les bassins de réception des torrents montagnards » (l. 5-8). En effet, en Gironde, plusieurs villages ont été engloutis par le sable et c'est Napoléon III qui a décidé d'assécher les marais et de planter des forêts dans les Landes pour fixer notamment la dune du Pilat.

CONSEIL
Aucun nom propre n'apparaît dans les documents.
Le correcteur appréciera que vous associiez certaines informations à des acteurs majeurs de l'axe étudié.

• Ces aménagements permettent aussi de mettre en valeur les sites pour attirer des visiteurs, à l'image du parc de Yellowstone qui a reçu plus de quatre millions de touristes en 2019. Ils viennent y admirer les geysers, le grand canyon, les sources d'eau chaude, pratiquer le kayak ou encore y camper. La forêt des Landes est elle aussi devenue un espace récréatif.

[Transition] Le parc de Yellowstone et les forêts françaises restent perçus comme « naturels » par les sociétés. Pour préserver ce patrimoine, ces dernières doivent trouver le juste équilibre entre protection et exploitation.

III. Exploiter et protéger son milieu

1. L'action de l'État

• La protection des forêts et la création des parcs nationaux reposent d'abord sur une action volontariste. Ce sont en effet des ministres ou chefs d'État comme Colbert, Napoléon III ou de Gaulle qui, en France, ont pris des « décisions politiques de reboisement » (l. 15). Ce sont également les autorités politiques qui dans le parc de Yellowstone délimitent les espaces protégés.

• Pour cela, les pouvoirs publics s'appuient sur différentes institutions qu'ils créent au besoin, comme le Fonds forestier national, en 1946 (l. 12-13), dont le but est d'aider la filière d'activité du bois et le reboisement. De même, le parc de Yellowstone crée le corps des *rangers* ; ceux-ci gèrent au quotidien les parcs nationaux et mettent en place des règles pour les visiteurs.

2. La recherche de l'équilibre

• Les sociétés humaines doivent trouver un équilibre entre exploiter, protéger et préserver leur environnement. Ainsi, la direction du parc de Yellowstone aménage à la fois des hôtels-restaurants pour les touristes, délimite pour les

S'ENTRAÎNER

protéger les espaces les plus fragiles et ferme partiellement certains lacs à la navigation (document 2). C'est sur ce fragile équilibre que repose la gestion durable des parcs nationaux.

• Il en est de même pour la gestion des forêts où les périodes de défrichements ont alterné avec des phases de reboisement en fonction des intérêts de la société : « Tout reboisement est à restituer dans une époque avec ses contraintes écologiques, ses besoins économiques, ses conflits sociaux et ses choix politiques » (l. 17-19). En effet, pour Colbert, les forêts devaient participer à la puissance économique et militaire de la France ; pour Napoléon III, il s'agissait de créer de nouvelles ressources ; quant à de Gaulle, il souhaitait trouver un équilibre entre exploitation et préservation de la ressource.

Conclusion

[Réponse à la problématique] Les documents présentés montrent que les milieux « naturels » sont surtout le résultat d'actions humaines. Le Yellowstone et les forêts françaises incarnent une réussite contrastée car les sociétés ont cherché à mettre en place un équilibre entre l'exploitation et la protection, sans toujours y parvenir. [Ouverture] Ces deux documents auraient gagné à être comparés avec des milieux où l'exploitation se fait au détriment de toute protection, comme dans les forêts d'Amazonie et d'Indonésie.

▶ Le secret de fabrication

Votre copie doit reposer sur un fil rouge cohérent. Pour voir si celui-ci fonctionne, une fois votre brouillon terminé, lisez votre problématique et le titre de vos trois parties. Elles doivent apporter des éléments de réponse différents à votre problématique. Synthétisez ensuite l'ensemble dans une réponse concise en conclusion.

21 Sujet zéro 2020 • ÉTUDE CRITIQUE DE DOCUMENT

Limiter le réchauffement climatique : un enjeu planétaire

2 heures
10 points

S'ENTRAÎNER

INTÉRÊT DU SUJET • Le changement climatique a été assez tôt un sujet d'inquiétude au sein des Nations unies. Ce texte de 1979 montre l'importance de la recherche d'une action mondiale pour préserver l'environnement.

▶ En analysant le document et en vous appuyant sur vos connaissances, répondez à la question suivante : pourquoi et comment le changement climatique devient-il un enjeu des relations internationales ?

DOCUMENT **Extrait de la déclaration finale de la Conférence mondiale sur le climat**

Du 12 au 23 février 1979, la Conférence mondiale sur le climat a réuni à Genève un groupe d'experts et de scientifiques issus de 50 pays, sous le patronage de l'Organisation météorologique mondiale (OMM) et avec la collaboration de plusieurs organismes internationaux.

Considérant l'influence prédominante que le climat exerce sur la société humaine et compte tenu de l'importance croissante que les facteurs climatiques revêtent pour de nombreux aspects des activités et des entreprises humaines, la conférence estime qu'il est devenu indispensable et urgent que les pays du monde entier :

a) tirent pleinement parti des connaissances actuelles sur le climat ;

b) prennent des mesures pour approfondir sensiblement ces connaissances ;

c) prévoient et préviennent celles des conséquences possibles de l'action de l'homme sur le climat qui pourraient nuire au bien-être de l'humanité.

Le problème

Le climat mondial a lentement évolué au cours des millénaires, des siècles et des décennies écoulés et il continuera de se modifier à l'avenir. Or, si l'homme peut tirer profit de conditions climatiques favorables, il est aussi vulnérable aux changements et aux variations du climat comme aux manifestations de conditions extrêmes telles que les sécheresses et les inondations. L'alimentation, l'eau, l'énergie, l'habitat et la santé sont autant d'aspects de la vie humaine qui dépendent fortement du climat. Les mauvaises récoltes céréalières et le déclin marqué de certains types de pêches qui se sont produits récemment mettent l'accent sur cette vulnérabilité.

Or, même des variations normales et de faibles changements par rapport aux conditions climatiques normales peuvent exercer une influence importante sur les activités de l'homme.

Si tous les pays sont vulnérables aux variations climatiques, les pays en développement, surtout ceux qui sont situés dans des zones arides et semi-arides ou au contraire très pluvieuses, le sont plus particulièrement. Il est toutefois possible d'atténuer les répercussions néfastes de ces variations et même d'en tirer parti en mettant à profit les connaissances climatologiques disponibles. Les climats des différents pays du globe sont interdépendants. C'est pour cette raison, et aussi à cause de la demande croissante de ressources émanant d'une population mondiale en expansion et qui lutte pour améliorer ses conditions de vie, qu'il est urgent d'élaborer une stratégie globale commune visant à mieux comprendre le climat et à l'utiliser de façon plus rationnelle.

Or, sans le vouloir, l'homme moderne modifie le climat à l'échelon local et aussi, dans une moindre mesure, à l'échelle régionale. On peut donc sérieusement craindre qu'en intensifiant sans cesse ses activités l'homme ne provoque des changements climatiques dont l'effet se ferait sentir dans toute une région, voire dans le monde entier. Cette éventualité ne fait qu'accentuer le caractère urgent d'une action mondiale concertée visant à étudier l'évolution possible du climat mondial et à utiliser les nouvelles connaissances ainsi acquises pour organiser le développement futur de notre société.

Organisation météorologique mondiale,
Déclaration finale de la Conférence mondiale sur le climat
tenue à Genève du 12 au 23 février 1979.

LES CLÉS DU SUJET

Identifier le document

Nature, genre, source
• Extrait d'une déclaration qui clôt une conférence mondiale
• Premier appel lancé par des scientifiques sur le climat

Auteur
• Organisation météorologique mondiale (OMM)
• Organisation spécialisée des Nations unies

Document

Date et contexte
• 1979
• Conférence qui se tient à Genève mais concerne l'ensemble du monde

Thème
• Les activités humaines ont un impact sur l'environnement
• Les acteurs impliqués dans la protection de l'environnement

Comprendre la consigne

• Les sociétés humaines sont de plus en plus touchées par des phénomènes climatiques extrêmes. Les acteurs (citoyens, scientifiques, ONG et États) sont désormais sensibilisés à ce problème.
• Comment le changement climatique devient-il un enjeu des relations internationales ?

Dégager la problématique et construire le plan

• Le document montre l'accélération des dérèglements climatiques, à l'échelle mondiale. La déclaration veut sensibiliser les populations à ces questions en s'appuyant sur les scientifiques.
• Dans quelle mesure cette déclaration sur le climat en 1979 tente-t-elle de sensibiliser les dirigeants et l'opinion publique au changement climatique ? Un plan analytique en trois parties s'impose pour répondre à cette question.

I. L'augmentation des phénomènes météorologiques extrêmes

• Comment les sociétés ont été marquées par les fluctuations climatiques ? Quels sont les phénomènes météorologiques extrêmes ?
• Dans quelle mesure les pays sont-ils inégaux face au changement climatique ?

S'ENTRAÎNER

II. Le monde face au changement climatique	• Pourquoi le changement climatique est-il un phénomène mondial ? • Comment lutter contre le réchauffement climatique ?
III. Le rôle des scientifiques et de la société	• Quel est le rôle des scientifiques ? • Quel rôle peut jouer la société ?

21 CORRIGÉ GUIDÉ

Les titres et les indications entre crochets ne doivent pas figurer sur la copie.

Introduction

[Accroche] L'ancien secrétaire général des Nations unies Ban Ki-moon a dit : « Le changement climatique s'est produit à cause du comportement humain, il est donc naturel que ce soit aux êtres humains de résoudre ce problème ». [Présentation du sujet] Ban Ki-moon souligne qu'il est temps de passer du constat aux actes. Le document proposé revient sur cette question puisqu'il s'agit d'extraits de la déclaration finale de la Conférence mondiale sur le climat organisée à Genève en février 1979. Elle montre que les sociétés ont une parfaite connaissance du changement climatique et qu'il convient désormais d'agir à différentes échelles pour y remédier.

> **MOT CLÉ**
> Le changement climatique désigne l'ensemble des modifications du climat, caractérisées depuis la fin du XIXe siècle par un réchauffement.

[Problématique] Dans quelle mesure cette déclaration sur le climat en 1979 tente-t-elle de sensibiliser les dirigeants et l'opinion publique au changement climatique ? [Annonce du plan] La déclaration constate d'abord une augmentation des phénomènes météorologiques extrêmes, [I] elle affirme ensuite que l'ensemble des espaces sont concernés par cette question, [II] avant de développer un discours scientifique qui doit constituer la base de toute action. [III].

I. L'augmentation des phénomènes météorologiques extrêmes

1. Un phénomène global

• Les changements climatiques ont marqué les sociétés à travers l'histoire : « Le climat mondial a lentement évolué au cours des millénaires, des siècles et des décennies écoulés » (l. 13-14). En effet, des périodes de réchauffement comme l'optimum climatique médiéval, au Moyen Âge, ont alterné avec des phases de refroidissement, comme le Petit Âge glaciaire à l'époque moderne.

• L'ensemble du globe est concerné, à des degrés divers par les variations climatiques : « Les climats des différents pays du globe sont interdépendants » (l. 31-32). Ce qui se passe dans un lieu a des répercussions à des milliers de kilomètres. C'est le cas de la fonte des glaces qui provoque une hausse du niveau des mers, dont les espaces insulaires sont les premières victimes.

2. Les inégalités face aux changements climatiques

• Les principales victimes vivent dans l'hémisphère sud, dans des pays pauvres ou émergents : « Si tous les pays sont vulnérables aux variations climatiques, les pays en développement [...] le sont plus particulièrement » (l. 26-29). Une région touchée par des phénomènes métérorologiques extrêmes est d'autant plus vulnérable qu'elle est pauvre. Ainsi, le Japon se remet plus rapidement des catastrophes qui le touchent régulièrement qu'Haïti du séisme de 2010.

> ▶ **Le secret de fabrication**
> La comparaison est particulièrement appréciée pour mener votre raisonnement. En prenant ici le contraste entre un pays riche et un pays pauvre, vous montrez que la vulnérabilité dépend de la situation économique du pays.

• Toutefois, ce sont les pays du Nord qui dirigent les débats puisque la conférence se tient à Genève et les 50 représentants de gouvernements appartiennent essentiellement à des pays riches. En outre, en 1979, une partie des pays africains et asiatiques, qui ont gagné leur indépendance depuis peu, ont du mal à s'insérer dans les organisations internationales.

[Transition] L'observation du réchauffement climatique montre qu'il s'agit d'un phénomène mondial et multiscalaire.

II. Le monde face au changement climatique

1. Les changements à l'échelle locale

• En 1979, l'Organisation météorologique mondiale (OMM) constate que l'homme par ses activités agit sur les territoires du quotidien : « sans le vouloir, l'homme moderne modifie le climat à l'échelon local et aussi, dans une moindre mesure, à l'échelle régionale » (l. 38-39). Des activités comme la surpêche en mer de Chine agissent ainsi sur l'équilibre mondial.

• Cette vulnérabilité impacte les besoins primaires dans ces pays souvent en difficulté : « L'alimentation, l'eau, l'énergie, l'habitat et la santé sont autant d'aspects de la vie humaine qui dépendent fortement du climat » (l. 18-20). Le changement climatique provoque sécheresse et mauvaises récoltes, ce qui entraîne par exemple la sous-alimentation et le difficile accès à l'eau potable dans des pays comme le Congo.

> **CONSEIL**
> Le texte est très théorique, n'hésitez donc pas à l'illustrer par des exemples concrets issus de vos connaissances.

2. Du local au global

• Si les effets du changement climatique se ressentent à l'échelle locale, le texte essaie habilement de créer une cause commune à plusieurs endroits : « la société humaine » (l. 1-2), « une population mondiale » (l. 33-34), « le monde entier » (l. 42-43) et « notre société » (l. 46). Les auteurs essaient donc de rassembler l'ensemble des pays par l'usage progressif du « nous ».

> **▶ Le secret de fabrication**
> Les copies qui étudient le type de langage employé, l'usage des pronoms personnels et les répétitions sont assez rares. C'est pourtant un bon moyen de comprendre les objectifs de l'auteur, surtout lorsqu'il s'agit d'une déclaration aspirant à avoir un rayonnement mondial.

• Pour accélérer le rassemblement et la prise de conscience, les auteurs de la déclaration insistent sur « le caractère urgent d'une action mondiale » (l. 43-44). Après avoir sensibilisé aux impacts des changements climatiques, le texte appelle ici à une action mondiale et rapide.

[Transition] La déclaration, solidement construite, aspire à montrer l'interconnexion du monde et le fait que le changement climatique concerne tous les humains. Pour répondre à ce problème global, il faut s'appuyer sur la communauté scientifique.

III. Le rôle des scientifiques et de la société civile

1. De meilleures connaissances

• Le texte insiste particulièrement sur le travail des scientifiques, il souhaite que les pays « tirent pleinement parti des connaissances actuelles sur le climat » (l. 6) et des « nouvelles connaissances ainsi acquises » (l. 45-46). Si les réflexions sur le climat ont commencé dès l'époque moderne, notamment avec Buffon au XVIIIe siècle, les travaux s'accentuent depuis 1945.

• Cette connaissance doit cependant encore s'affiner : il faut « approfondir sensiblement ces connaissances » (l. 7-8). Cet appel a été entendu puisqu'en 1988 est créé le GIEC qui dépend de l'OMM.

MOT CLÉ
Le GIEC (Groupe international d'experts sur l'évolution du climat), qui rassemble 195 pays, est chargé d'évaluer les risques liés au réchauffement climatique d'origine humaine.

2. L'urgence de l'action

• Cette connaissance approfondie a pour but d'aboutir à une action globale pour limiter les changements climatiques, car il est « possible d'atténuer les répercussions néfastes de ces variations » (l. 29-30). L'OMM aspire donc à limiter les bouleversements climatiques mondiaux, dont le réchauffement au premier rang, par une gouvernance mondiale.

• Cette action des États et des Nations unies ne peut toutefois fonctionner qu'en s'appuyant sur des citoyens sensibilisés à ce problème. C'est pour cela que la déclaration rappelle que le climat concerne le « bien-être de l'humanité » (l. 10-11) et « le développement futur de notre société » (l. 46). La société doit s'emparer de ces questions pour favoriser une véritable action à l'échelle mondiale.

Conclusion

[Réponse à la problématique] La déclaration de 1979 constitue une sorte d'acte fondateur de la lutte contre le réchauffement climatique lié aux activités humaines. Cependant, ce texte ne montre pas la réception de ces idées au sein de l'opinion publique. Il serait sans doute intéressant de consulter un article de presse ou une caricature de l'époque pour savoir si la population s'est intéressée à cette conférence. [Ouverture] Ce texte date de 1979 ; pourtant, les Nations unies, quatre décennies plus tard, ne parviennent pas à imposer une lutte ambitieuse contre le réchauffement climatique, comme le montrent les limites de l'accord de Paris signé en 2015.

22 Sujet spécimen 2021 • DISSERTATION

Les acteurs de la gestion environnementale aux États-Unis

2 heures
10 points

INTÉRÊT DU SUJET • Ce sujet invite à s'interroger sur la gestion environnementale aux États-Unis par divers intervenants, à toutes les échelles (locale, nationale, internationale). Les démarches et intérêts des acteurs divergent souvent.

▶ La gestion de la question environnementale par les acteurs états-uniens à différentes échelles.

LES CLÉS DU SUJET

Analyser le sujet

Formulation
- Deux concepts
- Un lien de subordination entre les deux

Bornes chronologiques et spatiales
- Du XIXe siècle à nos jours
- Les États-Unis

La gestion de la question environnementale par les acteurs états-uniens à différentes échelles

Type de sujet
Sujet analytique, multiscalaire (à différentes échelles)

Notions et mots clés
- Gestion ; question environnementale
- Acteurs

Dégager la problématique

• Le sujet invite à définir ce que veut dire « gérer la question environnementale » pour les différents types d'acteurs états-uniens. Les mesures prises en faveur de l'environnement sont différentes selon leur échelle d'application.

• Vous pouvez déduire la problématique suivante : Pourquoi la gestion de la question environnementale par les différents acteurs états-uniens est-elle paradoxale ?

Construire le plan

Au regard du sujet, un plan multiscalaire s'impose.

I. À l'échelle mondiale, un pays précurseur mais peu impliqué	• En quoi les États-Unis sont-ils précurseurs dans la prise en compte de l'environnement ? • Quelle est la politique environnementale des États-Unis à l'échelle mondiale ?
II. À l'échelle nationale, un pays divisé sur la gestion environnementale	• Quel est le rôle de l'État fédéral dans la gestion de l'environnement ? • Quel type d'actions mène-t-il ? En quoi ces actions peuvent-elles être contradictoires ?
III. À l'échelle locale, de réels moyens d'action, sources de tensions	• Quels sont les différents acteurs de la gestion environnementale à l'échelle locale ? • En quoi leurs politiques sont-elles sources de tensions avec l'État fédéral ?

22 CORRIGÉ GUIDÉ

Les titres et les indications entre crochets ne doivent pas figurer sur la copie.

Introduction

[Accroche] La nature est un élément de l'identité culturelle des États-Unis. Aujourd'hui, la société américaine est partagée entre le désir de maîtriser l'environnement et celui de le protéger. [Présentation du sujet] Si, à l'échelle mondiale et nationale, le pays véhicule une image négative ou ambiguë sur la gestion de l'environnement, à l'échelle régionale et locale le système fédéral permet une certaine flexibilité des politiques environnementales. Cependant cette question divise les principaux acteurs en jeu et reste source de tensions. [Problématique] Pourquoi la gestion de la question environnementale par les différents acteurs états-uniens est-elle paradoxale ? [Annonce du plan] Pour répondre à cette question, nous présenterons successivement trois échelles de la gouvernance environnementale par les acteurs états-uniens : mondiale [I], nationale [II] et locale [III].

▶ Le secret de fabrication

Un plan multiscalaire suppose de respecter scrupuleusement le changement d'échelle. Il est préférable de commencer par une petite échelle (mondiale), puis l'échelle nationale (échelle fédérale aux États-Unis) pour finir par la plus grande (échelle locale : États fédérés, villes, quartiers).

I. À l'échelle mondiale : un pays précurseur mais peu impliqué

1. Un pays précurseur de la question environnementale

• La conquête de l'Ouest et l'exploitation des richesses ont été si rapides et si dévastatrices pour le milieu que l'idée de protéger la nature a vu le jour dès le début du XIXe siècle aux États-Unis.

• La *Wilderness*, nature sauvage, à préserver, inspire le courant philosophique du transcendantalisme de Ralph Waldo Emerson et H. D Thoreau. Une conscience écologique précoce se développe en même temps que les premiers aménagements de mise en valeur de la nature.

2. Une politique internationale d'obstruction

• Pourtant, le mode de vie américain reste énergivore et prédateur pour les ressources. Depuis 2005, les États-Unis n'ont toujours pas ratifié le protocole de Kyoto, pourtant signé par le président Bill Clinton en 1997.

• Apparu dans les années 1980 sous la présidence Reagan, un « scepticisme environnemental », alimenté par les lobbies du pétrole et du charbon, atteint son apogée sous le mandat de Donald Trump avec le retrait des accords de Paris en 2019. Les climatosceptiques accroissent leur influence à la Maison-Blanche et les principales FTN états-uniennes, responsables de nombreuses catastrophes écologiques, restent peu impliquées dans cette question.

MOT CLÉ

Les climatosceptiques ne croient pas au réchauffement climatique ou à l'incidence de l'activité humaine sur celui-ci. Ils remettent en cause les experts du GIEC.

3. Une prise de conscience progressive mais ambiguë

• Certaines avancées sont pourtant à souligner : en 2005, un partenariat a été signé entre les États-Unis et cinq pays d'Asie-Pacifique afin de lutter contre les émissions de gaz à effet de serre. Le président Joe Biden a par ailleurs décidé de ratifier les accords de Paris dès sa prise de fonction.

• Des ONG états-uniennes très puissantes, véritables « lobbies verts », ou des personnalités politiques s'engagent pour alerter l'opinion mondiale sur le changement climatique, comme Al Gore, prix Nobel de la paix 2007.

• Enfin, plusieurs FTN, dont les GAFAM, investissent pour la transition énergétique et pour réduire leur impact environnemental. Cependant, elles sont souvent accusées de « green washing », c'est-à-dire de mettre en avant des arguments écologiques à des fins purement marketing.

[Transition] Si les États-Unis assument leur volonté de préserver avant tout leurs intérêts nationaux en refusant toute contrainte internationale, ils prennent progressivement conscience de la nécessité de protéger et préserver leurs ressources. Ce paradoxe s'observe aussi à l'échelle nationale.

II. À l'échelle nationale : un pays divisé sur la gestion environnementale

1. Le rôle protecteur de l'État fédéral

• Deux courants environnementalistes voient le jour à la fin du XIXe siècle : le préservationnisme, dont John Muir est le pionnier, défend une protection de la nature préservée de toute influence humaine, tandis que Gifford Pinchot défend une vision utilitariste de la nature et un usage raisonné de ses ressources (conservationnisme). Ces mouvements favorisent la sanctuarisation d'espaces naturels comme Yosemite (1864) et Yellowstone (1872).

• Le président Theodore Roosevelt fait de la protection de l'environnement une cause nationale. À l'écoute de John Muir, il est à l'origine de cinq nouveaux parcs nationaux et du National Forest Service.

INFO +
On compte aujourd'hui 61 parcs nationaux (2,2 % du territoire), gérés à l'échelle fédérale par le National Park Service.

2. Des mesures limitées et paradoxales

• Malgré la création de l'Agence de protection de l'environnement et le vote du Clean Air Act en 1970 pour lutter contre la pollution de l'air, les mesures fédérales restent limitées et souvent remises en cause à la faveur de l'alternance politique.

• Ainsi, dans les années 1980, l'administration Reagan assouplit l'application du Clean Air Act, et plus tard, l'administration Trump annule le plan de réduction des gaz à effet de serre et l'interdiction des forages en zones protégées, mesures prises sous la présidence Obama.

• L'État fédéral reste, la plupart du temps, défenseur d'une vision utilitariste de la nature, perçue comme source de richesses : c'est lui qui accorde les autorisations d'exploitation minière (gaz de schiste et pétrole).

[Transition] Si une véritable politique environnementale semble difficile à mettre en œuvre sur le long terme à l'échelle nationale, le système fédéral laisse aux différents acteurs régionaux et locaux une grande flexibilité pour agir.

S'ENTRAÎNER

III. À l'échelle locale : de réels moyens d'action, sources de tensions

1. Des États impliqués dans la question environnementale à l'échelle régionale

- Certains États fédérés revendiquent de plus en plus une décentralisation de la gestion de l'environnement et s'engagent dans des politiques de protection plus ambitieuses que celles de l'État fédéral.
- Ainsi les États du Massachussetts et de Washington se sont engagés dans la réduction des émissions de gaz à effet de serre, comme la Californie qui investit aussi massivement dans les stations pour les voitures à hydrogène depuis 2005.

2. À l'échelle locale, de multiples acteurs

- Les actions locales se multiplient notamment dans les métropoles qui s'engagent au niveau international dans le réseau C40 (Cities Climate Leadership Group), aujourd'hui dirigé par le maire de Los Angeles. Les villes de New York, Chicago ou Seattle mènent ainsi de nombreuses actions à l'échelle urbaine (végétalisation des toits, développement des transports en commun).
- Les ONG, des lanceurs d'alerte, de simples citoyens mènent des campagnes de boycott et de dénonciation de certaines pratiques de grandes FTN américaines, entreprennent des démarches judiciaires contre des atteintes graves à l'environnement. Là aussi, ces acteurs se heurtent à la politique fédérale.

Conclusion

[Réponse à la problématique] La multiplicité des acteurs et des échelles de gestion de l'environnement aux États-Unis rend leur compréhension difficile. Entre préservation et exploitation ultralibérale, la question environnementale reste un sujet de tensions et les politiques suivies peuvent sembler paradoxales. [Ouverture] Si ce manque d'homogénéité des politiques environnementales états-uniennes inquiète les défenseurs de l'environnement, il est néanmoins constitutif du système américain et laisse la possibilité à d'autres puissances d'exercer leur leadership sur la scène internationale.

23 Étude critique de document

La nature vue par un philosophe américain

2 heures
10 points

S'ENTRAÎNER

INTÉRÊT DU SUJET • La nature états-unienne, la *Wilderness*, est au cœur du transcendantalisme. Pour ce courant philosophique, la nature sauvage constitue l'originalité et la vraie merveille des États-Unis, tant d'un point de vue esthétique que moral.

D'après le document proposé, vous montrerez que la nature est, pour l'auteur, la vraie merveille de l'Amérique et qu'elle seule est un véritable professeur de vie.

DOCUMENT La nature du Massachusetts vue par Henry David Thoreau

Avec Ralph Waldo Emerson, Henry David Thoreau (1817-1862) est le principal représentant du premier courant philosophique états-unien, le transcendantalisme. Il se rend célèbre avec Walden *(1854), récit racontant sa vie, pendant deux ans, dans une cabane construite dans la forêt, sur les bords de l'étang de Walden, près de la ville de Concord (Massachusetts). Cet article est paru en 1842 sans nom d'auteur dans la revue transcendantaliste* The Dial.

Ce n'est pas dans la société que l'on trouve la santé, mais dans la nature. Si nous n'avons pas au moins un pied dans la nature, nos visages seront pâles et livides. La société est toujours malade, et elle l'est d'autant plus qu'elle est évoluée. Il n'émane d'elle aucune senteur qui soit aussi saine que celle des pins, ni aussi aucune odeur aussi pénétrante et roborative que l'immortelle[1] dans les hauts pâturages. J'aimerais toujours avoir près de moi un livre d'histoire naturelle qui me serait une sorte d'élixir et dont la lecture redonnerait du tonus à mon organisme. En effet, pour le malade, la nature l'est aussi, mais pour celui qui est bien portant, elle représente une source de santé. Celui qui contemple une forme de beauté naturelle ne saurait connaître ni mal ni déception. Les doctrines du désespoir, de la tyrannie ou de la servitude spirituelle ou politique n'ont jamais été professées par ceux qui ont partagé la sérénité de la nature. De toute évidence, le vrai courage ne viendra jamais à manquer sur cette côte atlantique, tant que nous serons entourés par le Pays des Fourrures[2].

Ces mots suffisent à redonner du cœur à l'ouvrage, quelles que soient les circonstances. L'épicéa, le hemlock[3] et le pin n'engendrent pas le désespoir. [...]

Nous nous figurons que tout le tintamarre de la religion, de la littérature et de la philosophie que l'on entend dans les chaires, les lycées et les salons se répercute à travers tout l'univers. [...] Mais si un homme dort profondément, il l'oubliera totalement du crépuscule jusqu'à l'aube. [...] Quel formidable entraînement fournit la science de la nature pour se préparer aux combats de la vie la plus active. De fait, la bravoure incontestable que supposent ces études est beaucoup plus impressionnante que la vaillance tonitruante du guerrier.

Henry David Thoreau, *Histoire naturelle du Massachusetts*, 1842,
trad. de l'anglais par Guy Chain, Éditions La Part commune, 2014.

1. Immortelle : plante à fleurs jaune d'or.
2. Le Pays des Fourrures : Grand Nord canadien, région où les conditions extrêmes imposent aux hommes, pour leur survie, une lutte permanente contre les éléments.
3. Épicéa et hemlock : arbres de la famille des conifères.

LES CLÉS DU SUJET

Identifier le document

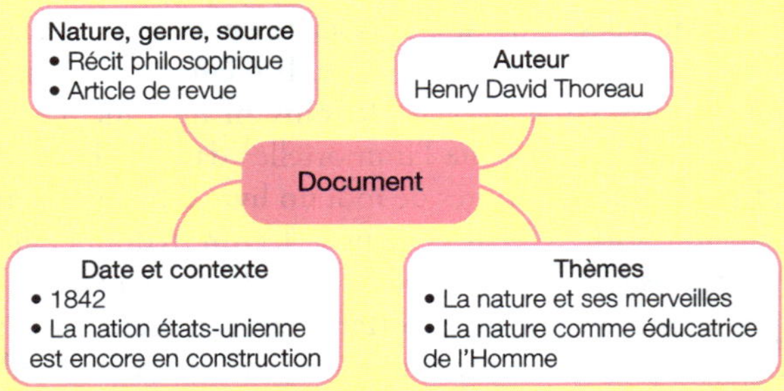

Comprendre la consigne

• La consigne vous invite à réfléchir sur ce qui fait de la nature la vraie merveille de l'Amérique.
• Vous devez aussi analyser les différents éléments qui font de la nature une leçon de vie pour l'humain, tant d'un point de vue physique que moral.

Dégager la problématique et construire le plan

• L'auteur présente la nature sous diverses facettes : lieu d'expériences esthétiques et sensorielles, elle est une véritable « merveille de l'Amérique » ; elle est un guide moral pour les humains et leur offre des leçons qui valent toutes les connaissances livresques.
• À partir d'un travail d'analyse cursive, vous pouvez déduire trois grandes idées qui vont guider les trois parties du développement.

I. La nature, vraie merveille de l'Amérique	Pourquoi la nature américaine suscite-t-elle l'admiration de l'auteur ?
II. La nature, école de vie et de santé	De quelles expériences la nature est-elle porteuse ?
III. La nature, vérité du monde	Dans quelle mesure les leçons offertes par la nature valent-elles les savoirs livresques ?

23 CORRIGÉ GUIDÉ

Les titres et les indications entre crochets ne doivent pas figurer sur la copie.

Introduction

[Accroche] La nature constitue un des thèmes centraux du transcendantalisme, premier courant philosophique états-unien. [Présentation de la source et de l'auteur] L'auteur, Henry David Thoreau, qui est avec Ralph Waldo Emerson le principal représentant de ce courant, développe dans cet extrait d'un article intitulé « Histoire naturelle du Massachusetts », publié en 1842 dans la revue *The Dial*, quelques-uns des thèmes essentiels de cette philosophie. [Problématique] Comment l'évocation de la nature du Massachusetts et du Grand Nord canadien est-elle l'occasion, pour l'auteur, d'un discours politico-moral dans lequel il oppose la sagesse de la nature à la folie de la civilisation ? [Annonce du plan] Nous verrons d'abord que, pour Henry David Thoreau, la nature constitue la vraie merveille de l'Amérique [I]. Nous analyserons ensuite les leçons qu'elle professe aux humains [II] et nous montrerons enfin les raisons qui, selon l'auteur, rendent la nature supérieure à la culture [III].

> **▶ Le secret de fabrication**
> Avant de vous lancer dans la rédaction du développement, rappelez-vous ce qu'est le transcendantalisme et quels sont ses thèmes de prédilection. Ce courant de pensée philosophique tend à unir l'individuel à l'universel. Considérant la nature comme grandiose et immense, il l'associe à des valeurs morales.

I. La nature, vraie merveille de l'Amérique

1. La nature : un lieu de jouissance esthétique

• Selon Thoreau, la nature est avant toute chose le lieu d'une expérience sensorielle et esthétique. D'elle se dégagent bien-être et sagesse. Les majestueuses allées d'épicéas, d'hemlocks et de pins inspirent à l'Homme émerveillement et sérénité.

• La nature est un ravissement pour les sens. L'immortelle des hauts pâturages ou le pin sont à la fois un merveilleux spectacle pour la vue et une jouissance pour l'odorat (l. 4-6).

• Ces forêts, uniques par leur immensité, sont les véritables cathédrales du Nouveau Monde, elles sont ces espaces vierges qui rendent l'Amérique incomparablement supérieure à l'Europe. Même s'il prétend s'en éloigner, Thoreau reprend ici les thématiques du puritanisme protestant. À la façon des Pères pèlerins qui créèrent la colonie du Massachusetts au XVIIe siècle, il voit dans la nature du Nouveau Monde un espace vierge de tous péchés.

2. La nature, condition du bonheur

• La nature est la condition du bonheur physique de l'Homme. C'est au contact de la nature qu'il est sain car « si nous n'avons pas au moins un pied dans la nature, nos visages seront pâles et livides » (l. 2-3). La nature contribue aussi au bonheur moral des individus : « Celui qui contemple une forme de beauté naturelle ne saurait connaître ni mal ni déception » (l. 11-12).

• D'après l'auteur, la contemplation de la beauté naturelle est porteuse de bonheur et d'épanouissement. Sans doute trouve-t-on là une version américanisée du sentiment du sublime tel que le définit Emmanuel Kant dans la *Critique de la faculté de juger*. Mais Thoreau voit dans la contemplation de la nature une expérience aussi bien esthétique que morale (l. 12-16).

[Transition] Lieu de beauté et de jouissance, la nature est également porteuse d'enseignement, ainsi que nous allons le voir maintenant.

II. La nature, une école de vie et de santé

1. La nature, lieu de l'affermissement physique de l'Homme

• Loin de la nature, l'Homme dépérit : « Ce n'est pas dans la société que l'on trouve la santé, mais dans la nature » (l. 1-2).

• La nature, par sa dureté même est une école de vie. L'auteur exprime une conception vitaliste de l'existence lorsqu'il évoque à propos des conditions extrêmes du Pays des Fourrures la nécessité pour l'Homme de se dépasser pour survivre et vaincre l'adversité (l. 14-16). La nature est donc une école de courage physique qui surpasse de beaucoup l'expérience du guerrier (l. 26-28).

2. La nature, lieu d'enseignement moral et intellectuel

• La nature offre des enseignements porteurs de vrais savoirs, de ceux qui aident à vivre, « une sorte d'élixir et dont la lecture redonnerait du tonus » (l. 8).

• Thoreau affirme que « les doctrines du désespoir, de la tyrannie ou de la servitude spirituelle ou politique n'ont jamais été professées par ceux qui ont partagé la sérénité de la nature » (l. 12-14). La nature serait donc, d'après lui, porteuse de liberté et de joie. En dépit des certitudes de l'auteur, il est pourtant facile d'observer que les théories de « retour à la nature » ne furent pas toujours associées à des systèmes politiques prônant la liberté.

CONSEIL
Interrogez-vous sur les éventuelles contradictions de l'auteur. Vous pouvez critiquer la pensée développée par l'auteur en mettant en avant ses limites.

[Transition] La nature est donc, d'après Thoreau, la meilleure institutrice pour l'Homme ; ses vertus la rendent infiniment supérieure à la civilisation, comme nous allons le voir maintenant.

À NOTER
Les idées que défend ici H. D. Thoreau peuvent être vues comme une version américaine des idées de J.-J. Rousseau sur les vertus de la nature.

III. La nature, la vérité du monde

1. La nature contre les faux savoirs et les fausses sagesses

• L'auteur assimile les « vérités » des religions, de la littérature, de la philosophie à un « tintamarre » de salons ou de salles de classes (l. 20-22). L'Homme savant croit qu'elles ont quelque importance et qu'elles s'imposent à tout l'univers, mais, dans la nature, elles ne sont d'aucune utilité.

S'ENTRAÎNER

• Ces « vérités » ne sont en fait que de fausses vérités, et il suffit à l'Homme de s'endormir pour les oublier « totalement du crépuscule jusqu'à l'aube » (l. 22-24). Cet apparent mépris pour le savoir livresque est pour le moins étonnant de la part d'un homme qui, même s'il vécut deux ans au fond d'une cabane, n'en était pas moins diplômé d'Harvard et doté d'une immense culture.

À NOTER
L'université d'Harvard, près de Boston, est aujourd'hui mondialement connue. Elle fut à l'origine créée, en 1636, pour former les pasteurs des communautés puritaines du Massachusetts.

2. La nature supérieure à la culture

• La nature est la vérité de la vie. La profession de foi que Thoreau nous livre en faveur de la nature n'est pas une simple valorisation de celle-ci. Elle s'accompagne d'un rejet de la civilisation et de la culture.

• Implicitement, Thoreau considère la culture comme porteuse de mensonges, car « la société est toujours malade, et elle l'est d'autant plus qu'elle est évoluée » (l. 3-4). Avec cet anti-intellectualisme apparent, Thoreau illustre un des aspects de la culture états-unienne dans laquelle les savoirs livresques sont parfois considérés comme des sophismes.

Conclusion

[Réponse à la problématique] Dans ce texte, Henry David Thoreau développe un certain nombre des idées fondamentales du transcendantalisme. Il explique les raisons pour lesquelles, selon lui, la nature constitue le lieu privilégié de la vie. [Ouverture] Cette pensée peut apparaître comme une forme de naturalisme rejetant les apparents sophismes de la civilisation. Même si elle peut surprendre chez un lettré comme Thoreau, elle n'en est pas moins une des composantes de ce que certains penseurs états-uniens aiment à penser comme un pragmatisme.

La bataille de Yosemite

2 heures
10 points

INTÉRÊT DU SUJET • La nature états-unienne est considérée par la plupart des habitants du pays comme un élément essentiel de leur identité. C'est ce qu'illustre l'affaire du Yosemite Park évoquée par l'article suivant.

D'après le document proposé, vous expliquerez les raisons des oppositions au rachat par une entreprise japonaise de la société exploitant les services de Yosemite Park et vous montrerez que ce parc constitue un des lieux de l'identité états-unienne.

DOCUMENT Le parc naturel, patrimoine des États-Unis

L'article évoque la bataille qui opposa, fin 1990, l'entreprise japonaise d'électronique Matsushita et le gouvernement fédéral à propos du Yosemite Park. Cédant aux pressions, l'entreprise japonaise s'engagea, en janvier 1991, à revendre la société commerciale du parc à une fondation à but non lucratif.

L'acquisition de la firme américaine MCA[1] par le japonais Matsushita, annoncée fin novembre [1990], provoque finalement un sursaut de nationalisme aux États-Unis. Non pas parce que, en offrant 6,6 milliards de dollars (33 milliards de francs) pour le rachat de la firme cinématographique MCA, le géant japonais de l'électronique met la main sur une partie du capital artistique américain. Depuis la reprise, l'an dernier, de Columbia par Sony, les Américains ont appris à ne plus s'émouvoir des incursions nippones en territoire hollywoodien.

Cette fois Matsushita a avancé, semble-t-il, ses pions un peu loin. En achetant MCA, le groupe japonais met aussi la main sur divers services (hôtels, restaurants, campings, épiceries…) situés dans le célèbre parc naturel de Yosemite, en Californie. C'est cette atteinte au patrimoine national que les autorités américaines ont choisi de dénoncer.

Les propriétés de MCA à Yosemite pèsent pourtant « seulement » 300 millions de dollars. Somme bien faible comparée aux milliards du Rockefeller Center[2], autre symbole de la culture américaine également passé l'an dernier sous la coupe d'intérêts nippons. Mais il est plus facile, pour l'administration de Washington, de mobiliser son opinion sur une opération touchant à des arbres qui ont au moins l'âge de la nation américaine plutôt qu'à des intérêts industriels ou financiers. Le ministre de l'Intérieur, M. Manuel Lujan Jr, a d'ailleurs annoncé mardi 1er janvier [1991] sa volonté d'annuler la concession de MCA à Yosemite, en expliquant qu'il avait l'impression que « les Japonais achetaient la totalité des États-Unis ».

« La bataille de Yosemite », *Le Monde* et AFP, 3 janvier 1991.

1. MCA (Music Corporation of America), créée en 1924, était une entreprise états-unienne travaillant dans l'industrie du disque, du cinéma et dans la télévision.
2. Gigantesque ensemble commercial de 19 gratte-ciel sur la 5e Avenue à New York.

LES CLÉS DU SUJET

Identifier le document

Document

Nature, genre, source
- Un article de presse
- Extrait du quotidien *Le Monde*

Auteur
L'AFP et la rédaction du *Monde*

Date et contexte
Janvier 1991

Thème
La vente de services dans Yosemite Park à l'entreprise japonaise Matsushita

Comprendre la consigne

- La consigne vous invite d'abord à réfléchir à la pénétration économique japonaise aux États-Unis pendant les années 1990.
- Il s'agit ensuite de comprendre pourquoi, d'après le texte, le rachat des infrastructures commerciales de Yosemite Park par Matsushita, a engendré une telle opposition.

Dégager la problématique et construire le plan

• L'article évoque en particulier les investissements des FMN japonaises aux États-Unis au cours des années 1990.

• Il traite surtout des réactions provoquées par ces investissements en mettant l'accent sur les oppositions suscitées par la mainmise des Japonais sur Yosemite Park.

• L'enjeu du sujet est d'analyser les ressorts de cette affaire et de montrer comment le possible rachat de Yosemite Park cristallise l'opinion états-unienne, qui considère cet espace naturel comme un haut-lieu de l'identité nationale.

I. Investissements des multinationales japonaises aux États-Unis	• Quelles sont, d'après l'article, les entreprises états-uniennes rachetées par des capitaux japonais ? • En quoi le rachat de MCA par Matsushita n'est pas une opération financière comme les autres ?
II. Le rachat de Yosemite Park : une opposition aux multiples raisons	• Ne peut-on pas dire que l'opposition aux IDE japonais est teintée de nipponophobie ? • Pourquoi Yosemite Park constitue-t-il un enjeu symbolique majeur ?
III. Une affaire économique devenue affaire d'État	• Quel est le rôle des citoyens états-uniens dans l'opposition à Matsushita ? • Quel est le rôle de l'État fédéral de cette affaire ?

S'ENTRAÎNER

24 CORRIGÉ GUIDÉ

Les titres et les indications entre crochets ne doivent pas figurer sur la copie.

Introduction

[Accroche] Depuis le XIXe siècle, la *Wilderness* constitue un des lieux de l'identité états-unienne. [Présentation du sujet] Le texte qui nous est ici présenté est un extrait d'un article du *Monde* de janvier 1991, signé par la rédaction du quotidien et l'AFP (Agence France Presse). Il évoque les remous créés par la prise de contrôle des infrastructures commerciales de Yosemite Park (Californie) par l'entreprise japonaise d'électronique Matsushita. [Problématique] Comment cette affaire, dans un contexte de rachat d'entreprises états-uniennes par des multinationales japonaises, est-elle emblématique de l'attachement des États-Unis à son patrimoine national naturel ? [Annonce du plan] Nous verrons d'abord la façon dont les investissements japonais aux États-Unis se sont multipliés dans les années 1980 [I]. Nous analyserons ensuite les raisons pour lesquelles le rachat de Yosemite Park par la firme Matsushita a provoqué de multiples oppositions [II]. Enfin, nous observerons comment cette affaire, à l'origine économique, est devenue une affaire d'État [III].

I. Les investissements des FMN japonaises aux États-Unis

1. Des multinationales japonaises conquérantes

• Les années 1980 correspondent à la période finale de la « haute croissance » au Japon (1950-1980) et à une période d'expansion mondiale du capitalisme japonais dont l'article se fait l'écho.

> **▶ Le secret de fabrication**
> Il est indispensable de renvoyer au texte. Ceci peut prendre la forme de simples renvois ou de citations, mais celles-ci doivent être expliquées et venir à l'appui de votre démonstration.

• Ainsi, outre le Rockefeller Center, gigantesque ensemble commercial new-yorkais composé de 19 tours racheté par Mitsubishi en 1989 (l. 16-18), les investissements japonais s'intéressent alors tout particulièrement au secteur des industries de divertissement, comme les studios de cinéma hollywoodiens. L'article mentionne ainsi « la reprise, l'an dernier, de Columbia par Sony » (l. 7), autre géant japonais de l'électronique.

2. Le rachat de MCA par Matsushita

• En novembre 1990, Matsushita décide de racheter la société MCA (Music Corporation of America) pour la somme de 6,6 milliards de dollars (l. 1-4), prenant ainsi le contrôle d'une des principales maisons de production musicale et cinématographique de l'époque.

• Mais « Cette fois Matsushita a avancé, semble-t-il, ses pions un peu loin » car « en achetant MCA, le groupe japonais met aussi la main sur divers services (hôtels, restaurants, campings, épiceries…) situés dans le célèbre parc naturel de Yosemite, en Californie » (l. 11-13). Paradoxalement, ce n'est pas le rachat d'un des plus gros studios cinématographiques qui va susciter une vive opposition mais la prise de contrôle des services du parc de Yosemite.

> **CONSEIL**
> Essayez d'utiliser des citations courtes qui se fondent dans votre commentaire.

[Transition] Les investissements japonais aux États-Unis sont nombreux au cours des années 1980. C'est cependant autour de l'enjeu essentiellement symbolique représenté par les services commerciaux du parc de Yosemite que va se cristalliser l'opposition à Matsushita, comme nous allons le voir.

II. Les raisons d'une opposition

1. Un rejet teinté de nipponophobie

• L'article affirme que le rachat de MCA par Matsushita est à l'origine d'un « sursaut de nationalisme aux États-Unis » (l. 3). Le rachat de plusieurs symboles de la culture américaine, comme le Rockfeller Center de New York (l. 17) a visiblement été ressenti comme une provocation par beaucoup d'États-Uniens.

MOT CLÉ
La nipponophobie est la peur ou la détestation de tout ce qui est japonais.

• La prise de contrôle par Sony et par Matsushita des studios Columbia et MCA a également permis à ces sociétés de mettre « la main sur une partie du capital artistique américain » (l. 6). Sans doute le journaliste utilise-t-il ici l'expression « mettre la main », dont la tonalité est péjorative, pour retranscrire l'état d'esprit de beaucoup d'États-Uniens.

2. Le Yosemite Park : un des lieux de l'identité états-unienne

• Néanmoins, il est apparemment paradoxal que cette vague de nipponophobie éclate à propos de la prise de contrôle des services commerciaux de Yosemite Park. En effet, alors que Matsushita a déboursé 6,6 milliards de dollars pour acquérir MCA (l. 4-5), la valeur des sociétés commerciales de Yosemite Park, d'un intérêt économique secondaire, ne représente que 300 millions de dollars (l. 15-16).

• L'opposition à la prise de contrôle de Yosemite Park par la FMN japonaise n'est donc pas de nature économique mais symbolique. Premier parc naturel, créé par l'État de Californie en 1864, le Yosemite Park, dans lequel se trouvent « des arbres qui ont au moins l'âge de la nation américaine » (l. 20-21) est perçu comme un des lieux essentiels de l'identité et son passage sous contrôle étranger est alors perçu par beaucoup d'États-Uniens comme une dépossession.

[Transition] L'hostilité au rachat des sociétés commerciales de Yosemite Park relève, comme nous venons de le voir, de motifs symboliques. C'est sur cette thématique que vont s'organiser de multiples formes d'oppositions vis-à-vis de la multinationale japonaise.

III. Une affaire économique devenue une affaire d'État

1. L'opinion états-unienne contre Matsushita ?

• Ainsi que le fait observer l'article, l'opinion américaine s'est apparemment sentie peu concernée par le rachat par des firmes japonaises de groupes états-uniens au poids économique considérable, comme les studios de la Columbia ou le Rockefeller Center. L'opinion a, à l'inverse, réagi pour la cession d'une société ayant en charge « quelques arbres ».

• Ceci montre que la question de la vente de Yosemite Park met en jeu des représentations qui touchent aux mythes fondateurs des États-Unis. La *Wilderness*, dont Yosemite Park avec ses arbres pluricentenaires, est perçue comme un des lieux de l'identité américaine, et une partie de l'opinion états-unienne voit donc dans l'offensive économique de Matsushita une menace contre celle-ci.

À NOTER
Célèbre pour ses chutes, ses dômes rocheux et ses forêts, Yosemite Park est parcouru chaque année par plus de 3,5 millions de randonneurs.

▶ Le secret de fabrication
L'analyse, c'est-à-dire la compréhension, du document et son commentaire critique impose de mobiliser un important savoir, faute de quoi votre devoir n'est pas une étude critique mais une paraphrase. Ainsi, il est par exemple indispensable de mobiliser vos connaissances sur la représentation de la *Wilderness* et l'histoire des parcs naturels aux États-Unis.

2. Le rôle de l'État fédéral

• C'est sur ce sentiment que capitalise l'État fédéral lorsqu'il décide d'intervenir, via Manuel Lujan Jr, secrétaire à l'Intérieur sous la présidence de George W. Bush, faisant ainsi de cette affaire, à l'origine économique, une affaire d'État.

• Celui-ci prend l'initiative d'annoncer « mardi 1er janvier sa volonté d'annuler la concession de MCA à Yosemite, en expliquant qu'il avait l'impression que "les Japonais achetaient la totalité des États-Unis" » (l. 23-25).

Conclusion

[Réponse à la problématique] D'une simple affaire d'ordre commercial, le rachat de la société MCA par la FMN Matsushita devient une affaire d'État dans la mesure où Yosemite Park est perçu par les États-Uniens comme un élément de leur identité. [Critique du document] Cependant, le document ne nous permet pas de définir l'ampleur exacte des protestations. [Ouverture] Mais on peut supposer qu'elles furent très fortes, puisque Matsushita finit par céder, acceptant de revendre rapidement la société commerciale du parc de Yosemite à une fondation états-unienne à but non lucratif.

Les États-Unis et la question environnementale : le cas de Pittsburgh

2 heures
10 points

INTÉRÊT DU SUJET • La ville de Pittsburgh est une métropole située dans la *Rust Belt*, ancienne région industrielle du Nord-Est des États-Unis. Pourtant, elle s'illustre depuis plusieurs années par une politique environnementale ambitieuse.

D'après les deux documents, montrez que Pittsburgh connaît une trajectoire particulière par rapport à la politique environnementale états-unienne.

DOCUMENT 1 Pittsburgh, une métropole respectant l'accord de Paris

Alors que les États-Unis sortaient des accords de Paris sur le climat, la ville de Pittsburgh, en Pennsylvanie, autrefois capitale de la sidérurgie, est devenue un modèle dans la lutte contre le réchauffement climatique.

« J'ai été élu pour représenter les habitants de Pittsburgh, pas de Paris », a expliqué le président américain Donald Trump, jeudi 1er juin [2017], utilisant la cité industrielle de l'Est américain (Pennsylvanie) pour justifier le retrait de l'accord de Paris sur le climat. Formule choc, mais mauvais choix de ville. Dans les minutes qui ont suivi, le maire démocrate de la ville, Bill Peduto, a renvoyé le chef de l'État dans les cordes sur Twitter.

« Les États-Unis rejoignent la Syrie, le Nicaragua et la Russie, en décidant de ne pas participer à l'accord mondial de Paris. C'est maintenant aux villes de prendre les rênes » de l'économie verte [...].

Mais le président n'a pas cité que Pittsburgh. Dans sa déclaration, il a insisté : « Il est temps de mettre Youngstown, dans l'Ohio, Detroit, dans le Michigan et Pittsburgh, en Pennsylvanie, qui comptent parmi les meilleurs endroits de ce pays, devant Paris, en

France. » Il fait ainsi l'amalgame entre d'anciennes villes industrielles laissées pour compte, comme Detroit, et d'autres comme Pittsburgh qui connaissent une fulgurante renaissance postindustrielle avec des centres urbains qui se sont totalement métamorphosés ces dernières années.

Toutefois, un point commun ressort entre ces trois villes, en dehors de leur localisation dans la *Rust Belt* industrielle : elles ont toutes voté Clinton en novembre 2016. [...]

Le Monde avec AFP, site LeMonde.fr, 2 juin 2017.

DOCUMENT 2 De la ville industrielle à la ville verte

Des années 1930 à aujourd'hui, Pittsburgh s'est réinventée. Aujourd'hui, c'est une ville « verte ».

A

ph © Margaret Bourke-White / The LIFE Picture Collection / Getty Images

B

ph © HaizhanZheng / iStockphoto / Getty Images

LES CLÉS DU SUJET

Identifier les documents

Nature, genre, source
- **Doc. 1** : article de presse
- **Doc. 2** : photographies

Auteur et destinataire
- **Doc. 1** : *Le Monde* avec l'AFP (Agence France-Presse)
- **Doc. 2** : Source non précisée

Documents

Date et échelles
- Années 2010
- Pittsburgh dans les années 1930 et de nos jours
- Échelles mondiale (accord de Paris), nationale (Maison Blanche), locale (Pittsburgh)

Thème
- Transformation d'une ville industrielle en « ville verte »
- Différences entre la politique gouvernementale aux États-Unis et les politiques locales

Comprendre la consigne

- L'arrivée de Donald Trump bouleverse les objectifs environnementaux à l'échelle mondiale. Cependant, aux États-Unis, des maires et des gouverneurs d'État tentent d'appliquer un développement durable.
- L'exemple de Pittsburgh illustre cette double dynamique.

Dégager la problématique et construire le plan

- La consigne et le texte invitent à privilégier un plan thématique.
- La ville de Pittsburgh montre que la politique environnementale des États-Unis doit être observée à différentes échelles. Les villes et États fédérés peuvent adopter leur propre politique environnementale.

I. L'impact mondial de la politique environnementale états-unienne	La révolution industrielle a conduit à une augmentation de la pollution aux États-Unis. Alors que la majorité des pays tentent de limiter leur impact sur l'environnement, les États-Unis restent en dehors de cette démarche.
II. Pittsburgh, un modèle particulier	Malgré son passé sidérurgique, la ville de Pittsburgh s'est reconvertie dans des activités moins polluantes. Ce changement apparaît dans le paysage urbain et contraste avec la politique environnementale du pays.
III. Le cas de Pittsburgh, reflet de la multiplicité des acteurs	Le système politique états-unien repose sur des autorités multiples. Les différences politiques se ressentent à diverses échelles et laissent une réelle autonomie aux villes et États fédérés.

25 CORRIGÉ GUIDÉ

Les titres et les indications entre crochets ne doivent pas figurer sur la copie.

Introduction

[Accroche] En janvier 2017, quand Donald Trump prend ses fonctions de Président, il fait supprimer la page consacrée à l'environnement sur le site de la Maison-Blanche. Pour autant, si les États-Unis apparaissent comme les mauvais élèves du développement durable, des villes et des États fédérés mènent une politique environnementale ambitieuse. [Présentation du sujet] C'est sur ce jeu d'échelles que revient le corpus documentaire en s'appuyant sur l'exemple de la métropole de Pittsburgh. Le document 1 est un texte rédigé par *Le Monde* avec l'Agence France-Presse en juin 2017. Il montre comment la ville de Pittsburgh reste dans l'accord de Paris malgré le retrait du pays demandé par D. Trump. Le document 2 compare deux photos de Pittsburgh en 1930 et de nos jours, opposant une Pittsburgh industrialisée à une ville plus verticalisée et mieux structurée. [Problématique] Dans quelle mesure la métropole de Pittsburgh illustre-t-elle les paradoxes de la politique environnementale états-unienne ? [Annonce du plan] La politique environnementale de la première puissance mondiale a un impact sur l'ensemble de la planète [I]. Pourtant, de grandes villes comme Pittsburgh parviennent à suivre une voie singulière par rapport aux directives de Washington [II]. Cette opposition montre la multiplicité d'acteurs impliqués dans la question environnementale aux États-Unis [III].

I. L'impact mondial de la politique environnementale états-unienne

1. Un pays au cœur de la révolution industrielle

• Pittsburgh appartient à la « *Rust Belt* » (document 1, l. 21), soit la « ceinture de la rouille ». Des industries lourdes avaient été installées dans cette région pendant la révolution industrielle à la fin du XIXe siècle, lui valant le surnom de *Manufacturing Belt*. Le déclin de ces industries lourdes a provoqué une crise de ces activités et donc le changement de surnom.

• C'est d'ailleurs à cette identité que fait référence la photographie des années 1930 (document 2 A). On y voit les fumées de la cheminée d'une usine en arrière-plan alors qu'au premier plan trône le pont en acier Fort Pitt Bridge. La ville a longtemps été considérée comme la capitale de la sidérurgie, car elle est idéalement située à la confluence de deux rivières qui se rejoignent pour former le fleuve Ohio.

> ▶ **Le secret de fabrication**
> Quand l'étude porte sur deux documents, le correcteur apprécie que vous les croisiez dans votre analyse. Si vous le pouvez, utilisez-les dans la même sous-partie. Ici sur la photo des années 1930, vous comprenez que Pittsburgh était une ville industrielle mais vous ne savez pas quelles activités y étaient pratiquées. Le texte vous apporte cette information en expliquant que Pittsburgh a été la « capitale de la sidérurgie ».

2. Un climatosceptique à la Maison-Blanche

• Bien que les États-Unis soient le pays de la *Wilderness*, ils sont parmi les plus importants pollueurs. Ils émettent autant de gaz à effet de serre que la Chine et exploitent des énergies polluantes comme les gaz de schiste, dont l'extraction a été permise par Barack Obama. L'arrivée de Donald Trump a bouleversé la politique environnementale mondiale. Il s'est rapidement retiré de l'accord de Paris sur le climat, comme le rappelle le texte (l. 4). Persuadé que le réchauffement climatique n'existe pas, il a surtout privilégié pour son pays l'économie au détriment de l'environnement.

> **MOT CLÉ**
> La *Wilderness* désigne la « nature sauvage » non encore soumise à l'humain. Cette notion a accompagné la conquête de l'Ouest aux États-Unis ; elle s'illustre aujourd'hui encore par la présence de phénomènes dangereux comme les ouragans.

• Cette décision a nui à l'image du pays car la majorité des acteurs mondiaux ont rejoint l'accord de Paris et peu l'ont refusé, à l'exception de dictatures ou d'États en difficultés économiques : « Les États-Unis rejoignent la Syrie, le Nicaragua et la Russie, en décidant de ne pas participer à l'accord mondial de Paris » (document 1, l. 8-9). Il s'agit donc d'une perte de prestige pour la première démocratie du monde dont beaucoup aimeraient qu'elle prenne la tête d'une politique internationale durable. Depuis 2017, le Nicaragua et la Russie ont ratifié le texte. Les États-Unis sont donc le seul pays, avec la Syrie, à ne pas être dans l'accord.

[Transition] Si les États-Unis sont devenus un important pollueur comme les autres pays occidentaux avec la révolution industrielle, ils maintiennent cette politique au XXIe siècle malgré une prise de conscience mondiale. Pour autant, en changeant d'échelle, il convient de nuancer ce constat.

II. Pittsburgh, un modèle particulier

1. De la cité industrielle à la ville verte

• Pittsburgh continue à être considérée par certains comme une ville industrielle. Or, le texte explique que cette image fait partie du passé : « d'anciennes villes industrielles » (document 1, l. 15). La ville a dû s'adapter, elle est passée à d'autres activités dans la recherche, l'éducation et la santé. Cette métropole de Pennsylvanie voit sa reconversion saluée puisque le président Barack Obama, qui a souscrit à l'accord de Paris sur le climat, y a accueilli le G20 en 2009.

> MOT CLÉ
> Adopté en 2015, **l'accord de Paris** sur le climat est une déclaration d'intention par laquelle chaque État signataire s'engage à diminuer l'émission de gaz à effet de serre pour contenir le réchauffement climatique.

• Pourtant, Donald Trump semble ignorer cette métamorphose puisqu'il prend l'exemple de Pittsburgh pour se retirer de l'accord de Paris en déclarant : « J'ai été élu pour représenter les habitants de Pittsburgh, pas de Paris » (document 1, l. 1-2). Le président insinue que la ville peut encore polluer avec des activités d'industrie lourde pour se développer sur le plan économique.

2. Une métamorphose inscrite dans le paysage urbain

• La comparaison des deux photographies (document 2) illustre le changement d'activités de la métropole de Pennsylvanie. Les autorités municipales ont transformé ce centre industriel en quartier des affaires, agréable à vivre, grâce à la verticalisation du bâti et aux espaces verts.

• Cette transformation semble avoir été rapide, comme l'indique l'article du *Monde* : « une fulgurante renaissance postindustrielle avec des centres urbains qui se sont totalement métamorphosés ces dernières années » (document 1, l. 17-19). Cela explique la différence entre la réussite de Pittsburgh et le maintien de la crise dans d'autres villes de la *Rust Belt*.

[Transition] Pittsburgh était donc un exemple mal choisi pour justifier le retrait de l'accord de Paris. Les États-Unis sont un État fédéral, aussi les décisions prises à la Maison-Blanche peuvent diverger à l'échelle locale.

III. Une multiplicité d'acteurs et d'échelles

1. Un système complexe

• Tout d'abord, le maire de Pittsburgh et Donald Trump n'appartiennent pas au même parti politique. Le président est républicain, alors que Bill Peduto est « le maire démocrate de la ville » (document 1, l. 6). Il y a donc une opposition entre les deux hommes, d'autant plus que certaines villes de la *Rust Belt* ont soutenu la candidate démocrate Hilary Clinton à l'élection présidentielle de 2016 (document 1, l. 21-22).

> CONSEIL
> En géographie, le changement d'échelles est particulièrement apprécié. Il permet de nuancer une situation en la regardant à l'échelle de la ville, du pays et monde.

• Dans l'idéal, la politique environnementale est le résultat d'un consensus entre l'État fédéral et les États fédérés. Mais chaque ville dispose d'une réelle autonomie, ce qui explique peut-être pourquoi Donald Trump a confondu Pittsburgh avec une autre ville de la *Rust Belt*, Detroit, qui a connu une grave crise et a beaucoup de difficultés à en sortir (document 1, l. 15-16).

2. Le choix local des villes vertes

• Pour Bill Peduto, il paraît évident que la politique environnementale doit être menée à l'échelle locale : « C'est maintenant aux villes de prendre les rênes de l'économie verte » (document 1, l. 9-10). En effet, si Washington a laissé ces questions de côté, certains pouvoirs locaux (villes, États) ont fait le choix de s'engager en faveur de l'environnement.

• Le pari semble gagnant puisqu'en plus de l'accueil du G20 en 2009, Pittsburgh connaît une « fulgurante renaissance » (document 1, l. 17). Après avoir longtemps perdu des habitants, la population de la ville se stabilise et certains investisseurs étrangers viennent s'y implanter, comme Sony.

Conclusion

[Réponse à la problématique] L'exemple de Pittsburgh montre la nécessité de changer d'échelles pour comprendre la politique environnementale états-unienne qui ne peut se résumer aux déclarations et actions tonitruantes de leur président. [Critique du document] Ce corpus montre avec justesse comment Pittsburgh s'est reconvertie en quelques décennies pour sortir de la crise postindustrielle. Toutefois, les documents se concentrent sur des questions politiques et ne montrent pas les activités pratiquées dans la métropole ni les pratiques quotidiennes des citoyens. [Ouverture] Si des villes comme Pittsburgh et des États comme la Californie tendent vers un développement durable, cela ne pourra être atteint qu'avec des décisions fortes prises par le président pour changer un système mondial.

▶ Le secret de fabrication

L'ouverture est la dernière image que vous laissez au correcteur. Elle a pour but de proposer un sujet en lien avec celui qui vient d'être traité ou bien d'ouvrir sur la période suivante. Ici tout votre travail a montré les contradictions entre les différentes autorités politiques dans le pays. Vous expliquez donc que les États-Unis doivent d'abord surmonter ces contradictions pour s'insérer dans une politique environnementale à l'échelle mondiale.

26 Dissertation

Produire et diffuser des connaissances

2 heures
10 points

INTÉRÊT DU SUJET • Le sujet invite à problématiser l'axe 1 du thème. Si produire des connaissances est capital pour le développement des États, leur diffusion depuis le monde de la recherche vers la population est nécessaire mais expose à leur récupération par des États concurrents.

▶ Produire et diffuser des connaissances.

LES CLÉS DU SUJET

Analyser le sujet

Produire et diffuser des connaissances

Formulation
- Deux verbes. Quels sont les acteurs ? Qui produit ? Qui diffuse ?
- La conjonction « et » invite à connecter les deux termes.

Bornes chronologiques et spatiales
- Aucune borne.
- L'Occident est au cœur de l'étude, mais donnez aussi quelques exemples issus d'autres espaces.

Type de sujet
Sujet évolutif. Les connaissances et leur diffusion vont croissant.

Notions et mots clés
- Produire : créer de nouvelles connaissances (via la réflexion et l'expérimentation)
- Diffuser : répandre ces connaissances au sein de la population – qui doit alors avoir les moyens intellectuels de les comprendre.

Dégager la problématique

• Produire et diffuser relèvent de deux dynamiques complémentaires pour les États. La quantité de connaissances augmente avec la mondialisation et leur maîtrise est indispensable pour rester un moteur de ce processus.

• Comment les États ont-ils fait de la production et de la diffusion des connaissances un instrument de puissance et de domination ?

Construire le plan

Un plan thématique permet d'insister sur l'inégal accès des sociétés aux connaissances dans le temps et dans l'espace.

I. Accéder à la connaissance	• Comment les savoirs sont-ils diffusés ? • Pourquoi l'accès aux connaissances demeure-t-il inégal ?
II. Le rôle primordial de l'État	• Comment l'État a-t-il encadré la diffusion des connaissances ? • Quel rôle jouent le débat et l'échange dans la construction des savoirs ?
III. Échanger des connaissances	Pourquoi la maîtrise des connaissances devient-elle un élément clé pour un État ?

26 CORRIGÉ GUIDÉ

Les titres et les indications entre crochets ne doivent pas figurer sur la copie.

Introduction

[Accroche] Pour faire face au SIDA, les médecins ont collaboré entre eux et ainsi découvert la trithérapie en 1996, permettant de contenir les symptômes. [Présentation du sujet] Cet exemple démontre l'importance de la production et de la diffusion des connaissances pour qu'un État soigne sa population, l'instruise, se défende et réponde aux risques majeurs. « Produire » des connaissances paraît donc capital pour un pays dans le but d'améliorer les conditions de vie de sa population, alors que le terme « diffuser » renvoie aux moyens utilisés pour répandre cette information vers la population et l'échanger éventuellement avec d'autres pays. [Problématique] Comment les États ont-ils fait de la production et de la diffusion des connaissances un instrument de puissance et de domination ? [Annonce du plan] Il est d'abord primordial de permettre l'accès à la connaissance pour la majorité de leur population [I] ; or, seul l'État peut répondre à ce défi en organisant les moyens de production et de diffusion des connaissances [II], puis à l'échelle mondiale les échanges d'informations sont devenus nécessaires pour répondre à des défis globaux [III].

▶ Le secret de fabrication

L'accroche a pour objectif d'ouvrir votre dissertation. Vous devez susciter l'intérêt et la curiosité de votre correcteur. Pour cela, vous pouvez utiliser une citation ou un exemple en lien direct avec le sujet. Dans le cas présent, vous montrez par l'exemple de la diffusion du SIDA qu'il a été nécessaire de produire et d'échanger des informations à l'échelle mondiale pour lutter contre cet ensemble de symptômes.

I. Accéder à la connaissance

1. Un accès limité aux savoirs

• Au cours de l'histoire, l'accès aux connaissances s'est d'abord fait par les textes, avant de passer par l'expérimentation. En Europe, jusqu'à la Renaissance, la parole biblique ne peut être remise en question, ce qui limite le travail des scientifiques. Dans les universités, les étudiants travaillent alors essentiellement sur des textes philosophiques et religieux faisant autorité. Il en est de même en Chine, où les écrits du philosophe Confucius sont censés contenir la majorité du savoir nécessaire.

CONSEIL
Essayez de fournir des exemples issus d'autres zones géographiques que l'Europe, ils permettront de démarquer votre copie.

• L'invention de l'imprimerie à caractères mobiles par Gutenberg au milieu du XVe siècle permet de reproduire les livres en grande quantité et ouvre donc le savoir à une plus grande partie de la population. Pour autant, seules la noblesse et une partie de la bourgeoisie ont accès à la lecture. En France, il faut attendre la fin du XIXe siècle et les lois de Jules Ferry de 1881-1882 pour que la majorité de la population soit alphabétisée.

2. Le poids des inégalités

• La production et la diffusion des connaissances dépendent de l'alphabétisation de la population. Dans ce domaine, la situation varie considérablement selon les pays. Si le taux d'alphabétisation s'élève à 94 % en Afrique du Sud, il n'est que de 32 % au Soudan du Sud.

• Au-delà de ces différences géographiques, les inégalités hommes/femmes persistent, en particulier dans les pays en développement. Par exemple, en Afrique subsaharienne, 74 % des hommes sont alphabétisés contre 51 % des femmes. En France, les jeunes filles ont dû attendre jusqu'en 1924 pour avoir le droit de passer le baccalauréat et suivre les mêmes programmes du secondaire que les garçons.

[Transition] Le large accès à la connaissance apparaît donc comme un processus historique marqué par des inégalités géographiques et sociales.

II. Le rôle primordial de l'État

1. L'expérience, clé du savoir

• Les scientifiques progressent en réalisant des expériences. Au départ, l'initiative peut être individuelle ; Léonard de Vinci, par exemple, dissèque des corps humains pour en comprendre le fonctionnement. Puis les États encadrent ces pratiques au XVIIe siècle avec les académies des sciences.

MOT CLÉ
Les académies des sciences sont des institutions savantes qui encouragent et promeuvent la recherche scientifique.

• La recherche se professionnalise en France au XIXe siècle. Henri Becquerel découvre en 1896 la capacité de l'uranium à émettre un rayonnement naturel spontané, alors que Pierre et Marie Curie trouvent avec le radium et le polonium deux éléments bien plus radioactifs. Les trois chercheurs obtiennent conjointement le prix Nobel en 1903 pour leurs découvertes.

2. Le temps du débat

• Les échanges et débats avec la communauté scientifique permettent d'améliorer et de valider les découvertes, puis de contester certaines idées. Le naturaliste Charles Darwin énonce en 1859 la théorie de l'évolution des espèces. Le mouvement créationniste, pensant que Dieu est à l'origine de toute création, rejette les idées de Darwin malgré ses preuves scientifiques.

MOT CLÉ
Selon la théorie de l'évolution, les espèces animales et végétales se sont adaptées aux modifications de leur environnement pour survivre.

• Ces connaissances sont d'abord présentées dans des revues scientifiques, avant d'être diffusées auprès du grand public *via* des médias plus accessibles comme les revues de vulgarisation.

• Pour protéger leurs découvertes, les scientifiques doivent déposer des brevets par lesquels l'État donne la propriété intellectuelle d'une invention à celui qui l'a découverte. Aujourd'hui, c'est la Chine qui dépose le plus de brevets.

[Transition] L'État est devenu l'acteur central de la production et de la diffusion des connaissances. À l'heure de la mondialisation, ces connaissances sont certes au cœur des échanges, mais elles font également l'objet d'une concurrence entre les pays les plus puissants.

III. Échanger les connaissances

1. Le rôle de la mondialisation

• Si les savants ont besoin d'échanger sur leurs recherches pour progresser, la rivalité inter-étatique apparaît aussi comme un moteur pour le développement de nouvelles connaissances. Par exemple, les échanges entre les chercheurs français et allemands permettent dans les années 1930 de remarquables avancées sur la radioactivité, puis les États-Unis s'appuient sur ces éléments pour utiliser le nucléaire à des fins militaires.

• La collaboration est également nécessaire face à des dangers communs. La diffusion du Covid-19 à l'échelle mondiale en 2020 force les États à s'échanger des informations pour comprendre le virus, lutter contre sa propagation et le traiter.

CONSEIL
L'utilisation de l'actualité dans une dissertation est appréciée si elle sert votre réflexion générale. Elle n'est pas un moyen de combler un manque de connaissances personnelles.

2. La connaissance, instrument de puissance

• La maîtrise de la connaissance est un moyen de renforcer la puissance des États puis des firmes transnationales dont le rôle est capital dans certains pays. La puissance de Samsung et ses innovations dans la téléphonie mobile expliquent en partie le développement de la Corée du Sud.

• La connaissance est également un élément majeur du *soft power*. Les États-Unis disposent du plus grand nombre de prix Nobel, même si certains chercheurs n'y sont pas nés, comme l'économiste française Esther Duflo, prix Nobel d'économie 2019, qui travaille aux États-Unis.

MOT CLÉ
Le *soft power* désigne l'ensemble des moyens non coercitifs (idéologiques, culturels ou structurels) par lesquels un acteur privé ou public oriente les relations internationales en sa faveur.

Conclusion

[Réponse à la problématique] La production et la diffusion de connaissances sont longtemps restées le fait d'une élite. Pourtant, l'État a rapidement encadré ces pratiques afin de renforcer sa puissance et s'affirmer dans tous les domaines par rapport à ses concurrents. [Ouverture] La production et la diffusion de connaissances n'ont jamais été aussi massives. Il convient désormais de les encadrer à l'échelle mondiale pour répondre au mieux à des phénomènes globaux tels le développement durable, l'alimentation ou la lutte contre les pandémies.

▶ Le secret de fabrication

En ouverture, vous pouvez utiliser la réflexion menée au cours de la dissertation pour soulever un nouveau problème. Vous pouvez aussi évoquer une prospective – une réflexion qui prévoit une situation à venir. Ici, vous montrez que la résolution des problèmes mondiaux ne peut être atteinte qu'en mettant les connaissances de plusieurs États en commun.

27 France métropolitaine • Septembre 2021
DISSERTATION

Le rôle des États dans l'élaboration et la protection des connaissances

2 heures
10 points

S'ENTRAÎNER

INTÉRÊT DU SUJET • Ce sujet vous permet de retravailler tout le thème en insistant sur le rôle central du principal ordonnateur de la connaissance, l'État.

▶ Quels rôles jouent les États dans l'élaboration et la protection des connaissances ?

LES CLÉS DU SUJET

Analyser le sujet

Le rôle des États dans l'élaboration et la protection des connaissances

Formulation
- Question : attention à problématiser le sujet pour éviter le catalogue
- Position centrale de l'État, au pluriel, ce qui insiste sur les différences

Bornes chronologiques et/ou spatiales
- Pas de bornes chronologiques : montrer une évolution temporelle
- Pas de bornes spatiales : montrer la diversité

Type de sujet
Sujet de synthèse

Notions et mots clés
- Rôle des États : seuls les États sont en position d'encadrer toutes les dimensions des enjeux de la connaissance
- Élaboration : rôle d'impulsion, moyens de recherche, cadre de travail
- Protection : des chercheurs, des savoirs, des données

Dégager la problématique

• L'État a tout intérêt à faire émerger la connaissance : il joue un rôle que lui seul peut assurer.
• Quel rôle fondamental les États jouent-ils dans l'élaboration et la protection des connaissances ?

Construire le plan

Un plan thématique s'impose.

I. Les seuls à pouvoir favoriser les conditions d'émergence	• Les États financent principalement les moyens d'élaborer la connaissance. • Ils en favorisent la circulation.
II. Sécuriser la connaissance pour asseoir sa puissance	• Sécuriser certaines connaissances : une question de souveraineté. • Les États doivent assurer un rôle de régulateur.
III. Les États, un frein à la connaissance ?	• Contrôler voire censurer les données sensibles. • La connaissance comme arme ?

27 CORRIGÉ GUIDÉ

Les titres et les indications entre crochets ne doivent pas figurer sur la copie.

Introduction

[Accroche] Dans une société toujours plus tournée vers les possibilités qu'offre le cyberespace, la connaissance (science, technologie, information) prend une importance de plus en plus large. [Présentation du sujet] Dès lors, les États ne peuvent se désinvestir de leur place centrale dans l'impulsion et la sécurisation des savoirs. [Problématique] Quel rôle fondamental les États jouent-ils dans l'élaboration et la protection des connaissances ? [Annonce du plan] Les États sont les seuls à pouvoir en favoriser les conditions d'émergence [I], à pouvoir les sécuriser pour asseoir leur puissance [II], tout en constituant parfois un frein [III].

I. Les États, moteurs de l'émergence de la connaissance

1. Les États principaux commanditaires de la connaissance

• Les États sont les organisateurs de la connaissance : sans leur action volontariste et les investissements qu'ils sont les seuls à pouvoir consentir, il n'y a pas de système efficace de production de la connaissance (écoles, universités, centres de recherche). C'est le pari que fait l'Inde depuis quelques années. À l'heure d'Internet, les États s'assurent également du déploiement des réseaux nécessaires.

À NOTER
L'intitulé du sujet est au présent, il nous invite plutôt à réfléchir sur le rôle des États aujourd'hui, même si quelques incursions dans le passé sont possibles.

• Maîtriser la connaissance pour asseoir sa puissance et son prestige est une constante historique dans les stratégies des États, comme Louis XIV avec son Académie royale des sciences. Aujourd'hui, la puissance repose en grande partie sur la capacité des États à financer et maintenir une recherche développement suffisante pour supporter la concurrence des autres États. La *Big Science*, sur laquelle repose une bonne part de la recherche, requiert d'importants investissements financés par les États.

MOT CLÉ
La *Big Science* désigne les domaines scientifiques (en physique, astronomie, biologie…) qui nécessitent de larges investissements.

2. Les États organisent les conditions de l'élaboration de la connaissance

• La maîtrise de la connaissance permet aux États d'imposer leur puissance économique. Les pays émergents investissent ainsi massivement dans la connaissance pour accélérer leur essor en tant que puissance. Les campagnes d'alphabétisation et d'élévation du niveau scolaire général vont dans ce sens. La puissance passe également par la capacité d'exercer une influence, notamment par la diffusion de la connaissance, par exemple par le biais des transferts de connaissances ou de compétences.

• Les conditions favorables à la circulation sont assurées par l'État : la loi en France encourage la diffusion de la connaissance, quand l'État a financé au moins la moitié de la recherche ; l'Union européenne construit un espace européen de recherche ; les échanges sont encouragés entre étudiants (Erasmus), les professeurs ou les chercheurs. Les États-Unis investissent massivement dans les câbles sous-marins pour les flux dématérialisés.

[Transition] L'enjeu pour les États ne se limite cependant pas à donner l'impulsion, ils organisent la protection des connaissances.

II. Sécuriser la connaissance pour asseoir sa puissance

1. Sécuriser certaines connaissances : une question de souveraineté

• Un État est puissant dès lors qu'il est capable de montrer sa capacité de contrôle. La connaissance, lorsqu'elle est considérée comme stratégique, est étroitement surveillée pour en assurer la maîtrise. Il revient alors à l'État de sécuriser ses circuits, par exemple en les protégeant de la déperdition liée au *brain drain* (fuite des cerveaux).

• Dans les secteurs sensibles, comme la défense ou certaines industries, l'État sécurise les connaissances : la force armée d'un État dépend de sa maîtrise des sciences et technologies. C'est notamment le cas pour le nucléaire dont la recherche est verrouillée. Les États organisent leur résilience en protégeant les réseaux de communication (ANSSI pour la France).

2. Les États doivent assurer un rôle de régulateur

• Les États assurent l'encadrement normatif de la connaissance. Le cadre réglementaire de la recherche (lois de programmation), de la transmission, de la circulation des connaissances est un élément relevant de leur souveraineté. L'Union européenne est en pointe sur les questions réglementaires, notamment dans le cyberespace, avec la RGPD depuis 2018.

• Mais dans un monde de la connaissance de plus en plus global, il est difficile pour les États de peser. Seuls les États-Unis semblent être à même d'assumer leur puissance réglementaire, notamment en appliquant le principe d'extraterritorialité. La sécurité des informations et des connaissances passe par un cadre de sécurité collectif : c'est l'objet de l'Appel de Paris de 2018.

[Transition] Mais la recherche de puissance des États et leur volonté de contrôle peuvent aussi aboutir, à l'inverse, à constituer un obstacle plus qu'un facilitateur.

> **▶ Le secret de fabrication**
>
> Dans un intitulé avec une interrogation, vous pouvez envisager de mettre en question le sujet, en développant les limites dans une troisième partie. Cela permet d'apporter de la nuance aux deux premières et de complexifier l'argumentation.

III. Les États, un frein à la connaissance ?

1. Contrôler voire censurer les données sensibles

• Les savoirs scientifiques sont au cœur de la hiérarchie économique et politique des États : ceux-ci peuvent être amenés à protéger leurs intérêts, et à limiter la diffusion des connaissances, comme le montre l'exemple du procès du MIT contre Aaron Swartz. Sur Internet la question de l'*open data* est cruciale pour l'avenir.

> **MOT CLÉ**
> Les données ouvertes (en anglais : *open data*) sont des données numériques dont l'accès et l'usage sont laissés libres aux usagers, qui peuvent être d'origine privée mais surtout publique.

• Les États empêchent parfois la libre circulation, en imposant leur souveraineté par le contrôle des connaissances stratégiques, y compris en ayant recours à la censure. Ainsi, la Chine verrouille une bonne partie des réseaux sociaux ; la Turquie bloque Wikipédia. Cela ne se limite pas aux dictatures : les publications scientifiques qui contrediraient le roman national sont parfois interdites en Inde.

2. Les connaissances comme arme d'État

• Les tensions sont telles que les États peuvent être amenés à voler les connaissances des autres, par l'espionnage. La Chine est impliquée dans nombre d'affaires d'espionnage industriel ; l'affaire Snowden en 2013 a révélé les pratiques américaines de collecte massive d'informations par une interception systématique des communications mondiales. Le contre-espionnage surveille étroitement les scientifiques, cibles privilégiées des démarchages étrangers (cf. archives Venona ou les Cinq de Cambridge).

• La connaissance est un tel levier de puissance que si l'on souhaite affaiblir un État, une stratégie efficace consiste à faire fuiter ce butin de guerre comme lors de l'affaire Farewell. Aujourd'hui certains États sont tentés d'utiliser les connaissances comme arme dans la cyberguerre, par exemple dans l'affrontement entre la Russie et l'Estonie.

Conclusion

[Réponse à la problématique] Les États ont donc un rôle primordial dans le domaine de la connaissance : sa maîtrise et son contrôle constituent le fondement de leur puissance et de leur souveraineté. [Ouverture] L'équilibre est donc difficile pour eux entre volonté de la construire, de la protéger et de la mettre à leur service. Dans un monde où les pratiques se déterritorialisent, les États peinent cependant à trouver la place à laquelle ils prétendent.

28 Étude critique de documents

Défendre la libre circulation de la connaissance

2 heures
10 points

INTÉRÊT DU SUJET • Ce sujet mobilise ce que vous avez appris sur les enjeux de la circulation de la connaissance et le rapport entre les acteurs de la communauté scientifique et savante. Cependant, ne vous contentez pas de réciter votre cours : vous devez analyser les deux documents et les confronter.

D'après les documents proposés, montrez que la circulation de la connaissance scientifique est l'objet de débats et d'importants enjeux économiques.

DOCUMENT 1 Aaron Swartz, un héros contemporain

Aaron Swartz est un génie informatique, à plusieurs reprises, il aurait pu capitaliser sur cette virtuosité technique mais ce n'est pas l'argent qui l'intéresse. Aaron Swartz est un idéaliste, ce qu'il défend – avec un caractère de cochon – c'est une idée de l'Internet, et de la manière dont il peut contribuer à la diffusion du savoir.

Aaron Swartz est un idéaliste et quand au milieu des années 2000, les barrières contre un accès libre à l'information s'élèvent encore, son combat devient plus directement politique. […] À la base un étonnement : comment se fait-il que les scientifiques publient gratuitement des articles qui sont commercialisés ensuite par d'énormes plateformes, au chiffre d'affaires gigantesque, privant ainsi l'accès libre du public à ces informations ? Pendant quelques nuits, entre septembre 2010 et janvier 2011, il se glisse dans les conduits d'aération et s'introduit dans une salle de serveurs du MIT pour copier la quasi-totalité des articles d'une de ces plateformes, Jstor, soit 4,8 millions d'articles scientifiques, dans le but de les rendre accessibles au grand public.

Mais il n'aura jamais l'occasion de le faire. Il est arrêté par le service de sécurité du MIT (lui si fort en informatique, il n'a fait aucun effort pour dissimuler son acte) et est traduit en justice. Il devait comparaître en février 2012 devant un tribunal du Massachusetts, où il risquait 35 ans de prison et 1 million de dollars d'amende.

Mais le 11 janvier dernier, il s'est pendu [...]. Sa famille et ses amis sont intervenus pour dire à quel point ce suicide était politique. C'est comme ça qu'il est interprété par beaucoup sur Internet, et par grand nombre de chercheurs qui, en hommage à Swartz, ont mis leurs articles en accès libre. [...]

Un héros de 2013, c'est peut-être quelqu'un comme Aaron Swartz [...] qui ne cherche pas la notoriété (et dont la mort tragique a à peine élargi cette notoriété), quelqu'un dont la lutte est une passion individuelle qui rejoint un souci collectif et contemporain, par exemple le souci de l'accès libre à l'information (contre le contrôle politique des régimes autoritaires, mais aussi contre les barrières commerciales dans nos démocraties).

Xavier de La Porte, « Aaron Swartz, un héros contemporain », *Ce qui nous arrive sur la toile*, chronique diffusée sur France Culture le 10 décembre 2013.

S'ENTRAÎNER

DOCUMENT 2 Loi pour une République numérique

Lorsqu'un écrit scientifique issu d'une activité de recherche financée au moins pour moitié par des dotations de l'État, des collectivités territoriales ou des établissements publics, par des subventions d'agences de financement nationales ou par des fonds de l'Union européenne est publié dans un périodique paraissant au moins une fois par an, son auteur dispose, même après avoir accordé des droits exclusifs à un éditeur, du droit de mettre à disposition gratuitement dans un format ouvert, par voie numérique, sous réserve de l'accord des éventuels coauteurs, la version finale de son manuscrit acceptée pour publication, dès lors que l'éditeur met lui-même celle-ci gratuitement à disposition par voie numérique ou, à défaut, à l'expiration d'un délai courant à compter de la date de la première publication. Ce délai est au maximum de six mois pour une publication dans le domaine des sciences, de la technique et de la médecine et de douze mois dans celui des sciences humaines et sociales. [...]

Loi pour une République numérique, *JORF* n° 0235
Loi n° 2016-1321, article 30, 8 octobre 2016.

LES CLÉS DU SUJET

Identifier les documents

Nature, genre, source
- **Doc. 1** : texte extrait d'une chronique radio ; France Culture
- **Doc. 2** : texte de loi

Auteurs
- **Doc. 1** : Xavier de La Porte (journaliste)
- **Doc. 2** : Parlement français

Documents 1 et 2

Date et contexte
- **Doc. 1** : décembre 2013, après le suicide d'Aaron Swartz
- **Doc. 2** : octobre 2016 ; France

Thème
- **Doc. 1** : liberté de circulation de la connaissance vs valeur économique
- **Doc. 2** : liberté de diffusion numérique pour les scientifiques

Comprendre la consigne

- Les textes évoquent la liberté d'accès à la connaissance scientifique. Ils mettent en regard les intérêts particuliers et le bien général.
- Le sujet implique des acteurs qui n'ont pas les mêmes priorités : si les scientifiques ont intérêt à ce que leurs recherches circulent facilement, les universités sont soumises à la concurrence et exercent un contrôle. Les éditeurs privés défendent quant à eux leurs intérêts économiques. L'État intervient comme régulateur dans le cadre de la loi.

Dégager la problématique et construire le plan

Un plan thématique s'impose. Il peut s'articuler autour des différences entre les acteurs : Quelles positions divergentes peuvent s'opposer sur la question de la circulation de la connaissance ?

I. Les scientifiques en faveur de la libre circulation	• Quels droits pour les scientifiques ? • Pourquoi sont-ils favorables à ce que l'on facilite la circulation de leurs recherches ?
II. Des obstacles à la circulation libre et gratuite	• Quels autres acteurs ont des intérêts divergents ? • Quels sont les problèmes économiques et juridiques soulevés ?
III. L'État régulateur	Comment l'État assure-t-il son rôle de protection et de contrôle ?

28 CORRIGÉ GUIDÉ

Les titres et les indications entre crochets ne doivent pas figurer sur la copie.

Introduction

[Accroche] En 2013, Aaron Swartz, informaticien et hacktiviste américain, militant pour la liberté de circulation de l'information et du savoir, se suicide à la veille de son procès pour avoir voulu mettre en ligne des millions d'articles scientifiques gratuitement. [Présentation du sujet] Les deux textes proposés, une chronique radiophonique de France Culture diffusée en 2013 et un texte de loi français de 2016, montrent que la connaissance ne circule pas aussi simplement que le souhaiteraient les promoteurs d'un libre accès total. [Problématique] Quelles positions divergentes peuvent s'opposer sur la question de la circulation de la connaissance ? [Annonce du plan] Si les scientifiques sont largement favorables à sa libre diffusion [I], d'autres acteurs défendent une circulation contrôlée [II], ce pourquoi l'État s'engage comme régulateur [III].

I. Les scientifiques en faveur de la libre circulation

1. Le chercheur vise la diffusion de ses résultats

• La connaissance scientifique n'émerge qu'en se confrontant au regard des autres et au débat. Sa construction exige de se référer à des pairs qui légitiment les travaux de recherche par leur évaluation au sein de comités de lecture lors de leur communication. Les chercheurs ont donc besoin d'une communauté scientifique pour enrichir leur champ de recherche, notamment par la confrontation des regards et la controverse, qui corrige et enrichit la compréhension.

> **MOT CLÉ**
> L'évaluation par les pairs (chercheurs travaillant dans le même domaine) est fondamentale. Les connaissances nouvelles sont validées par la publication des travaux de recherche dans des revues scientifiques.

• La communauté scientifique doit s'ouvrir au reste du monde, comme le montre le document 1, et rendre accessible l'information au grand public en accès libre. La population se forme grâce aux scientifiques mais joue également un rôle de construction et de diffusion du savoir. C'est la vision que défend Aaron Swartz, dans une démarche idéaliste d'un Internet où les savoirs circuleraient librement.

2. Le scientifique est le propriétaire légitime de ses recherches

• Le chercheur doit pouvoir diffuser librement ses recherches, même s'il a un contrat d'édition, parce qu'il en détient la propriété intellectuelle légitime et que la recherche scientifique est fondée sur un idéal de partage universel du savoir qui la nourrit. La loi de 2016 rappelle ce principe, en posant les bases de la liberté de publication.

• Les scientifiques publient gratuitement leurs articles : « son auteur dispose, même après avoir accordé des droits exclusifs à un éditeur, du droit de mettre à disposition gratuitement dans un format ouvert, par voie numérique » (doc. 2, l. 6-8). En France, depuis 1982, les chercheurs ont une obligation légale de transmission au grand public. Cela permet aux connaissances les plus pointues de circuler plus rapidement et d'atteindre un plus large auditoire que la communauté scientifique spécialisée.

II. Des obstacles à la circulation libre et gratuite

1. Les universités protègent leurs résultats

• Mais les universités s'inscrivent également dans une logique de concurrence : une trop grande liberté de circulation leur fait perdre l'exclusivité qui leur donnait de l'avance. C'est dans ce sens qu'il faut comprendre la position du MIT dans l'affaire d'Aaron Swartz. Les savoirs scientifiques sont aussi au cœur d'une hiérarchie économique qui régit le monde universitaire, et sont le fondement des ambitions des chercheurs et de leurs laboratoires.

> **INFO +**
> Le MIT a une position complexe dans l'histoire d'A. Swartz : après l'avoir fait arrêter et suscité le procès, il organise aujourd'hui un concours de désobéissance civile sur le thème suivant : « Vous ne changez pas le monde en faisant ce que l'on vous demande de faire. »

2. La connaissance, une valeur économique

• Le monde de l'édition défend une monétisation de la diffusion de la connaissance (voir le document 2 avec les délais de diffusion exclusive). La connaissance peut avoir une valeur marchande, notamment dans le cadre d'une véritable société de la connaissance telle qu'elle a été théorisée par Peter Drucker.

> **▶ Le secret de fabrication**
> Dans un devoir, il est souhaitable de retrouver, aussi souvent que possible, les grandes figures des questions traitées ; ici Peter Drucker.
> L'HGGSP n'est pas un enseignement désincarné mais s'inscrit dans des événements précis, avec des acteurs qui jouent des rôles clés. Il est donc important de les mentionner dans vos argumentations.

• Ce professeur de management américain montre que la connaissance est de plus en plus au cœur d'une économie du savoir : la société de la connaissance place la science au cœur des intérêts économiques, dans une vision managériale. Elle se trouve désormais sous l'influence du pouvoir économique après s'être libérée des pressions religieuses qui ont caractérisé l'histoire des sciences médiévale et moderne : la question de l'indépendance des scientifiques est donc un défi important, ce qui permet de mieux comprendre le geste extrême d'Aaron Swartz sur la plateforme Jstor.

III. L'État régulateur

1. L'État législateur

• L'État a un rôle d'encadrement des relations entre les acteurs de la connaissance, comme le montre la loi de 2016. Dans le domaine du cyberespace notamment, les États jouent un rôle de régulation, afin que les lois soient respectées, en particulier dans le domaine de la propriété intellectuelle.

• L'État en France encourage une large diffusion quand il a financé au moins la moitié de la recherche : « Lorsqu'un écrit scientifique issu d'une activité de recherche financée au moins pour moitié par des dotations de l'État… » (doc. 2, l. 1-2). C'est dans ce sens que par exemple l'Union européenne construit en 2018 un espace européen de la recherche dans lequel chercheurs, connaissances scientifiques et technologies circulent librement.

2. Le contrôle de l'État sur les connaissances

• En tant qu'organisateur du monde universitaire, l'État doit aussi protéger ses intérêts – comme on le voit lors du procès devant le tribunal du Massachusetts – notamment depuis que la mondialisation accentue la compétition internationale. Les savoirs scientifiques sont au cœur de la hiérarchie économique et politique des États, notamment par leur poids dans la richesse des pays.

• Le savoir est au cœur du *soft power* des États : sa diffusion est un domaine stratégique. Étudiants et chercheurs sont un capital que les États cherchent à capter notamment via le *brain drain*. Et ils n'hésitent pas parfois à voler les résultats, par des pratiques d'espionnage (exemple des Cinq de Cambridge). La connaissance est donc considérée comme un bien précieux par les États qui refusent que tout puisse circuler librement.

Conclusion

[Réponse à la problématique] Les enjeux de la connaissance sont complexes et ne permettent pas une position unique entre liberté de diffusion et protection de la propriété intellectuelle, d'une part, et les intérêts économiques et stratégiques, d'autre part. La circulation de la connaissance est donc le résultat d'un compromis, souvent modéré par l'État. [Ouverture] Cet équilibre est d'autant plus nécessaire que la connaissance devient un fondement de puissance.

29 France métropolitaine • Juin 2021
ÉTUDE CRITIQUE DE DOCUMENTS

La connaissance, enjeu géopolitique et économique pour les États

2 heures
10 points

INTÉRÊT DU SUJET • Depuis 1945, la puissance des États repose de plus en plus sur la maîtrise et la circulation des connaissances.

▶ En analysant les documents, en les confrontant et en vous appuyant sur vos connaissances, montrez pourquoi et comment les États font de la connaissance un enjeu géopolitique et économique.

DOCUMENT 1

L'ambassadeur des États-Unis montre les photos des sites de lancement de missiles à Cuba prises par un avion espion, au conseil de sécurité de l'ONU le 25 octobre 1962.

ph © UNPhoto/MH

Source : UN Photo/MH.

DOCUMENT 2

Le 31 janvier 2012, le gouvernement indien avait annoncé l'entrée en négociation pour l'achat de 126 Rafale, 18 livrés par la France et 108 fabriqués en Inde. Un accord intergouvernemental a permis l'acquisition par l'Inde de 36 avions de combat Rafale, évaluée à 7,8 milliards d'euros (en incluant logistique et armement). Conclu en septembre 2016, il ouvre la voie à une coopération technologique et industrielle de très haut niveau et sans précédent.

Ce contrat conclu après la mise en place de la politique du « Make in India[1] » devait comprendre des *offsets* (compensations industrielles) estimées à 3,9 milliards d'euros, visant à faire émerger une filière aéronautique privée indienne. Pour mettre en œuvre une partie de ces *offsets* (compensations industrielles), Dassault Aviation a décidé de créer un partenariat avec le groupe Reliance qu'il a librement choisi. Cette alliance Dassault-Reliance Aerospace Ltd (DRAL) a été créée le 10 février 2017. Des partenariats ont également été signés avec d'autres entreprises indiennes telles que BTSL, DEFSYS, Kinetic, Mahindra, Maini, SAMTEL…

À Nagpur, sont installés les hangars d'assemblage et de fabrication des pièces de Falcon 2000. Le but est de fabriquer des pièces et de réaliser l'assemblage final du Falcon 2000 en Inde. L'usine DRAL de Nagpur, dont la première pierre a été posée le 27 octobre 2017, fabrique désormais des pièces de Falcon 2000 et produira, dans un second temps, des pièces de Rafale. Une première équipe de managers indiens a été initiée aux méthodes de production mises en œuvre dans l'usine Dassault Aviation de Biarritz pendant six mois. Les Indiens ont également reçu, en France, une formation intensive aux procédés de fabrication.

Les premiers agréments, y compris européens, pour obtenir les certifications nécessaires à la mise en œuvre du « Make in India », ont été délivrés en 2019. De fait, les pièces des avions civils peuvent désormais être fabriquées en Inde. Il est prévu que 30 % des *offsets* (compensations industrielles) soient réalisés à travers l'organisation publique indienne de recherche et développement du secteur de la défense, tandis que 28 % seront menés par Dassault Aviation lui-même et 21 % par les groupes français Thales et Safran qui construisent le Rafale. […]

S'ENTRAÎNER

Les pilotes indiens ont été formés sur la base aérienne de Mérignac depuis avril 2019. La livraison du premier Rafale à l'Inde a eu lieu le 8 octobre 2019, à Mérignac.

Source : d'après le rapport publié sur le site Internet du Sénat, le 1er juillet 2020. Consulté le 19 octobre 2020.

1. « Make in India » : produire en Inde.

LES CLÉS DU SUJET

Identifier les documents

Documents

Nature, genre, source
- Doc. 1 : Photographie
- Doc. 2 : Extrait d'un rapport

Auteurs
- Doc. 1 : Photographe présent au Conseil de sécurité de l'ONU
- Doc. 2 : Le Sénat français

Dates et échelles
- Doc. 1 : Octobre 1962 pendant la crise des missiles de Cuba
- Doc. 2 : 2020
- Échelles régionale (espace caribéen, Inde) et mondiale

Thèmes
- Doc. 1 : La menace nucléaire et l'espionnage pendant la guerre froide
- Doc. 2 : La vente d'avions Rafale à l'Inde, puis le transfert de connaissances France/Inde

Comprendre la consigne

- La connaissance, militaire et/ou industrielle, prend une place croissante dans les échanges entre puissances.
- La connaissance est un moyen de s'imposer face à ses concurrents.

Dégager la problématique et construire le plan

- Sur le plan militaire, la connaissance permet de prendre le dessus sur son ennemi et, sur le plan économique, elle participe à la performance des entreprises.
- Dans le cadre de la mondialisation, la connaissance circule, intentionnellement ou non, et régit les relations entre États.

I. Connaître son adversaire ou son partenaire	• Quelles sont les informations échangées ? • Quels sont les objectifs de l'espionnage ?
II. Un support majeur de la mondialisation	• Comment les connaissances circulent-elles ? • Pourquoi ces échanges entre alliés ou rivaux sont-ils devenus indispensables ?
III. La puissance par la connaissance	• Dans quelle mesure les armées s'appuient-elles sur la connaissance ? • Pourquoi la performance économique est-elle liée à la connaissance ?

29 CORRIGÉ GUIDÉ

Les titres et les indications entre crochets ne doivent pas figurer sur la copie.

Introduction

[Accroche] En octobre 1962, le monde retient son souffle alors que des avions U2 viennent de repérer des rampes de lancement de missiles à Cuba, pointées vers le territoire américain. [Présentation du sujet] Cette crise montre l'importance prise par la connaissance pour surpasser son ennemi sur le plan militaire. Le document 1 est une photographie prise à l'ONU le 25 octobre 1962 alors que l'ambassadeur des États-Unis expose les découvertes faites par la CIA. Pour sa part, le document 2 est l'extrait d'un rapport du Sénat français sur les échanges organisés entre Dassault Aviation et l'Inde. Rédigé en juillet 2020, il témoigne de l'importance des liens à nouer avec la puissance émergente d'Asie du Sud. [Problématique] Dans quelle mesure la connaissance, objet géopolitique et économique, est-elle devenue un pilier de la puissance des États ? [Annonce du plan] Tout d'abord la connaissance est indispensable pour connaître les forces et faiblesses des autres États. [I] Ces derniers ont fait de la connaissance un flux majeur des réseaux de la mondialisation. [II] Enfin, cette centralité de la connaissance témoigne d'une importance croissante dans la construction et le maintien de la puissance. [III]

▶ Le secret de fabrication

L'accroche est une étape complexe. Si vous manquez d'inspiration, utilisez les documents. Ici, exploitez le document 1 mais amenez des informations qui n'y figurent pas : les avions espions U2 et les rampes de lancement.

I. Connaître son adversaire ou son partenaire

1. La quête d'informations

• La connaissance repose d'abord sur le recueil d'informations pour connaître son adversaire, son voisin ou son ennemi. Ainsi, dans le document 1, depuis que Fidel Castro a pris le pouvoir à Cuba en 1958, l'île, proche de la Floride, s'est rapprochée de l'URSS de Khrouchtchev, alors ennemie des États-Unis dans le cadre de la guerre froide.

> **CONSEIL**
> Dans la première partie, n'hésitez pas à replacer les éléments dans leur contexte historique sans vous éloigner des documents.

• La connaissance de ses alliés est aussi nécessaire pour mesurer leur fiabilité et leur puissance économique. L'accord entre la France et l'Inde autour de l'échange d'avions et de savoir-faire militaires est conçu comme la première étape à « une coopération technologique et industrielle de très haut niveau et sans précédent » (l. 6-7).

2. L'espionnage militaire et industriel

• La guerre froide reste associée dans les imaginaires à la figure de l'espion. En 1947, les États-Unis créent la CIA pour collecter et analyser les informations sur l'ennemi communiste. En 1962, c'est la CIA qui informe le président Kennedy de la présence de rampes de lancement de missiles à Cuba.

> **MOT CLÉ**
> La CIA (Central Intelligence Agency) est l'agence centrale de renseignement américaine chargée du renseignement à l'étranger.

• L'espionnage n'est pas uniquement l'affaire d'agents secrets et d'agences opaques. Les entreprises recourent à l'espionnage industriel pour percer les secrets de fabrication d'entreprises concurrentes. Le contrat signé entre Dassault Aviation et le groupe Reliance est un moyen d'obtenir des informations sur la filière aéronavale indienne et il en est de même pour l'Inde.

[Transition] La connaissance est donc depuis longtemps un enjeu géopolitique. Sur le plan économique son importance s'est accrue avec la mondialisation.

II. Un support majeur de la mondialisation

1. La circulation des connaissances

• Si le temps de l'espionnage repose sur le secret pour faciliter l'infiltration dans le camp ennemi, il est suivi d'un temps de révélation. C'est le cas dans le document 1 où l'ambassadeur des États-Unis présente les découvertes faites par la CIA à l'ensemble du monde.

• Pour les industries, les échanges de connaissance sont devenus habituels. L'accord entre l'Inde et la France dépasse les seuls achats de Rafale puisque « les Indiens ont également reçu, en France, une formation intensive aux procédés de fabrication » (l. 26-27). Dassault accepte donc de diffuser son savoir dans le cadre de l'accord.

2. Des échanges indispensables

• À l'heure de la mondialisation, aucun pays ne peut vivre en autarcie. Certaines agences d'espionnage sont alliées. En 1956, c'est le Mossad (service secret israélien) qui découvre le rapport secret de Nikita Khrouchtchev dénonçant les crimes de Staline et qui le remet à la CIA.

• La recherche et développement est désormais un pilier de la puissance. C'est l'objectif du « Make in India » évoqué dans le texte. Lancé par le Premier ministre Narendra Modi, ce programme doit permettre le développement de vingt-cinq secteurs industriels innovants en encourageant les entreprises étrangères à produire en Inde (l. 28-31). Il s'agit ici d'un transfert de technologie.

> **CONSEIL**
> Le recours aux connaissances personnelles doit toujours être modéré dans une étude critique de documents. Pour éviter le hors-sujet, veillez à citer un document dans chaque paragraphe.

[Transition] La circulation de la connaissance entre les différents acteurs de la mondialisation montre que la puissance est désormais inconcevable sans la connaissance.

III. La puissance par la connaissance

1. La suprématie militaire

• La connaissance permet de surpasser l'adversaire sur les champs de bataille. La crise des missiles de Cuba inquiète les États-Unis car la côte Est serait menacée par des armes nucléaires. Aujourd'hui, les armées occidentales recourent de plus en plus aux drones et aux satellites pour limiter les pertes humaines.

• Si l'équilibre a fini par être atteint entre les deux grands sur le plan des armes nucléaires, les États-Unis gardaient l'avantage sur le plan des informations grâce aux avions U2 devenus célèbres après Cuba.

2. Un pilier de l'économie

• Les industries actuelles et les principales puissances mondiales reposent sur l'économie de la connaissance. Des Indiens ont été formés par la firme Dassault : « Les Indiens ont également reçu, en France, une formation intensive aux procédés de fabrication » (l. 26-27). L'Inde compte aujourd'hui plus de 500 000 étudiants répartis dans 86 pays.

• La question semble d'ailleurs tellement importante qu'elle est l'objet d'un rapport du Sénat. La connaissance et sa diffusion sont ici autant un enjeu économique que géopolitique puisque les échanges concernent des avions militaires et donc le secteur de la défense (l. 33-34).

MOT CLÉ
L'économie de la connaissance s'appuie sur le savoir et la compétence. Elle se caractérise par l'augmentation des savoirs grâce à une production collective (État, entreprises, laboratoires).

▶ **Le secret de fabrication**

L'analyse externe des documents est souvent oubliée. Elle permet pourtant à votre copie de se démarquer. Insistez ici sur le fait que la photo a été prise à l'ONU ou que le Sénat commande un rapport sur les échanges entre la France et l'Inde ; cela permet de montrer la pertinence de votre sujet.

Conclusion

[Réponse à la problématique] Peter Drucker avait bien raison quand il décrivait la société de la connaissance. Depuis Hiroshima, la puissance ne peut se penser sans la connaissance aussi bien sur le plan économique que géopolitique. Les documents ont le mérite de bien montrer ces deux aspects à six décennies d'intervalle. Néanmoins, ils ne reviennent pas sur les limites comme la fuite partielle des cerveaux indiens vers d'autres pays. [Ouverture] Si les conflits entre États semblent s'éloigner, l'affaire des sous-marins entre la France, l'Australie et les États-Unis en 2021 prouve que la connaissance reste un pilier de la suprématie militaire.

Le cyberespace, réalités et défis

2 heures
10 points

INTÉRÊT DU SUJET • Objet géographique au cœur de multiples enjeux géopolitiques, l'analyse du cyberespace est désormais indispensable pour comprendre les rapports de force.

▶ Le cyberespace, quelles réalités et quels défis ?

LES CLÉS DU SUJET

Analyser le sujet

Le cyberespace, quelles réalités et quels défis ?

Formulation
- Un concept
- Deux clés de lecture de ce concept

Bornes chronologiques et spatiales
- Depuis les années 1990
- Le cyberespace et les grandes puissances qui l'organisent

Type de sujet
Sujet analytique

Notions et mots clés
- Cyberespace : monde virtuel constitué de données numérisées
- Réalités : éléments composant cet espace
- Défis : enjeux auxquels sont confrontés les acteurs du cyberespace

Dégager la problématique

- Le cyberespace repose sur des acteurs, des réseaux et des flux traditionnels mais aussi spécifiques à cet espace.
- Les puissances présentes dans le cyberespace doivent y défendre leur sécurité tout en élaborant un mode de gouvernance complexe.

Construire le plan

Le plan doit faire ressortir les spécificités du cyberespace.

I. Un espace particulier	• Qui agit dans le cyberespace ? • Comment le cyberespace fonctionne-t-il sur le plan géographique ?
II. Un espace sous tensions	• Quelles réalités les cyberattaques recouvrent-elles ? • Quelles sont les stratégies de défense des États ?
III. Le dilemme entre coopération et souveraineté	• Quelles sont les formes de gouvernance ? • Pourquoi les États limitent-ils leur coopération dans le cyberespace ?

30 CORRIGÉ **GUIDÉ**

Les titres et les indications entre crochets ne doivent pas figurer sur la copie.

Introduction

[Accroche] En octobre 2020, l'hôpital de Düsseldorf est victime d'une cyberattaque. N'ayant plus accès aux données médicales, il transfère certains patients vers d'autres hôpitaux, dont une femme qui décède au cours du trajet. [Présentation du sujet] Cette tragédie révèle l'importance du cyberespace et la nécessité de sa protection. Le cyberespace est un monde virtuel constitué de données numérisées (les datas) où la communication repose sur l'interconnexion mondiale des ordinateurs. Les acteurs, individuels ou collectifs, y agissent sur des infrastructures organisées en réseaux. Pris entre la surveillance des États et une liberté certaine, l'ensemble des acteurs doivent s'adapter à cet espace particulier tout en le sécurisant face aux menaces qui y pèsent. [Problématique] Comment le cyberespace, primordial dans la vie quotidienne des sociétés, s'organise-t-il pour répondre à de multiples défis ? [Annonce du plan] Le cyberespace est d'abord un espace géographique particulier, parfois complexe à comprendre. [I] La circulation de nombreuses données y favorise les cyberattaques menées par des États ou des acteurs privés. [II] Les États doivent alors trouver un équilibre entre la coopération et la défense de la souveraineté pour protéger leurs données. [III]

▶ Le secret de fabrication

Le sujet invite à une problématique simple : « Quels sont les réalités et les défis du cyberespace ? » Essayez de la renforcer sans vous éloigner du sujet. La problématique proposée ici se fait en deux temps mais montre que vous avez bien saisi les enjeux : des réalités particulières et des défis auxquels il devient urgent de répondre.

I. Un espace particulier

1. Des acteurs multiples

• Les États sont présents dans le cyberespace pour leur fonctionnement mais aussi pour tenter d'y imposer des règles, afin de protéger leurs ressortissants et leurs entreprises. Néanmoins, ces États rencontrent de nombreuses difficultés pour contrôler cet espace.

• Ce sont les firmes transnationales qui y exercent une influence croissante. Les GAFAM-NATU américaines et BATX chinoises s'y livrent une âpre concurrence. Pour leur part, les citoyens et les entreprises y agissent au quotidien mais ont besoin d'une protection particulière.

MOT CLÉ
Les GAFAM-NATU sont les géants américains du Net : Google, Amazon, Facebook, Amazon, Microsoft, Netflix, Airbnb, Tesla et Uber, alors que les BATX sont chinoises : Baidu, Alibaba, Tencent, Xiaomi.

2. Un réseau matérialisé

• Les données du Net circulent grâce à des infrastructures concrètes dont les satellites ne constituent qu'une minorité. Ce sont les câbles sous-marins, équipés en fibre optique, qui permettent la circulation des données. Aujourd'hui près de 450 câbles connectent le monde, tel le câble Marea de Facebook et Microsoft qui s'étend sur 6 400 kilomètres entre leurs data centers de Virginia Beach et Bilbao. Il s'agit du câble le plus puissant au monde.

CONSEIL
Illustrez votre propos avec quelques exemples originaux. L'exemple du câble Marea provient d'un épisode du *Dessous des cartes*.

• En 2021, 4 milliards de personnes sont connectées à Internet avec de forts contrastes puisque 95 % des Américains du Nord sont connectés contre 48 % des Asiatiques. Le moindre incident sur un câble peut avoir d'importantes conséquences économiques.

[Transition] Le cyberespace est un espace où se sont multipliées les opportunités en peu de temps. Cela attise les convoitises et provoque une conflictualité spécifique.

II. Un espace sous tensions

1. Le poids des cyberattaques

• Internet est devenu le théâtre de cyberattaques dès la fin des années 1980. Trois types d'attaques peuvent y être menés : le logiciel malveillant (*malware*) qui capture les données et réclame une rançon en échange ; le cheval de Troie (logiciel malveillant qui s'installe sur un ordinateur sans le consentement de son utilisateur) et l'hameçonnage (*phishing*) qui siphonne les données personnelles.

• Aujourd'hui, les pays occidentaux sont les principales cibles des cyberattaques. La cybercriminalité coûte chaque année 400 à 600 milliards de dollars et il s'avère que près de la moitié des internautes et des entreprises sont victimes d'au moins une cyberattaque par an.

CONSEIL
Pour illustrer vos idées et montrer que vous avez des connaissances, pensez à donner quelques chiffres ou pourcentages.

2. Une arme géopolitique

• Les États organisent dans le cyberespace des attaques contre d'autres États pour les affaiblir et poursuivre une rivalité, comme la Russie contre l'Estonie en 2007 alors que celle-ci allait rentrer dans l'UE. En 2016, lors de la présidentielle américaine, des hackers russes révèlent des e-mails d'Hillary Clinton afin de favoriser Donald Trump.

• Le cyberespace permet aussi à des mouvements populaires de s'exprimer dans des dictatures. En 2011, lors des « printemps arabes », des individus utilisent ainsi les réseaux sociaux pour déjouer la censure gouvernementale. Le groupe Anonymous s'y présente ainsi comme un mouvement réunissant des défenseurs de la liberté d'expression.

[Transition] Cette multiplication des conflits et des acteurs dans le cyberespace implique une gouvernance raisonnée entre les principaux acteurs.

III. Le dilemme entre coopération et souveraineté

1. Le cas français

▶ Le secret de fabrication

L'une des difficultés de la dissertation en HGGSP est la place à accorder aux jalons. Le cas français représente l'un des deux jalons de l'objet de travail conclusif, il faut donc y consacrer une sous-partie, pour ensuite mettre cet exemple en perspective.

• Les acteurs privés et publics français doivent faire face à des cyberattaques émanant de multiples ennemis. En 2017, une centaine d'attaques ont ciblé le ministère de la Défense et la SNCF a été infectée par le *malware* NotPetya qui a touché de nombreuses entreprises françaises.

• La France a donc élaboré une stratégie de cyberdéfense en coordination avec l'OTAN, qui peut intervenir dans le cyberespace. Le cyberespace est désormais pleinement pris en compte dans les stratégies de défense et mentionné dans les Livres blancs. L'armée française s'appuie sur 3 000 cybersoldats et l'Agence nationale de la sécurité des systèmes d'information (ANSSI).

MOT CLÉ
L'Agence nationale de la sécurité des systèmes d'information, créée en 2009, est chargée de mettre en place la stratégie de cyberdéfense de la France.

2. Élaborer la gouvernance

• La gouvernance du cyberespace peut déjà se penser dans le cadre des alliances régionales. En 2019, le Conseil européen adopte ainsi un règlement sur la cybersécurité. Il reste néanmoins difficile de trouver un terrain d'entente entre les 27 États membres, car il s'agit aussi de partager des informations sensibles sur la vulnérabilité de chaque pays.

• La mise en place d'une gouvernance mondiale est encore plus complexe. Seule l'ONU peut être à l'initiative de certains projets, mais les rivalités entre les États-Unis et la Chine ou le rôle du gouvernement russe dans de nombreuses attaques font que cette gouvernance ne se traduit que par des mots, comme avec l'Appel de Paris en 2018. Emmanuel Macron y réclamait une coopération internationale pour régir le cyberespace.

Conclusion

[Réponse à la problématique] En l'espace de quatre décennies, le cyberespace a bouleversé la géopolitique mondiale. Ce réseau matérialisé par des infrastructures concrètes a créé de nouvelles formes de conflictualités et des opportunités diverses pour de multiples acteurs. [Ouverture] Alors que l'espace et les mers apparaissent comme des espaces de conquête marqués par la rivalité sino-américaine, le cyberespace ouvre des possibilités à certains pays tels la Russie ou le Nigeria, d'où viennent la majorité des mails d'hameçonnage.

31 Dissertation

La France peut-elle assurer seule la maîtrise de son cyberespace ?

2 heures
10 points

INTÉRÊT DU SUJET • Le cyberespace est immense, la France semble toute petite en comparaison… quelle place peut-elle y tenir ?

▶ La France peut-elle assurer seule la maîtrise de son cyberespace ?

LES CLÉS DU SUJET

Analyser le sujet

Formulation
Réflexion sur les aptitudes d'un État à assumer des responsabilités dans le cyberespace

Bornes chronologiques et spatiales
- État des lieux actuel
- La France et ses partenaires éventuels

La France peut-elle assurer seule la maîtrise de son cyberespace ?

Type de sujet
Sujet d'analyse

Notions et mots clés
- Cyberespace : espace de communications constitué par l'interconnexion mondiale de données numériques
- Maîtrise : capacité de dominer techniquement, scientifiquement et, ici, politiquement

Dégager la problématique

- Comment une puissance moyenne comme la France peut-elle imposer une gouvernance sur un espace aussi vaste que le cyberespace ?
- Sur quels soutiens peut-elle s'appuyer ?

Construire le plan

Il s'agit de faire un état des lieux des forces et des faiblesses de la France dans la sécurisation du cyberespace.

I. La France s'affirme comme cyberpuissance	Quels sont les atouts de la France dans la gestion de sa cyberpuissance ?
II. Mais elle ne peut assumer seule toute la cybersécurité	Quelles sont les faiblesses structurelles de la France qui amoindrissent son rôle dans le cyberespace ?
III. Elle doit s'inscrire dans une puissance de coopération	Dans quel cadre plus vaste la France peut-elle s'inscrire pour assurer sa cybersécurité ?

S'ENTRAÎNER

31 CORRIGÉ GUIDÉ

Les titres et les indications entre crochets ne doivent pas figurer sur la copie.

Introduction

[Accroche] D'abord perçu comme un espace de liberté, le cyberespace est vu progressivement par les États comme un terrain vulnérable. [Présentation du sujet] Se met dès lors en place progressivement la nécessité d'organiser sa défense et sa sécurité. [Problématique] Comment une puissance moyenne comme la France peut-elle imposer une gouvernance sur un espace aussi vaste que le cyberespace ? [Annonce du plan] La France s'affirme comme cyberpuissance [I], mais elle ne peut assumer seule toute la cybersécurité [II], ce qui fait qu'elle doit s'inscrire dans une puissance de coopération [III].

> ▶ **Le secret de fabrication**
>
> Partez des connaissances de votre cours pour construire une argumentation dans la dissertation. Ici, les éléments sont réagencés pour s'inscrire dans une dynamique argumentative.

I. La France, une cyberpuissance

1. Le cyberespace, un terrain nouveau à défendre

• Nouvel espace potentiel de conflits, le cyberespace est reconnu par la France comme un espace à défendre, et la cyberdéfense a été érigée au rang de priorité par le Livre blanc sur la Défense et la Sécurité nationale de 2013.

• La France a pris conscience de la nécessité d'organiser sa sécurité et le contrôle de son cyberespace, notamment après les cyberattaques contre l'Estonie de 2007 et la Géorgie en 2008, qui ont montré la vulnérabilité des États face aux cyberpirates. Cela pose la question nouvelle de la cyberpuissance d'un État, notamment pour une puissance moyenne comme la France.

2. Les dispositifs de défense du cyberespace français

• La France organise sa défense par le commandement de cyberdéfense (2017) du ministère des Armées qui protège les réseaux nationaux et intègre le combat numérique, en collaboration avec le ministère de l'Intérieur qui lutte contre la cybercriminalité. Elle construit sa résilience grâce à l'Agence nationale de sécurité des systèmes d'information (ANSSI), chargée de la prévention et de la réaction face aux attaques visant les institutions sensibles.

• La France construit progressivement un cyberarsenal. En 2019 l'armée révèle sa doctrine militaire de lutte informatique offensive (LIO). La loi de programmation militaire 2019-2025 prévoit un investissement de 1,6 milliard d'euros et le recrutement de 4 000 cybercombattants d'ici 2025.

[Transition] La prise de conscience de la nécessité de construire une cyberdéfense s'accompagne également d'un constat des faiblesses du pays en matière de cybersécurité.

II. Les faiblesses de la cybersécurité française

1. Des attaques trop nombreuses et difficiles à imputer

• Le nombre élevé d'attaques ainsi que la relative nouveauté de ce terrain montrent les limites de la sécurisation du cyberespace. L'ouverture et l'interopérabilité du cyberespace rendent le contrôle de ce territoire très difficile.

• L'obstacle le plus complexe est la difficulté d'imputabilité : les commanditaires d'une cyberattaque se cachent souvent derrière des hackers qui servent d'intermédiaires (ou *proxies*) ; la France doit donc se protéger d'ennemis invisibles ou difficiles à détecter, que ce soit d'autres États, comme dans le cas d'espionnage d'un satellite militaire par la Russie en 2017, ou de cyberpirates indépendants.

MOT CLÉ
Les *proxies* sont des intermédiaires : hackers malveillants louant leurs services, hacktivistes agissant pour des motifs politiques ou cybercriminels attirés par le profit.

• Les attaques peuvent être d'origine diverse, interne ou externe, et de nature variée – sabotage, paralysie, vol, espionnage, etc. En France, par exemple, la plupart des opérations de cyberespionnage sont le fait d'entreprises nationales concurrentes, mais les plus graves sont d'origine étrangère.

2. Une trop forte dépendance technologique

• La France est dépendante des équipements étrangers (américains et chinois) et des plateformes états-uniennes. La maîtrise des données est pourtant un facteur fondamental de la croissance du futur. Cela fragilise le pays face à l'espionnage et au vol de la propriété intellectuelle : en avril 2015, une cyberattaque a été menée contre la chaîne de télévision francophone TV5 Monde, qui donnait fréquemment la parole à l'opposition russe. Cette attaque a conduit à un black-out total de la chaîne pendant vingt-quatre heures. L'opération a été assez rapidement attribuée officieusement au groupe de hackers russes APT28, lié au GRU.

> **À NOTER**
> Le GRU est la Direction générale du renseignement russe, créée en 1992.

• L'affaire Snowden en 2013 a révélé à la France les pratiques américaines de collecte massive d'informations par l'espionnage électronique des dirigeants français et par le biais d'une interception systématique des communications mondiales. Cela a montré les problèmes de la dépendance vis-à-vis de l'hégémonie états-unienne et provoqué une montée des revendications de souveraineté nationale, notamment concernant la protection des données stratégiques.

[Transition] Afin de parer aux faiblesses d'une cyberdéfense souveraine insuffisante, la France a besoin de s'inscrire dans une logique de coopération internationale.

III. Une nécessaire coopération

1. Une action concertée avec ses partenaires européens

• Dans un souci d'efficacité et de puissance, la France milite pour davantage de coordination dans l'Union européenne en matière de cyberdéfense.

• Pour sécuriser les réseaux face aux agressions extérieures, elle défend le concept d'autonomie stratégique numérique de l'Union européenne, afin de favoriser un déploiement de technologies et de services de cybersécurité fiables et indépendants.

2. Dans le prolongement de ses alliances traditionnelles

> **À NOTER**
> En mai 2018, la France a accueilli la toute première conférence dédiée au *Cyber Defence Pledge*.

- En tant qu'alliée militaire des États-Unis, la France formalise sa doctrine en coordination avec l'OTAN. À ce titre, elle a été à l'initiative de l'Engagement pour la cyberdéfense (*Cyber Defence Pledge*) de 2016 qui reconnaît notamment qu'en cas de cyberattaque la solidarité des 30 États membres peut être déclenchée. Le cyberespace est désormais reconnu comme un terrain d'intervention de l'OTAN à l'instar des domaines terrestre, aérien et maritime.
- Le principe d'extraterritorialité imposé par les États-Unis fragilise cependant cette alliance. La France n'est pas à même de se défendre seule : elle fait dès lors appel plutôt à la capacité normative et réglementaire de l'UE pour définir et assurer les normes de sa défense.

3. Pour mettre en place un cadre de sécurité collective

- La France a pour objectif prioritaire de développer une cyberdiplomatie pour définir un cadre de sécurité collective stable. C'est l'objet de l'appel de Paris de 2018, visant à définir un cadre commun de gouvernance en matière de sécurité du cyberespace.
- Mais cette initiative n'a pour l'instant pas rencontré le succès escompté. Les principales cyberpuissances (États-Unis, Chine et Russie) n'ont pas signé l'appel, ce qui nuit à l'efficacité d'une telle initiative. Les GAFAM, en revanche, suivent la France dans ce projet.

Conclusion

[Réponse à la problématique] La France s'organise progressivement pour assurer la maîtrise de son cyberespace, surtout depuis cette dernière décennie, où elle a mesuré les dangers que représentent les cybermenaces. [Ouverture] La question de la crédibilité de cette cyberpuissance dépendra essentiellement des moyens, financiers autant que technologiques, attribués aux dispositifs de sécurité et de la capacité du pays à s'inscrire dans des alliances efficaces.

32 Étude critique de documents

La domination américaine du cyberespace

2 heures
10 points

INTÉRÊT DU SUJET • Cet exercice vous propose de croiser deux documents qui permettent de prendre la mesure de la suprématie américaine dans le cyberespace.

D'après les documents proposés, vous montrerez que les États-Unis dominent largement le cyberespace, exerçant une puissance s'appuyant sur leur maîtrise du réseau et des données qui y circulent.

DOCUMENT 1 Les États-Unis, contrôleurs du numérique européen

Les États-Unis dominent largement l'univers numérique. C'est dans ce pays qu'est né Internet, et c'est là que se trouvent les mastodontes du secteur, très gourmands en données personnelles. Même si celles-ci sont stockées sur des serveurs en Europe, les citoyens européens ont *de facto* mis leurs vies numériques entre les mains d'entreprises américaines.

C'est vrai pour les réseaux sociaux – le seul concurrent sérieux de Facebook en la matière, VKontakte, n'est populaire qu'en Russie et dans certains pays d'Europe de l'Est –, mais également pour la recherche et la vente en ligne, où Google et Amazon ont mis leurs rivaux à la peine. La prépondérance des géants américains est quasi totale dans le domaine de la publicité en ligne, où la croissance combinée de Google et Facebook dépasse la croissance globale du marché.

Cette influence des États-Unis place ce pays dans une position privilégiée pour longtemps. Les masses de données collectées par les sociétés du numérique constituent aussi un atout concurrentiel dans de très nombreux secteurs de pointe. La technologie du *deep learning*, utilisée pour produire des intelligences artificielles performantes, est particulièrement consommatrice de données.

La domination américaine sur les données ne concerne pas seulement le domaine économique. Les données collectées par les géants du Web sont également exploitées par les forces de l'ordre et les services de renseignement américains, en vertu d'une législation accommodante qui leur permet d'accéder aux données d'utilisateurs. Y compris à celles d'utilisateurs européens, même si un accord international garantit théoriquement des protections aux internautes résidant en Europe.

Martin Untersinger *et al.*, « Cyberespace : la guerre mondiale des données », *Le Monde*, 23 juillet 2018.

DOCUMENT 2 Part du trafic Internet restant dans l'État

Les calculs, établis par la chaire Castex de cyberstratégie (IHEDN), l'Inria et l'IFG (université Paris-VIII), ne sont pas exhaustifs mais sont représentatifs de la réalité. En France, moins de 25 % du trafic Internet reste dans le pays, soit environ 200 millions de sites web visités par mois. Le reste du trafic se dirige vers des sites américains, soit environ 650 millions de visites par mois.

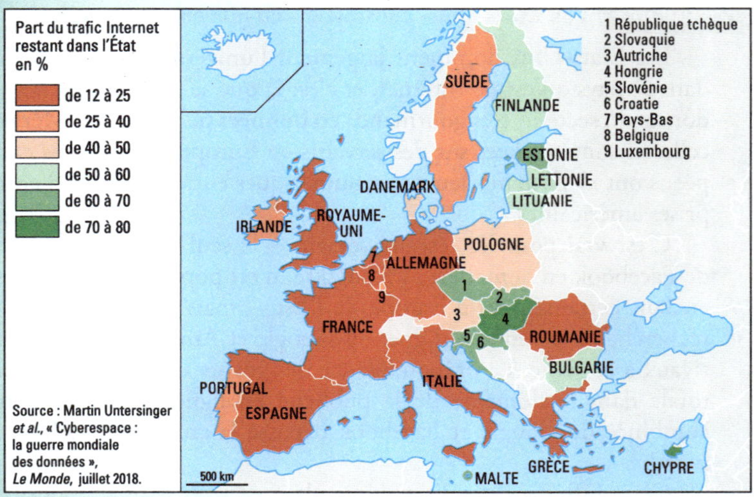

Source : Martin Untersinger *et al.*, « Cyberespace : la guerre mondiale des données », *Le Monde*, juillet 2018.

LES CLÉS DU SUJET

Identifier le document

Nature, genre, source
- **Doc. 1** : article du site Internet du quotidien *Le Monde*
- **Doc. 2** : carte de l'Europe extraite du même article

Auteurs
Plusieurs journalistes experts de la question

Documents 1 et 2

Date et contexte
Juillet 2018, à l'issue du colloque international « Cartographie du cyberespace », organisé à Paris en mars 2018

Thème
Le contexte peu concurrentiel d'un cyberespace dominé par les États-Unis

Comprendre la consigne

- Les États-Unis ont créé Internet et conservent de ce fait une longueur d'avance sur les autres pays en matière de maîtrise du cyberespace.
- Leur *hard power* et *soft power* s'étendent donc tout naturellement aussi dans cet espace, ce qui les place dans une position de domination, notamment dans le domaine du traitement des données.

Dégager la problématique et construire le plan

- Le cyberespace est, au même titre que les autres territoires, un espace où s'exerce la puissance des États.
- Comment les États-Unis l'utilisent-ils comme levier de puissance, notamment dans le domaine du traitement des données ?

I. Le cyberespace, terrain de la puissance américaine
- Quels avantages les États-Unis tirent-ils de leur position dominante dans le cyberespace ?
- Quelles couches de l'Internet sont sous l'emprise majoritaire des Américains ?

II. Un enjeu de puissance économique
- Comment les États-Unis déploient-ils leur puissance économique sur le Net ?
- Quelles perspectives ouvre le marché des données ?

III. Un vecteur supplémentaire de la puissance politique américaine
- Que permet la maîtrise des données en matière de puissance politique ?
- Quelle lecture géopolitique peut-on faire du cyberespace ?

S'ENTRAÎNER

32 CORRIGÉ GUIDÉ

Les titres et les indications entre crochets ne doivent pas figurer sur la copie.

Introduction

[Accroche] Le cyberespace est, au même titre que les autres territoires, un espace où s'exerce la puissance des États. [Présentation du sujet] Créateurs d'Internet, les États-Unis dominent cet espace et y exercent une puissance sans encore grande concurrence. C'est la nature de cette cyberpuissance américaine que nous invitent à analyser les deux documents proposés, un texte dédié à la domination sur l'Europe et une carte sur la part prépondérante du Web états-unien sur l'ensemble du trafic, tous deux tirés d'un article du quotidien français *Le Monde* de 2018. [Problématique] Comment les États-Unis utilisent le cyberespace comme levier de puissance, notamment dans le domaine du traitement des données ? [Annonce du plan]. Les États-Unis ont une approche du cyberespace comme un territoire où exercer leur puissance dominante à tous les niveaux [I], que ce soit en matière économique [II] ou politique [III].

I. Le cyberespace, terrain de la puissance américaine

1. Une puissance qui profite de sa position dominante

• Les États-Unis sont les inventeurs du cyberespace, comme le rappelle d'emblée le texte : « c'est dans ce pays qu'est né Internet » (document 1, l. 1-2). Ils ont donc une longueur d'avance sur n'importe quelle autre puissance.

> **▶ Le secret de fabrication**
> N'oubliez pas qu'une étude critique de documents doit obligatoirement s'appuyer sur les éléments tirés des documents : on cite exactement les textes, entre guillemets, et on relève les éléments précis tirés des documents iconographiques ou des cartes et graphiques. Un apport de connaissance qui ne pourrait prendre appui sur aucun élément du document est vraisemblablement hors sujet.

• L'histoire du cyberespace a commencé en effet aux États-Unis, avec la création en 1969 de l'Arpanet pour les besoins de la Défense. Celui-ci devient Internet avec la création des noms de domaine en 1983 et du World Wide Web en 1989. Internet sort de l'espace américain avec le développement des réseaux à travers le monde, mais les États-Unis gardent une maîtrise incontestée, comme le montrent les connexions et la prédominance des sites web américains sur la carte (document 2).

2. La maîtrise de toutes les couches du réseau

• Les entreprises qui gèrent les réseaux et les différentes couches d'Internet sont aux mains des États-Unis : « c'est là que se trouvent les mastodontes du secteur » (document 1, l. 2-3). C'est le cas des firmes qui gèrent les applications qui permettent l'accès au web, les mails et réseaux sociaux, notamment les GAFAM (« Google et Amazon ont mis leurs rivaux à la peine », l. 10-11), concentrés dans la Silicon Valley.

• Mais cela concerne aussi les services assurant la transmission, c'est-à-dire le routage et l'adressage : ils sont réalisés par l'ICANN dont le siège est situé en Californie. C'est ce qui explique qu'une partie prépondérante du trafic Internet se dirige automatiquement vers les États-Unis, comme le montre la carte, avec par exemple quasiment 75 % du trafic français.

MOT CLÉ
L'ICANN est une société à but non lucratif, autorité de régulation d'Internet. Elle attribue la classe d'adresse et l'identifiant de réseau et garantit l'unicité des identifiants de réseau au niveau international.

• Enfin, les sociétés qui entretiennent et font fonctionner l'infrastructure physique du cyberespace sont pratiquement toutes américaines, que ce soit pour les câbles terrestres et sous-marins, les relais et les serveurs. Google, par exemple, a commencé à déployer, en mars 2020, son premier câble sous-marin, le *Dunan*t, long de 6 600 km. Celui-ci reliera Virginia Beach, aux États-Unis, à la France et devrait absorber plus de 50 % de la capacité disponible de la bande passante sur le réseau transatlantique.

[Transition] Cette maîtrise américaine du cyberespace est particulièrement visible dans le domaine économique.

II. Le cyberespace, un enjeu de puissance économique

1. Un espace économique maîtrisé par les États-Unis

• Les entreprises américaines qui ont accompagné l'émergence d'Internet ont eu le temps de penser et façonner le cyberespace notamment dans le champ économique. En s'appuyant sur le marché états-unien, les GAFAM ont conquis assez rapidement une position dominante dans le monde, afin d'être en mesure de capter la valeur ajoutée du traitement des données, comme le suggère le texte « les mastodontes du secteur, très gourmands en données personnelles » (document 1, l. 2-3). Les acteurs économiques états-uniens ont perçu, dès la fin des années 1990, l'émergence d'une nouvelle économie qui exploite les données de masse et les informations qu'elles contiennent. Cette avance conceptuelle sur l'Europe a été cruciale. L'accent est mis sur l'innovation technologique pour conserver cette avance.

• Au-delà des achats, transactions et activités commerciales et financières possibles dans le réseau, une des sources majeures de profits dans le cyberespace provient des régies publicitaires : « La prépondérance des géants américains est quasi totale dans le domaine de la publicité en ligne » (document 1, l. 11-12). Cela fait d'ailleurs l'objet de batailles juridiques avec les GAFAM, qui ne paient qu'une infime partie des impôts sur les bénéfices qu'elles devraient verser aux États.

2. Les États-Unis dominent le marché de l'économie des données

• Le cyberespace est constitué de plusieurs couches dont la dernière mais pas la moindre est la couche cognitive. Celle-ci repose sur des milliards de données produites et collectées chaque jour qui « constituent aussi un atout concurrentiel dans de très nombreux secteurs de pointe » (document 1, l. 17-18). Les États-Unis sont passés maîtres dans la production de contenus sur le Net, mais également dans l'exploitation de ces données, les *big data*, qui, une fois traitées, leur permettent de conforter leur puissance économique.

• Un exemple de la domination des États-Unis dans l'exploitation des données, est l'analyse des événements en cours par des logiciels ou « *deep learning*, utilisée pour produire des intelligences artificielles performantes » (document 1, l. 18-19), notamment dans le domaine de la reconnaissance faciale. Mais elle nécessite des investissements colossaux et des technologies de pointe, que peu de pays maîtrisent.

> **MOT CLÉ**
> Le *deep learning*, ou apprentissage profond, est une technologie d'apprentissage fondée sur des réseaux de neurones artificiels, permettant à un programme de reconnaître le contenu d'une image ou de comprendre le langage parlé.

[Transition] Le *smart power* américain s'appuie justement sur cette couche cognitive du cyberespace pour consolider sa puissance politique.

III. Un vecteur de la puissance politique des États-Unis

1. Le contrôle des données, un levier de puissance politique

• Les révélations d'E. Snowden ont montré au monde entier que les États-Unis utilisent le cyberespace pour capter des informations à leur profit : « Les données collectées par les géants du Web sont également exploitées par les forces de l'ordre et les services de renseignement américains » (l. 22-24).

• On sait ainsi que depuis 2011, la NSA (National Security Agency) contribue aux applications Windows et Android, renforçant le doute sur l'existence de portes dérobées informatiques permettant d'analyser ou de prendre le contrôle à distance de serveurs ou terminaux mobiles. Le cyberespace est aussi le territoire du cyberespionnage, aussi bien sur le terrain politique qu'économique, et encore une fois au profit de la puissance dominante.

2. Une géopolitique calquée sur les fractures traditionnelles

• Sur la carte de la part du trafic Internet restant dans l'État, on peut observer une ligne séparant l'Europe en deux, selon le tracé bien connu de l'ancien rideau de fer. La connexion avec le réseau américain est beaucoup plus importante chez les anciens alliés de l'Ouest que dans l'Est de l'Europe, comme si la géopolitique d'aujourd'hui laissait perdurer des fractures anciennes.

• Le texte reprend cet aspect, en évoquant qu'en ce qui concerne « les réseaux sociaux – le seul concurrent sérieux de Facebook en la matière, VKontakte, n'est populaire qu'en Russie et dans certains pays de l'Est » (l. 7-9). En effet, le réseau social russe remplace Facebook en Russie, Biélorussie et Ukraine, pour un nombre important d'utilisateurs, qui semblent en partie échapper à l'influence américaine. L'intérêt politique de ces outils ne fait pas de doute dès lors qu'on observe que le FSB, par exemple, s'y intéresse particulièrement.

À NOTER
Le FSB (Service fédéral de sécurité de la fédération de Russie) est le service secret de la Russie chargé de la sécurité intérieure.

3. Des accords favorables à la puissance américaine

• Les Européens se trouvent très dépendants dans ce système verrouillé. L'accord *Safe Harbor* (2000) autorisait, sous certaines conditions, des entreprises états-uniennes à transférer des données personnelles présentes en Europe vers leur territoire. La Cour de justice de l'Union européenne a décidé de le suspendre en 2015.

• Depuis 2016, « un accord international garantit théoriquement des protections aux internautes résidant en Europe » (l. 26-28) ; il s'agit du Bouclier de protection des données, ou *Privacy Shield*. Mais celui-ci repose sur un système peu sûr d'autocertification des entreprises états-uniennes.

Conclusion

[Réponse à la problématique] Les États-Unis utilisent donc le cyberespace comme terrain privilégié de leur puissance, profitant de leur position dominante en raison de leur maîtrise unique des outils et technologies pour l'exploitation d'Internet, notamment en Europe. [Ouverture] Cette domination n'est pour le moment que très partiellement contestée, et pour l'essentiel surtout du fait de la Russie et de la Chine. L'Union européenne a pris du retard dans la construction de sa cyberpuissance, et seule une politique volontariste d'envergure pourra permettre de combler au moins en partie son retard. Il en va pourtant de sa survie en tant qu'acteur de l'économie et de la géopolitique mondiale.

33 Étude critique de document

Le mouvement Anonymous, un acteur du cyberespace

2 heures
10 points

INTÉRÊT DU SUJET • Le groupe de hackers Anonymous a piraté les sites de plusieurs autorités étatiques françaises, mettant ainsi en avant les risques du cyberespace.

D'après le document proposé, expliquez comment Anonymous utilise le cyberespace pour nuire aux États.

DOCUMENT **Anonymous pirate une base de données du ministère de la Défense**

Le groupe a divulgué les informations personnelles de nombreux employés du Centre d'identification des matériels de la Défense.

Un blog se revendiquant du mouvement de hackers Anonymous a annoncé, lundi soir [le 22 février 2016], le piratage d'un sous-domaine du ministère de la Défense. La victime de cette attaque est le Centre d'Identification des Matériels de la Défense (CIMD) qui s'occupe, entre autres, de la classification du matériel militaire et de sa standardisation. Les documents volés ont ensuite été publiés sur le site de partage de données justpaste.it. [...]

Cette fuite, repérée par la société de cybersécurité CybelAngel, dévoile les noms, postes, mots de passe, numéros de téléphone et adresses e-mail d'employés de fournisseurs travaillant pour le ministère de la Défense. Certaines des informations publiées datent de 2004, mais d'autres, plus récentes, de 2016. Bien que la fuite ne soit pas torrentielle (le fichier contient 10 000 lignes de texte), les données sont précises et pourraient nourrir des cyberattaques personnelles. Des informations concernant les serveurs du CIMD ont aussi été révélées, avec des adresses IP internes, des identifiants et des mots de passe.

Dans leurs revendications, les pirates justifient leur action en protestant contre la prolongation de l'état d'urgence et l'exportation d'armes par la France, notamment à l'Arabie saoudite. D'autres internautes se revendiquant d'Anonymous ont récemment attaqué les sites de l'Assemblée nationale, du Sénat, de Pôle Emploi et du parti socialiste pour protester contre l'augmentation du chômage et l'état d'urgence. Le collectif Anonymous, bien connu du Web, a pour particularité d'être totalement ouvert : n'importe quelle personne peut s'en revendiquer.

Hasard du calendrier, ce piratage s'est produit juste avant l'ouverture, ce mercredi [24 février 2016] à Paris, du procès de trois membres revendiqués d'Anonymous. Ces derniers avaient divulgué en janvier 2012 les données personnelles de 541 policiers membres du syndicat SGP-FO. Ces jeunes hommes âgés d'une vingtaine d'années encourent jusqu'à cinq ans de prison.

Gautier Virol, « Anonymous pirate une base de données du ministère de la Défense »,*Le Figaro*, 23 février 2016.

LES CLÉS DU SUJET

Identifier le document

Document

Nature, genre, source
- Article de presse
- Quotidien *Le Figaro*

Auteur et destinataire
- Gautier Virol
- Lecteurs de quotidiens nationaux

Date et contexte
- 23 février 2016
- Après une série de piratages de sites institutionnels par Anonymous

Thème
- Cyberespace
- Composition et actions du groupe Anonymous
- Fragilité des États face à ces actions

Comprendre la consigne

- Le cyberespace redistribue les rapports de force et permet à des groupes hétérogènes de nuire à de puissants acteurs.
- Dans le cyberespace, ces groupes parviennent à déjouer la défense des États.

Dégager la problématique et construire le plan

• La notion de puissance se repense dans le cyberespace. Des acteurs disposant de faibles moyens peuvent y jouer un rôle capital.
• La défense des États doit se repenser dans le cadre du cyberespace.

I. Anonymous, un collectif de hackers	• Qui se cache derrière Anonymous ? • Le cyberespace permet l'anonymat des acteurs comme Anonymous et facilite leurs actions.
II. Des attaques contre les autorités françaises	• Quelles sont les motivations d'Anonymous ? • Comment les attaques menées dans le cyberespace fragilisent-elles les États ?
III. Se défendre dans le cyberespace	• Quels acteurs participent à la défense des États ? • Quelles sont les stratégies de défense des États ?

33 CORRIGÉ GUIDÉ

Les titres et les indications entre crochets ne doivent pas figurer sur la copie.

Introduction

[Accroche] Pour le chercheur américain Jeremy Straub, une cyberattaque peut faire « autant de dégâts qu'une attaque nucléaire ». [Présentation du sujet] En effet, la cyberattaque peut paralyser les systèmes informatiques des États et mettre en danger leur sécurité, comme en témoignent les actions du groupe Anonymous. L'article de Gautier Virol, paru en février 2016 dans le quotidien *Le Figaro*, revient sur une série d'attaques menées par ce groupe contre différents organes étatiques français et souligne la fragilité de ces derniers dans le cyberespace. La France se préoccupait alors davantage de la menace terroriste depuis les attentats en novembre 2015. [Problématique] Dans quelle mesure, les États parviennent-ils à consolider leur sécurité dans le cyberespace ? [Annonce du plan] Pour cela, nous tâcherons d'abord de cerner l'identité du groupe Anonymous ainsi que le genre d'actions que mènent ses membres [I], nous verrons ensuite comment ces attaques ont ciblé des institutions stratégiques du système de défense français [II], enfin nous étudierons les différentes stratégies mises en place par les États pour consolider leur cyberdéfense [III].

▶ Le secret de fabrication

La présentation des documents est essentielle en introduction. Si les éléments classiques demeurent attendus comme l'auteur, la source, la date et le thème, vous pouvez développer l'un d'entre eux. Ici, on insiste sur le contexte pour expliquer que la France avait d'autres priorités que la cyberdéfense, mais vous pouvez également présenter *Le Figaro* ou l'auteur si vous le connaissez.

I. Anonymous, un collectif de hackers

1. Les membres d'Anonymous

• Il paraît d'abord difficile d'identifier clairement les membres d'Anonymous et de cerner leur profil puisque le groupe se montre très ouvert dans son recrutement : « Le collectif Anonymous, bien connu du Web, a pour particularité d'être totalement ouvert : n'importe quelle personne peut s'en revendiquer » (l. 24-26). Anonymous a été fondé en 2003-2004 et agit essentiellement dans le cyberespace.

• Les profils des personnes se revendiquant d'Anonymous sont assez variés. Il s'agit dans tous les cas de hackers ayant de solides compétences dans le piratage informatique. Ils profitent des opportunités offertes par le cyberespace pour servir leurs intérêts ou défendre une cause.

MOT CLÉ
Un hacker est un pirate sur Internet, capable de contourner l'ensemble des protections du système.

2. Un acteur du cyberespace

• Plusieurs individus forment donc le groupe Anonymous, il s'agit plus d'un ensemble de groupuscules que d'un collectif rassemblé autour d'idées précises. C'est ainsi que le piratage du sous-domaine du ministère de la Défense a été mené par des hackers revendiquant leur appartenance au groupe : « Un blog se revendiquant du mouvement de hackers Anonymous » (l. 1). Cet anonymat constitue la force du groupe qui arbore le masque du personnage historique Guy Fawkes, devenu le symbole de la protestation et du collectif.

• Dans le cyberespace, tous les groupes menant des actions contre des cibles étatiques peuvent donner davantage de visibilité à leur action en se présentant comme des membres d'Anonymous tels les pirates ayant attaqué les sites du Parlement en 2016 (l. 20-22). Il est en fait impossible de rejoindre Anonymous car ce groupe n'a pas de chef et ne demande aucun frais.

MOT CLÉ
Le cyberespace est l'espace immatériel de communication créé par les réseaux d'interconnexion mondiale des données numériques.

S'ENTRAÎNER

[Transition] Le groupe Anonymous est donc un acteur typique du cyberespace qui échappe à tout contrôle et peut frapper des cibles, quant à elles clairement identifiées.

II. Des attaques contre les autorités françaises

1. Un sous-domaine du ministère de la Défense

• Il y a souvent deux temps dans le type d'attaques menées par Anonymous. Ils piratent d'abord les données de différents sites comme ici le « Centre d'identification des Matériels de la Défense (CIMD) » (l. 4). Cette offensive s'inscrit dans une série de cyberattaques menées par Anonymous contre des sites relevant de l'État ou liés aux différents ministères.

• Ensuite, les informations collectées sont dévoilées au public puisqu'ici les données ont été mises « sur le site de partage de données justpaste.it » (l. 6-7). Ces informations sont souvent d'une grande précision et peuvent être dangereuses pour les victimes, surtout quand il s'agit de données aussi sensibles que celle concernant le ministère de la Défense : « avec des adresses IP internes, des identifiants et des mots de passe » (l. 16-17).

2. Diverses causes défendues

• Anonymous enfreint les lois mais revendique son action au nom de diverses causes. Son attaque du CIDM est justifiée par deux décisions politiques du gouvernement en 2016 : « la prolongation de l'état d'urgence et l'exportation d'armes par la France, notamment à l'Arabie saoudite » (l. 19-20). Or l'état d'urgence a été instauré à la suite des attaques terroristes de novembre 2015, attaques revendiquées par Daech. Par ailleurs, Anonymous avait déclaré la guerre à ce même groupe terroriste.

• La variété des membres entraîne aussi une incompréhension du grand public pour ce groupe puisque les attaques contre le Parti socialiste, Pôle Emploi et le Parlement ont été justifiées entre autres par la hausse du chômage (l. 20-24). Cela n'a guère de sens et risque plutôt de provoquer une crise de Pôle Emploi chargé d'aider les chômeurs dans leur recherche d'emploi.

[Transition] Si Anonymous semble être une structure confuse, tant dans son identité que dans ses revendications, il met cependant au jour les fragilités étatiques face aux cybermenaces.

> **CONSEIL**
> N'hésitez pas à critiquer certains éléments dans votre développement. Il s'agit d'une capacité essentielle dans cet exercice. Vous montrez ici le manque de cohérence d'Anonymous dans la désignation de ses ennemis et ses justifications.

III. Se défendre dans le cyberespace

1. Des États vulnérables

- Dans un délai assez bref, un sous-domaine du ministère de la Défense, les sites du Parlement, puis d'un parti politique majeur ont subi une cyberattaque, ce qui a révélé leur vulnérabilité. Il est vrai que les États sont parmi les principales victimes d'Anonymous, même s'ils se sont également attaqués à des sectes comme la Scientologie aux États-Unis.

- Les États ont confié leur sécurité à des groupes privés puisque c'est « la société de cybersécurité CyberAngel » (l. 8) qui a repéré la fuite du CIDM. La start-up CyberAngel propose des logiciels aux entreprises et les avertit en cas de fuite de documents. Une partie de la défense des États s'appuie donc sur ces entreprises privées.

2. La quête d'une défense internationale

- La réponse juridique évoquée aux lignes 31-32 contre les trois personnes ayant divulgué des informations sur les 541 policiers ne peut suffire. Il convient d'agir en amont car les actes de malveillance dans le cyberespace ont touché 67 % des entreprises françaises en 2019, pour un coût estimé entre 400 et 600 milliards de dollars.

- Pour cela, la France peut s'adresser à des sociétés privées comme CyberAngel (l. 8), mais elle doit aussi consolider sa politique de cyberdéfense. Elle s'appuie donc sur l'ANSSI (Agence nationale de la sécurité des systèmes d'information) créée en 2009 pour développer une politique de cyberdéfense. Dans cette lutte, l'État va porter le nombre de cyber-soldats de 3 000 à 4 000 d'ici 2025.

MOT CLÉ
On appelle cyberdéfense l'ensemble des moyens mis en place par un État pour sécuriser les systèmes d'information.

Conclusion

[Réponse à la problématique] Les attaques d'Anonymous mettent au jour la vulnérabilité des États face aux cybermenaces. Les gouvernements ont donc adapté leur cyberdéfense contre d'autres États et des groupes comme Anonymous. [Ouverture] Cette diversification des menaces amène à repenser la défense du pays dans un cadre plus global et à toutes les échelles. Après avoir consolidé la protection de leurs intérêts respectifs sur terre, mer et dans les airs, les États doivent aujourd'hui coopérer pour mettre en place une défense efficace du cyberespace.

CONSEIL
Votre ouverture peut amener sur un autre sujet en lien avec la thématique traitée. Ici, vous montrez que la cyberdéfense devient un élément de la politique de défense parmi d'autres.

Préparer l'épreuve écrite : le sprint final

L'essentiel du programme en 16 fiches MÉMO

Faire la guerre, faire la paix

Identifier, protéger et valoriser le patrimoine

1 Faire la guerre, faire la paix : introduction

A Comprendre les enjeux du thème 2

Faire la guerre, faire la paix

- Où se déroulent les conflits armés actuels ?
- Quelles sont les caractéristiques des conflits armés ?
- Quelle est la validité de la définition de la guerre par Clausewitz ?
  → AXE 1
- Quelles sont les modalités de la construction de la paix ?
  → AXE 2
- En quoi le Moyen-Orient est-il caractéristique des conflits contemporains et des difficultés à faire la paix ?
  → OBJET CONCLUSIF

B Maîtriser les notions

1. Un panorama des conflits armés actuels

● À l'échelle mondiale, les conflits armés sont concentrés dans l'« **arc de crises** », qui s'étire du Sahel à l'Asie centrale.

● À d'autres échelles, on retrouve cette concentration : sur le continent africain, le **Sahara** est un foyer du terrorisme international.

2. Une typologie des conflits ?

● Les conflits sont **inter ou intra-étatiques**. Ils reposent sur différents enjeux (politiques, économiques ou idéologiques). Ils sont d'inégale intensité (conflits latents, de moyenne ou forte intensité).

> MOTS CLÉS **Un conflit interétatique oppose des États entre eux, tandis qu'un conflit intra-étatique oppose différents camps au sein d'un même État.**

● À côté des États, de nombreux **acteurs non étatiques** participent aux conflits : l'ONU, des organisations régionales comme l'OTAN, des sociétés militaires privées, des combattants irréguliers.

● Les conflits sont **inégalement résolus** : certains sont réglés par des traités de paix ou des cessez-le-feu ; d'autres sont en attente de résolution.

2 La dimension politique de la guerre

Au début du XIXe siècle, Clausewitz élabore une théorie militaire qui reste une référence jusqu'au XXe siècle. Cependant, les guerres irrégulières contemporaines mettent à mal ses principes.

A De la guerre de Sept Ans aux guerres napoléoniennes

- L'officier prussien Carl von **Clausewitz** rédige un traité de théorie militaire, *De la guerre*, publié à partir de 1832. Il identifie 4 principes clés :

1 La guerre est le prolongement de la politique par d'autres moyens.

2 Elle consiste en un duel entre États.

3 Le but de chaque belligérant est la soumission de son adversaire lors d'une bataille décisive.

4 Chaque guerre a sa singularité, combinant principes politique, militaire et populaire.

- La **guerre de Sept Ans** (1756-1763) et les coalitions européennes contre la France révolutionnaire et impériale (1793-1815) semblent confirmer sa théorie.

B Le modèle de Clausewitz à l'épreuve des « guerres irrégulières »

- Avec l'essor du terrorisme islamiste, s'affirment **des acteurs non étatiques** :
– à partir des années 1990, **Al-Qaida** multiplie les attentats contre les États-Unis et leurs alliés (ex. : attentats du 11 septembre 2001 à New York et à Washington) ;
– à partir de 2014, l'État islamique (**Daech**) se dote d'un territoire à cheval sur la Syrie et l'Irak et s'attaque aux mêmes cibles qu'Al-Qaida.
- Ces guerres irrégulières **n'obéissent pas au modèle de Clausewitz** :
– leurs enjeux sont transnationaux ;
– il n'y a plus de distinction entre combattants et non-combattants ;
– il n'y a pas de bataille décisive.
- Malgré leur puissance militaire, **les États semblent particulièrement vulnérables** face à des adversaires qui cherchent à les déstabiliser.

> MOT CLÉ **Une guerre irrégulière est un conflit armé sans distinction entre combattants et non-combattants, et sans terrain d'affrontement circonscrit.**

SPRINT FINAL

3 Le défi de la construction de la paix

À partir des traités de Westphalie (1648), les États deviennent les acteurs majeurs de la construction de la paix. Depuis la fin du XXe siècle, cette dernière passe par la sécurité collective mise en œuvre par l'ONU.

A Faire la paix par les traités : les traités de Westphalie

● Lors de la **guerre de Trente Ans** (1618-1648), la dynastie des Habsbourg entend imposer à l'Europe la domination du Saint Empire romain germanique et de la religion catholique. Face aux princes protestants aidés par le Danemark, la Suède puis la France, ils subissent de nombreuses défaites (ex. : Rocroi en 1643).

> MOT CLÉ **Le Saint Empire romain germanique est une entité politique composée de 350 États dont chacun des souverains participe à l'élection de l'empereur.**

● Les **traités de Westphalie** (1648) mettent fin au conflit. Ils réorganisent le territoire européen et instaurent de nouveaux principes pour les relations internationales :

1. la souveraineté des États
2. l'équilibre entre États
3. l'égalité entre États
4. la religion d'un prince = celle de ses sujets

B Faire la paix par la sécurité collective : l'ONU

● Après la disparition du bloc communiste en 1991, les conflits se multiplient. L'**ONU** cherche à mettre en œuvre **le principe de sécurité collective** : les États doivent répondre collectivement aux atteintes à la paix.

● Secrétaire général de l'ONU de 1997 à 2006, **Kofi Annan** œuvre en faveur de la sécurité collective. À ce titre, il reçoit le prix Nobel de la paix en 2001.

- 2000 …… Objectifs du Millénaire pour le développement
- 2002 …… Cour pénale internationale, pour juger les auteurs de génocide, de crimes de guerre et de crimes contre l'humanité
- 2005 …… Principe de la responsabilité de protéger

● Cependant, la **mise en œuvre** de la sécurité collective est souvent difficile, comme au Kosovo ou en Syrie.

4 Le Moyen-Orient : conflits régionaux et tentatives de paix

Depuis 1945, le Moyen-Orient est le principal foyer de conflits dans le monde. Ces conflits témoignent de la multiplicité des enjeux et des acteurs et de la difficulté à instaurer une paix durable.

A L'objet conclusif en un coup d'œil

Des enjeux multiples	• économiques : hydrocarbures, eau, passages stratégiques • politiques : lutte contre le terrorisme, reconnaissance d'Israël, droit des peuples sans État • culturels : contrôle des lieux saints, idéologies (sionisme, islamisme)
Des acteurs variés	• étatiques : ONU, grandes puissances, puissances régionales (Turquie, Israël, Arabie saoudite, Iran) • non étatiques : organisations terroristes, milices
Différents modes de résolution	• Traités de paix (ex. : traité israélo-égyptien, 1979) • Cessez-le-feu (ex. : guerre Irak-Iran, 1988) • Conflits latents (ex. : conflit israélo-palestinien)

B Du conflit israélo-arabe au conflit israélo-palestinien

- De 1948 à 1987, des guerres à répétition **opposent l'État d'Israël à ses voisins arabes**. Le principal enjeu est l'existence d'un État hébreu en Palestine. Les États-Unis initient deux traités de paix entre Israël et l'Égypte (en 1979) puis la Jordanie (en 1994).
- Cependant, malgré la signature des accords d'Oslo en 1993, Israël refuse toujours la **création d'un État palestinien**.

C Les deux guerres du Golfe et leurs prolongements

1991 : 1re guerre du Golfe

- contexte : invasion du Koweït par l'armée irakienne
- faits : envoi d'une coalition internationale, mandatée par l'ONU
- résultat : libération du Koweït ; triomphe du droit international ?

2003 : 2e guerre du Golfe

- contexte : la suite des attentats du 11 septembre 2001, aux États-Unis
- faits : invasion de l'Irak par les États-Unis sans mandat de l'ONU
- résultat : guerre civile en Irak ; constitution de l'État islamique

SPRINT FINAL

5 Identifier, protéger et valoriser le patrimoine : introduction

A Comprendre les enjeux du thème 4

Identifier, protéger et valoriser le patrimoine : enjeux géopolitiques

- Qu'est-ce que le patrimoine et comment cette notion s'est-elle élargie ?
- Qu'est-ce que le patrimoine mondial de l'Unesco ?
- En quoi le patrimoine a-t-il une dimension politique, source de conflits ? → AXE 1
- Comment la préservation du patrimoine est-elle source de développement mais aussi de concurrences et de tensions ? → AXE 2
- Pourquoi et comment la France valorise-t-elle son patrimoine ? → OBJET CONCLUSIF

B Maîtriser les notions

1. Le patrimoine

● Le patrimoine relève d'abord de la sphère privée : c'est l'**héritage** que l'on transmet à ses enfants. À la Révolution française, le patrimoine devient national.

● À partir du XIXe siècle, il se définit comme une **trace du passé** dont l'intérêt historique, esthétique et culturel justifie qu'elle soit **conservée**.

● La notion de patrimoine s'élargit encore dans les années 1970 : patrimoine urbain, rural, industriel, immatériel. Il devient un atout économique et une **source de rayonnement** pour le pays qui le détient.

2. Le patrimoine mondial de l'Unesco

● En 1972 est signée la **Convention pour la protection du patrimoine mondial, culturel et naturel.** Sa mission est de faire connaître et protéger des sites exceptionnels sélectionnés. En 2021, 1 154 biens sont protégés.

● Les sites classés par l'Unesco sont **spatialement concentrés** : l'Europe en détient le plus (Italie, Espagne, France), suivie par la Chine et l'Inde. L'Afrique compte surtout des biens immatériels (traditions) et des biens classés « en péril ».

MOT CLÉ L'Unesco est une institution de l'ONU créée en 1945 pour défendre l'éducation, la science et la culture.

6 Usages sociaux et politiques du patrimoine

Le patrimoine est utilisé à des fins politiques, que ce soit pour renforcer la cohésion sociale ou pour rayonner dans le monde.

A Les usages de Versailles, de l'Empire à nos jours

- Prestigieux palais des rois de France, Versailles a toujours été un moyen d'**affirmer la puissance politique** : celle de la monarchie absolue de Louis XIV, de la monarchie de Juillet sous Louis-Philippe, puis du Second Empire.

> DATE CLÉ **En 1833, Louis-Philippe inaugure un musée à Versailles dédié à « toutes les gloires de la France ». Il vise à réconcilier les Français derrière une histoire commune.**

- Versailles est aussi un **haut lieu républicain** : la IIIe République y naît, alors que le Parlement s'y est réfugié après la Commune. Aujourd'hui, il s'y réunit pour modifier la Constitution.
- De nos jours, Versailles reste un lieu de pouvoir qui permet à la France de **rayonner à l'échelle mondiale** : réceptions, sommets internationaux.

B Les frises du Parthénon depuis le XIXe siècle

1801	Les frises sont emportées à Londres par le comte Elgin
1816	Les frises sont achetées par le Royaume-Uni (British Museum)
1822	La Grèce proclame son indépendance
1982	La Grèce réclame la restitution des frises auprès de l'Unesco
1987	L'Acropole est inscrite au patrimoine mondial de l'Unesco
2009	Athènes, un nouveau musée expose 30 % des frises

- La question de la propriété des frises du Parthénon est à l'origine de **tensions diplomatiques** entre le Royaume-Uni et la Grèce.

Point de vue du Royaume-Uni	Point de vue de la Grèce
• Les frises ont été acquises légalement. • À l'époque, Athènes n'avait pas les moyens matériels de les conserver.	• Ce patrimoine national a été arraché au Parthénon, symbole de la démocratie et du prestige antique d'Athènes. • Un nouveau musée pourrait les accueillir.

- Ces tensions sont révélatrices du **débat sur la restitution du patrimoine culturel** pillé, à l'époque **coloniale**, par des puissances occupantes.

SPRINT FINAL

7 La préservation du patrimoine, entre tensions et concurrences

La préservation et la valorisation du patrimoine entraînent tensions et concurrences entre de nombreux acteurs à toutes les échelles.

A Paris, entre protection et nouvel urbanisme

- Paris possède **un patrimoine ancien** : île de la Cité, Marais, bords de Seine, Montmartre, uniformité architecturale (immeubles haussmanniens).
- Depuis la loi Malraux de 1962, des secteurs entiers (Marais) sont **sauvegardés** afin d'éviter leur disparition. Certains projets d'urbanisme des années 1970-1980 sont accusés de dénaturer la ville et suscitent des oppositions : tour Montparnasse, Centre Pompidou, pyramide du Louvre.
- À l'inverse d'autres villes mondiales, Paris ne se dote pas de bâtiments modernes essentiels à ses fonctions, souvent relégués en périphérie : pour rester l'une des villes les plus visitées au monde, **Paris risque la muséification**.

B La question patrimoniale au Mali

- Le Mali abrite de nombreux sites exceptionnels classés au patrimoine mondial de l'Unesco : à **Tombouctou**, Goa, Djenné et Bandiagara.
- En 2012, des **groupes djihadistes** détruisent des mausolées à Tombouctou et empêchent l'entretien d'un patrimoine fragile ainsi que le tourisme.

ph © Nicolas Réméné/Le Pictorium/Maxppp

MOT CLÉ Un mausolée est un grand monument funéraire.

- L'Unesco inscrit les sites maliens sur la liste du « **patrimoine en péril** » et lance des chantiers de reconstruction.

C Venise, entre valorisation touristique et protection du patrimoine

- Venise, riche d'un patrimoine exceptionnel de la Renaissance, est visitée par près de **30 millions de touristes par an** (12 % du PIB de la ville).
- Construite sur un site naturel fragile, Venise est menacée par le « **surtourisme** » : inondations, pollution, hausse de l'immobilier. Dès 2003, le projet MOSE, système de digues, est initié afin de limiter les *acqua alta*.
- En 2016, les autorités italiennes adoptent un « pacte pour Venise ». Développer un **tourisme durable** soucieux de l'environnement est devenu une nécessité.

8 La France et le patrimoine

L'État intervient de façon croissante dans la gestion du patrimoine. En effet, celui-ci permet le rayonnement culturel et diplomatique de la France.

A La gestion du patrimoine français

1830	Création de l'Inspection des monuments historiques
1913	Loi sur le classement d'un immeuble ou mobilier privé
1962	Loi Malraux pour la protection des centres urbains historiques
1984	Journée portes ouvertes dans les monuments historiques (futures Journées nationales du patrimoine)
2004	Décentralisation du patrimoine vers les collectivités territoriales
2011	Possibilité, pour les collectivités locales, de devenir propriétaires d'un site national

B La patrimonialisation du bassin minier du Nord

● Le bassin minier du Nord-Pas-de-Calais est inscrit au patrimoine mondial de l'Unesco en 2012 en tant que « **paysage culturel, évolutif et vivant** ». Ce classement est le résultat de la mobilisation d'acteurs locaux, avec l'aide de l'État.

● La patrimonialisation du bassin minier a **plusieurs objectifs** :

– en faire une nouvelle destination touristique ;
– changer les regards extérieurs et redonner sa fierté à toute une région ;
– accompagner la reconversion postindustrielle.

C Le repas gastronomique des Français

Un élément du patrimoine	• Un patrimoine reconnu par 95 % des Français • Une pratique sociale classée par l'Unesco en 2010 (patrimoine immatériel)
Un élément du *soft power*	• Une composante de « l'exception culturelle » • Un élément du rayonnement culturel relayé par de grands chefs étoilés exerçant à l'étranger
Un objet diplomatique	• Le repas officiel, moment privilégié des négociations • Notion de « diplomatie culinaire »

SPRINT FINAL

9 L'environnement, un enjeu planétaire : introduction

A Comprendre les enjeux du thème 5

L'environnement, entre exploitation et protection : un enjeu planétaire

Qu'est-ce que l'environnement ?

L'environnement a-t-il une histoire ?

Quels rapports les sociétés entretiennent-elles avec leur environnement ?
→ AXE 1

Comment les sociétés ont-elles fait face au changement climatique ?
→ AXE 2

Entre préservation et dégradation, quelle est la politique des États-Unis vis-à-vis de leur environnement ?
→ OBJET CONCLUSIF

B Maîtriser les notions

1. L'environnement : une construction historique, sociale et politique

● L'environnement est la combinaison des **éléments naturels et socio-économiques** qui forment les cadres et les conditions de vie des sociétés. Il fait l'objet de définitions multiples en fonction de la chronologie et de l'espace.

● Certaines sociétés **prennent conscience** dans les années 1980 de la pression qu'elles exercent sur l'environnement.

2. Un regard sur l'histoire de l'environnement

● Depuis les années 1970, les historiens s'intéressent à l'histoire de l'environnement. Ils cherchent à **comprendre l'évolution du climat**, son impact sur les sociétés et comment ces dernières ont agi sur l'environnement.

● En 2000, le chimiste Paul Crutzen popularise la notion d'**anthropocène**. Les historiens Jean-Baptiste Fressoz et Christophe Bonneuil en proposent une définition plus complète. Ils montrent que les humains, en agissant sur l'environnement mais aussi sur l'économie, le politique et le social, peuvent éviter les crises.

> MOT CLÉ **On appelle anthropocène l'ère géologique dans laquelle l'être humain est la principale force de changement sur Terre.**

10 Exploiter, préserver et protéger

Les changements climatiques accompagnent les sociétés depuis le néolithique. Celles-ci en ont conscience et essaient d'agir sur l'environnement.

A Exploiter et protéger une ressource « naturelle » : la forêt française depuis Colbert

● Depuis le XVIIe siècle, sous l'impulsion de **Colbert**, l'État cherche un équilibre entre l'exploitation et la protection de la forêt car il a besoin de bois pour renforcer la flotte. L'exploitation s'accompagne donc de politiques de boisement.

> **PERSONNAGE CLÉ Ministre d'État et contrôleur général des finances de Louis XIV, Jean-Baptiste Colbert (1619-1683) réorganise l'administration des Eaux et Forêts en 1669.**

Coll. Metropolitan Museum of Art, New York

● Au XIXe siècle, les autorités se préoccupent des questions forestières : ainsi, Napoléon III lance des **opérations de boisement** en Gascogne et en Sologne.

● Depuis 1964, la forêt française est gérée par l'**ONF** (Office national des forêts). Elle couvre aujourd'hui 29 % du territoire et présente de multiples visages (forêt amazonienne en Guyane, vergers…).

B Le rôle des individus et des sociétés dans l'évolution des milieux

Deux révolutions changent le rapport des hommes aux milieux.

● **10 000 av. J.-C. : révolution néolithique**

→ apparition de l'**agriculture**. Un réchauffement climatique permet aux sociétés de défricher, de produire plus de nourriture et de se sédentariser.

> **MOT CLÉ La sédentarisation est le processus par lequel les sociétés, jusque-là nomades, se fixent en des lieux où elles développent l'agriculture et l'élevage.**

● **à partir de la fin du XVIIIe siècle : révolution industrielle**

→ augmentation de la productivité par l'exploitation et la transformation des milieux. On entre dans l'anthropocène : c'est désormais l'être humain qui est responsable du changement climatique.

SPRINT FINAL

11 Le changement climatique : approches historique et géopolitique

Les périodes chaudes et froides alternent au fil des siècles. Elles influencent les sociétés qui tentent de limiter le réchauffement climatique depuis la fin du XXe siècle.

A Les fluctuations climatiques et leurs effets

Les sociétés européennes ont connu des périodes…

- de **réchauffement**, par ex. l'**optimum climatique médiéval** (Xe-XIIIe s.) : l'adoucissement du climat favorise l'amélioration des récoltes, le développement du commerce, l'essor des villes ;
- de **refroidissement**, par ex. le « **Petit Âge glaciaire** » (XVe-XIXe s.) : des hivers rigoureux et automnes pluvieux causent de mauvaises récoltes, puis des disettes. Les sociétés tentent de s'adapter par le stockage et le transport de produits entre régions.

ÉVÉNEMENT CLÉ **En 1788, après un orage terrible qui dévaste une partie des récoltes en juillet, vient une longue période de gel au cours de l'hiver. L'historien Emmanuel Leroy-Ladurie parle de « gâchette météorologique » dans le déclenchement de la Révolution française.**

B Le climat, enjeu des relations internationales : les accords internationaux

- Les activités industrielles accentuent l'effet de serre, à l'origine du **réchauffement climatique**. Les États peinent à trouver un accord, d'autant que certains pays émergents refusent les mesures trop contraignantes. Celles-ci sont souvent promues par des pays du Nord, principaux pollueurs.
- Conformément aux recommandations des experts du **GIEC**, l'accord de Paris (2015) doit limiter le réchauffement entre 1,5 et 2 °C d'ici 2100.
- À côté des États, des citoyens s'engagent pour l'environnement. Le phénomène de réchauffement est cependant nié par les **climatosceptiques**.

PERSONNAGE CLÉ **Née en 2003, la jeune militante suédoise Greta Thunberg s'est illustrée par des grèves de l'école le vendredi, puis des Marches pour le climat. Ses prises de parole, lors de la COP 24 (2018) et à l'ONU, appellent les chefs d'État et les décideurs à impulser un changement radical des modes de vie.**

12 Les États-Unis et la question environnementale

Pays de la *Wilderness*, les États-Unis se démarquent aussi par de vastes ressources et l'exposition à de multiples risques naturels. Cela impose un rapport complexe à l'environnement, entre protection et exploitation.

A L'objet conclusif en un coup d'œil

Des précurseurs de la préservation	• *Wilderness* • Préservationnisme • Parcs nationaux
Une puissance énergivore	• 2e plus gros pollueur du monde • Exceptionnalisme américain
Des acteurs en concurrence	• État fédéral • États fédérés • Villes
Le maintien du climatoscepticisme	• Non-ratification du protocole de Kyoto • Mandat de Donald Trump

B Entre protection et exploitation

● L'exploitation des ressources naturelles, base de la prospérité des États-Unis, entraîne des **pollutions** multiples. Mais le pays lance précocement des mesures de protection (création du **parc de Yellowstone** en 1872).

> MOT CLÉ **En Amérique du Nord, la *Wilderness* désigne la « nature sauvage », dans laquelle l'humain n'est qu'un observateur discret. Cette notion est à l'origine des parcs nationaux.**

● Des **États fédérés** et des **villes** mènent une politique environnementale ambitieuse, comme la Californie qui s'est engagée à respecter l'accord de Paris. À l'inverse, le **gouvernement** de Donald Trump mène une politique environnementale limitée et ne prend des décisions qu'après des catastrophes médiatisées.

C Les États-Unis et l'environnement à l'échelle internationale

● Convaincus d'être une « nation élue », les États-Unis refusent de ratifier certains traités (**exemptionnisme**), comme le protocole de Kyoto (1997).

● **ONG** et **FTN** jouent aussi un rôle au niveau international, par exemple :
→ **Tesla**, entreprise pionnière sur le marché de la voiture électrique ;
→ **Sea Shepherd**, ONG luttant pour la protection de la biodiversité marine.

13 L'enjeu de la connaissance : introduction

A Comprendre les enjeux du thème 6

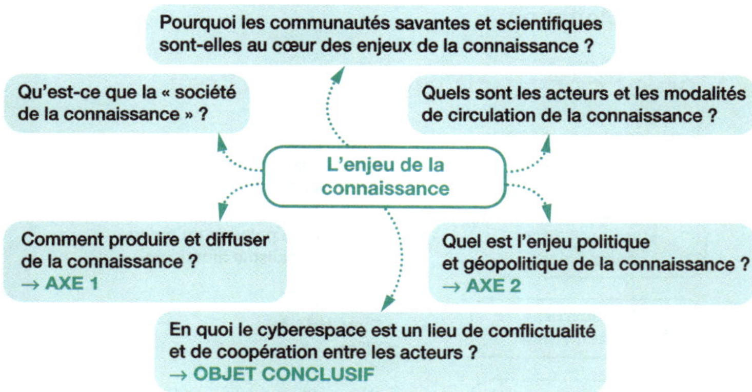

B Maîtriser les notions

1. La notion de « société de la connaissance »

- Fondée sur l'éducation de masse, elle se caractérise par la **diffusion de technologies de l'information** capables d'agréger les savoirs.
- La connaissance est réduite à sa **fonction économique**.

> PERSONNAGE CLÉ **Professeur de management, Peter Drucker (1909-2005) est l'inventeur du concept de société de la connaissance en 1969.**

ph © Bertrand/ Neco/Sipa Press

2. Le rôle des communautés savantes et scientifiques

- Les scientifiques font leurs travaux de recherche par leurs pairs (**évaluer**).
- Autrefois limitée aux milieux de production du savoir (universités…), la connaissance touche désormais la **majorité de la population**.

3. Les acteurs et les modalités de la circulation de la connaissance

- La recherche est **tiraillée** entre un idéal de partage universel du savoir et les ambitions des chercheurs. La **concurrence** est importante.
- L'**État** finance, régule, mais aussi parfois censure ou espionne.

14 Produire et diffuser des connaissances

Les États jouent un rôle prépondérant dans la production de la connaissance et dans sa diffusion, par leur politique d'éducation.

A Alphabétiser les femmes du XVIe siècle à nos jours

- Jusqu'au XIXe siècle, la population mondiale est majoritairement analphabète. L'alphabétisation des femmes connaît un temps de **retard sur celle des hommes**, considérés prioritaires pour des motifs économiques. En France, les **lois Ferry** de 1881-1882 scolarisent obligatoirement aussi les filles.

> CHIFFRES CLÉS **17 % des femmes ne savent ni lire ni écrire (49 % en Afrique subsaharienne) : deux tiers des 750 millions d'analphabètes sont des femmes.**

- L'alphabétisation de toutes les femmes ne devrait être atteinte qu'en **2070**. Les programmes de l'Unesco les ciblent prioritairement.

B Produire de la connaissance : la radioactivité (1896-années 1950)

- L'observation de rayons X par l'Allemand **Röntgen** amène le Français **Henri Becquerel** à mettre en évidence, par sérendipité, la radioactivité naturelle (1896), provoquant des découvertes en cascade.

> MOT CLÉ **La sérendipité est la capacité à faire une découverte scientifique par hasard.**

- À partir des travaux des époux **Curie** (ici en photo avec Becquerel), plusieurs prix Nobel récompensent une production scientifique hors du commun, fruit de la **collaboration entre chercheurs**. La connaissance de l'atome bouleverse la physique et permet aux scientifiques de produire la radioactivité artificielle.

ph © World History Archive/ Aurimages

- Aux États-Unis, avec le **projet Manhattan** le nucléaire trouve une application dans le domaine militaire (première bombe A à Hiroshima en août 1945) : désormais il n'est plus question de collaboration scientifique mais de secret et de concurrence entre les États pour le développement de cette connaissance stratégique.

SPRINT FINAL

15 La connaissance, enjeu politique et géopolitique

Les États ciblent la connaissance comme levier de puissance et de développement, dans le cadre d'une compétition géopolitique avec les autres pays.

A Le renseignement soviétique et américain durant la guerre froide

- Entre 1947 et 1991, les deux Grands se livrent une **compétition pour la maîtrise des connaissances**, notamment par le biais de l'espionnage (CIA et NSA pour les États-Unis, NKVD puis KGB et GRU pour l'URSS).
- Des sommes et **des moyens scientifiques considérables** sont mis aux services de missions très variées, dans un climat de suspicion permanent (ex. : maccarthysme aux États-Unis).

> À NOTER **Des technologies sont inventées ou améliorées pour mieux espionner l'ennemi : micros, système de décryptage, radars, avions furtifs, etc. Le renseignement technologique, moins coûteux et moins dangereux, remplace peu à peu les moyens humains.**

- La guerre froide est une **guerre technologique et industrielle**. Le domaine de la recherche est tout de suite ciblé par les agences. Les chercheurs et universitaires sont démarchés pour devenir des taupes (Cinq de Cambridge), les secrets sont volés (archives Venona, affaire Poliakov).

B La maîtrise de la connaissance scientifique : l'exemple de l'Inde

- L'Inde ambitionne de devenir l'**une des 5 premières puissances scientifiques**, en consacrant 2 % de son PIB à la recherche. Pour cela, elle vise une formation de qualité en coopération avec les universités étrangères et un développement dans le marché du digital (Bangalore, *Silicon Valley* indienne).

> CHIFFRES CLÉS
> - **20 millions de diplômés en Inde chaque année.**
> - **0,4 chercheur pour 1 000 actifs (1,8 en Chine, 7,9 aux États-Unis).**

- Chaque année, 300 000 Indiens partent étudier à l'étranger (États-Unis, Royaume-Uni, Chine) : ce ***brain drain*** affaiblit le capital humain du pays.
- L'État encourage les retours (***brain gain***) par des mesures incitatives (double nationalité, réductions d'impôt). Les expatriés reviennent avec des nouveaux savoirs à valoriser et gardent un lien privilégié avec la diaspora.

16 Le cyberespace : conflictualité et coopération entre les acteurs

Le cyberespace est un territoire de la connaissance dont les limites de souveraineté sont difficiles à définir. La France essaie d'y imposer sa marque de puissance internationale.

A L'objet conclusif en un coup d'œil

Le cyberespace

Un espace virtuel du savoir
- Vecteur de connaissances
- Conçu pour la circulation de l'information

Un espace conflictuel
- Une hégémonie américaine contestée
- Une zone grise du droit
- Un enjeu pour la cyberdéfense française

Une interdépendance des acteurs
- Une hiérarchie bouleversée
- Coexistence public/privé
- Une indispensable coopération internationale

B Le cyberespace, entre réseaux et territoires

● **Espace intangible** composé de plusieurs couches, dans lequel ont lieu des échanges, le cyberespace a été rêvé comme un espace de liberté. Il est désormais plutôt perçu par les États comme un **territoire à conquérir et à surveiller**.

● Conçu par les États-Unis, qui entendent en conserver la maîtrise notamment en appliquant le principe d'extraterritorialité, il est l'objet de **conflits de puissance** entre les États, les GAFAM et les cybercriminels.

ÉVÉNEMENT CLÉ L'affaire Snowden en 2013 a provoqué une prise de conscience de la nécessité de la protection des données stratégiques nationales.

ph © Getty Images/AFP

C La cyberdéfense française

● La France est dépendante des équipements américains mais entend défendre sa **souveraineté** de cyberpuissance : la cyberdéfense est érigée au rang de priorité nationale depuis 2013.

● Elle s'appuie sur la capacité normative et réglementaire de l'UE et prône l'idée d'une **autonomie stratégique numérique de l'UE**.

34 France métropolitaine, mai 2022 • Jour 1

DISSERTATION

Les États-Unis et l'environnement à différentes échelles

2 heures
10 points

INTÉRÊT DU SUJET • Le sujet s'appuie sur l'objet de travail conclusif du thème 5, en vous invitant à analyser la question sous l'angle multiscalaire, cher à la géographie et à la géopolitique.

Les États-Unis et l'environnement à différentes échelles

LES CLÉS DU SUJET

Analyser le sujet

Les États-Unis et l'environnement à différentes échelles

Formulation
- Reprise partielle du titre de l'objet de travail conclusif
- Appel à mener une réflexion multiscalaire

Bornes chronologiques et spatiales
- Les États-Unis : pays continent, puissance mondiale
- Des premiers colons à nos jours

Type de sujet
Sujet thématique

Notions et mots clés
- Environnement : exploitation et protection
- Différentes échelles : du local à l'international

Dégager la problématique

- Les États-Unis entretiennent des rapports complexes à leur environnement du fait de la difficile maîtrise de leur territoire.
- Pourquoi la politique environnementale aux États-Unis génère-t-elle des tensions à toutes les échelles ?

Construire le plan

Les États-Unis sont tiraillés entre les besoins d'un État continent et la nécessaire prise en compte d'un développement durable respectueux de l'environnement.

I. À l'échelle nationale : entre exploitation et protection	• En quoi les États-Unis sont-ils précurseurs en matière de protection de l'environnement ? • Quel rapport entretiennent-ils avec l'environnement ? • Quels sont les acteurs dans cet État fédéral ?
II. À l'échelle internationale : une puissance divisée	• Dans quelle mesure cette puissance majeure donne-t-elle une impulsion internationale ? • Quels sont les freins intérieurs ? • Quelles sont les conséquences de son faible engagement dans les traités internationaux ?

34 CORRIGÉ GUIDÉ

Les titres et les indications entre crochets ne doivent pas figurer sur la copie.

Introduction

[Accroche] État continent, les États-Unis entretiennent des relations complexes avec leur environnement depuis la conquête de l'Ouest. [Présentation du sujet] Quelle que soit l'échelle spatiale, les acteurs du pays sont tiraillés entre l'appropriation des richesses et leur nécessaire protection. [Problématique] Pourquoi la politique environnementale aux États-Unis génère-t-elle des tensions à toutes les échelles ? [Annonce du plan] Si, à l'échelle nationale, leur volonté d'appropriation n'a pas empêché l'émergence d'une prise de conscience environnementale [I], leur rôle majeur d'impulsion de puissance internationale est parfois freiné par leurs doutes [II].

I. À l'échelle nationale : entre exploitation et protection

> **▶ Le secret de fabrication**
> Veillez à bien montrer ici la diversité des acteurs, particulière notamment à l'organisation politique des États-Unis, un État fédéral.

1. Une nature à apprivoiser et exploiter

• Les premiers colons se sont installés dans un territoire peu transformé par les Amérindiens. Cette expérience d'une nature sauvage, la *Wilderness*, marque le rapport des Américains à la nature perçue comme une menace à dompter.

MOT CLÉ
La *Wilderness*, théorisée par Henry David Thoreau ou John Muir, désigne l'« état sauvage » ou plus spécifiquement la « nature vierge ».

• L'immensité du territoire favorise une exploitation prédatrice des ressources, qui semblent illimitées, inspirée par une conception religieuse puritaine où l'Amérique serait un nouveau paradis terrestre destiné à être transformé en terre d'abondance. Cette exploitation connaît un essor très important au XIXe siècle, avec l'industrialisation, et se poursuit aujourd'hui (gaz de schiste).

2. La conscience précoce d'un environnement à protéger

• Mais les ressources ne sont pas inépuisables : la nature apparaît comme fragile et donc à protéger. Dès lors, les États-Unis sont pionniers dans la sanctuarisation du territoire : en 1864, le premier parc naturel, le Yosemite, est créé en Californie et, en 1872, le parc de Yellowstone devient le premier parc national mondial. Aujourd'hui, on compte 61 parcs nationaux (2,2 % du pays), gérés à l'échelle fédérale par le National Park Service.

• À la volonté de préservation, où la nature est protégée pour elle-même et donc préservée de toute influence humaine (John Muir), s'oppose une lutte pour la conservation, approche qui prône un usage raisonnable des ressources naturelles : la nature n'est pas préservée pour elle-même mais en tant que réservoir pour l'homme (Gifford Pinchot).

3. Une gestion paradoxale par des acteurs multiples

> **▶ Le secret de fabrication**
> Veillez à placer quand vous le pouvez le vocabulaire spécifique des différentes disciplines (par exemple ici « multiscalaire » ou « conflits d'acteurs ») : cela montre que vous l'avez bien intégré et que vous êtes capable d'utiliser un langage scientifique.

• Les États-Unis sont un État fédéral : les décisions se prennent à plusieurs niveaux. Ainsi, la gestion de l'environnement peut paraître paradoxale car elle est pilotée à des niveaux multiscalaires. Les politiques fédérales de grands travaux (*New Deal*) ont parfois fait fi des volontés locales de sanctuariser certains territoires. Certains États revendiquent de plus en plus une décentralisation de la gestion de l'environnement et s'engagent dans des politiques de protection plus ambitieuses que celles de l'État fédéral.

• Les conflits d'acteurs sont récurrents : entre États limitrophes qui n'ont pas toujours les mêmes priorités (la Californie, très militante en matière environnementale, s'oppose ainsi au Nevada, en manque d'eau), entre populations locales et politiques gouvernementales (mobilisation des Sioux contre la fracturation hydraulique au Dakota, en 2017) ou entre populations et FTN (Erin Brockovich contre la contamination des nappes phréatiques au chrome).

[Transition] On retrouve ce positionnement paradoxal des États-Unis dans leur rôle de puissance internationale.

II. À l'échelle internationale : une puissance divisée

1. Une puissance majeure donneuse d'impulsion

• Plus grande puissance mondiale, les États-Unis ont su assumer un rôle de leader dans le domaine environnemental, notamment en tant que lanceur d'alerte (Rachel Carson). Pour son action internationale contre le réchauffement climatique, le vice-président Al Gore reçoit le prix Nobel de la paix en 2007.

• Nombre de métropoles américaines s'illustrent par leur engagement au niveau international dans le réseau C40 (Cities Climate Leadership Group), organisation qui vise à lutter contre le dérèglement climatique et est actuellement dirigée par le maire de Los Angeles. Plus de 3 000 entités américaines ont signé l'engagement pour le climat de la COP 23 de 2017, refusé par l'État fédéral.

• Des FTN américaines, soucieuses de leur image (*greenwashing*), s'engagent et sont pionnières dans des mesures en faveur de l'environnement. Ainsi, Walmart multiplie les initiatives contre les plastiques inutiles et le gaspillage, et des entreprises de la Silicon Valley (Google, Tesla) investissent dans des technologies innovantes (*data centers* marins, éclairage « intelligent » des maisons…).

MOT CLÉ
Le *greenwashing* est un procédé de marketing ou de relations publiques utilisé par une organisation pour se donner une image trompeuse de responsabilité écologique.

2. Des courants intérieurs qui freinent l'engagement international

• Dès les années 1980, les puissants lobbies du pétrole et du charbon s'attaquent aux politiques environnementales, notamment aux fondements scientifiques tels ceux du GIEC, et donnent ainsi naissance au scepticisme environnemental, qui atteint son apogée avec le retrait de l'accord de Paris.

• Donald Trump, ouvertement climatosceptique, annule de nombreuses mesures prises par l'administration Obama, comme le plan de réduction des gaz à effet de serre. Absent au sommet de l'urgence climatique en 2019 à l'ONU, il met en doute le lien entre le changement global et les incendies en Californie en septembre 2020.

• Cependant, certaines ONG sont très actives à Washington et dans les instances internationales, où elles forment un « lobby vert ». Ainsi, en août 2019, l'ONG américaine Earthjustice assigne en justice sa propre administration pour avoir assoupli la loi sur les espèces menacées.

3. Un faible engagement dans les traités internationaux

• Les États-Unis s'illustrent dans une posture de méfiance internationale au profit de la défense de leurs intérêts nationaux. Depuis 2005, ils sont le seul État industrialisé à ne pas avoir ratifié le protocole de Kyoto. Cette attitude attentiste s'est confirmée en 2019 avec leur retrait de l'accord de Paris mis en place lors de la COP 21.

• Ce positionnement contradictoire de stop-and-go empêche les États-Unis de prendre un vrai rôle de leadership dans la question environnementale et lui fait perdre de la crédibilité au niveau international.

Conclusion

[Réponse à la problématique] L'histoire et les réalités économiques et géopolitiques amènent les États-Unis à adopter une posture très paradoxale en matière environnementale, à la fois meneurs historiques de la lutte pour la préservation mais également plus gros pollueurs de la planète. [Ouverture] Particulièrement peu engagé sous le mandat Trump, le gouvernement fédéral semble revenir vers une diplomatie climatique offensive, avec la décision prise dès janvier 2021 par Joe Biden de réintégrer l'accord de Paris.

35 France métropolitaine, mai 2022 • Jour 1
ÉTUDE CRITIQUE DE DOCUMENTS

L'évolution des formes de la guerre

2 heures
10 points

INTÉRÊT DU SUJET • Ce sujet vous permettra de réinvestir les notions vues dans l'introduction du thème 2 (typologie des conflits actuels), ainsi que tout l'axe 1 (dimension politique de la guerre). Un bel exemple de sujet de synthèse !

▶ En analysant les documents, en les confrontant et en vous appuyant sur vos connaissances, caractérisez les différentes formes de guerres.

DOCUMENT 1

Estampe de Johann Lorenz Rugendas (1775-1826), *La Grande Bataille d'Austerlitz*, début du XIXe siècle.

DOCUMENT 2

Composé en bonne partie de moudjahidines[1] étrangers ayant prêté allégeance à Oussama Ben Laden, mais contrôlé en Irak même par le Jordanien Abou Moussad Al-Zarkaoui, AQI (Al-Qaida en Irak) est à l'origine d'une campagne d'une extrême violence contre les forces de la coalition, le gouvernement irakien et les chiites du pays. Son objectif avoué consiste à faire voler en éclats le nouvel Irak en vue d'y instituer un califat. Par habitude, nous avons entrepris de cartographier l'organisation en lui attribuant une structure militaire traditionnelle, avec ses échelons et ses rangs. Au sommet se trouvait Al-Zarkaoui, suivi d'une succession de lieutenants et de fantassins. Cependant, plus nous y réfléchissons, plus nous constatons que ce modèle ne fonctionnait pas. Les lieutenants d'AQI n'attendaient pas les directives de leurs supérieurs pour agir, et encore moins les ordres de Ben Laden. Les décisions se prenaient de façon décentralisée, mais rapide, puis étaient transmises horizontalement à travers l'organisation. Les combattants d'Al-Zarkaoui étaient bien adaptés aux régions qu'ils fréquentaient, comme Falloujah et Al-Qaim[2], dans la province orientale d'Anbar et, grâce à la technologie moderne, ils entretenaient des liens étroits avec le reste de la province et du pays. Argent, propagande et information circulaient à un rythme alarmant, permettant une coordination rapide et efficace. Nous les voyions changer de tactique (passer d'attaques à la roquette à des attentats suicides, par exemple) quasi simultanément dans différentes villes. Ils exécutaient une funeste chorégraphie dont la structure, souvent méconnaissable, était en constante évolution.

Propos tenus en 2011 dans la revue *Foreign Policy* par le commandant des forces spéciales américaines Stanley McChrystal (2003-2008), in Jérémy Scahill, *Dirty Wars. Le Nouvel Art de la guerre*, 2014.

1. Combattants engagés dans le djihad.
2. Villes d'Irak.

LES CLÉS DU SUJET

Identifier le document

Nature, genre, source
- Doc. 1 : gravure de la bataille d'Austerlitz
- Doc. 2 : extrait d'un entretien paru dans la revue *Foreign Policy* en 2011, cité dans un livre

Auteurs
- Doc. 1 : Johann Lorenz Rugendas, peintre bavarois
- Doc. 2 : Stanley McChrystal, commandant des forces spéciales américaines de 2003 à 2008

Documents 1 et 2

Dates et contexte
- Doc. 1 : début du XIXe siècle, en Europe
- Doc. 2 : 2011, dix ans après les attentats du 11 septembre

Thèmes
- Doc. 1 : la victoire de Napoléon à Austerlitz
- Doc. 2 : les mutations du groupe Al-Qaida en Irak

Comprendre la consigne

- L'étude de documents concerne les formes de la guerre, sujet théorisé par Clausewitz, qui distingue la guerre réelle de la guerre absolue.
- Vous devez mettre en relation les deux documents et les analyser ensemble. Confrontez chaque exemple à la théorie de Clausewitz et montrez ensuite que cette théorie est en partie dépassée aujourd'hui.

Dégager la problématique et construire le plan

- Le modèle de Clausewitz propose une grille de lecture des guerres, que ce soit celles du passé, comme les guerres napoléoniennes ou des guerres plus actuelles, comme celles qui sont menées par des organisations terroristes. Cependant, cette grille de lecture ne concerne que les guerres régulières, interétatiques, et elle perd de sa pertinence pour analyser les guerres d'aujourd'hui.
- La problématique peut être celle-ci : l'analyse de Clausewitz, construite à partir de l'observation des guerres d'hier, est-elle toujours pertinente pour étudier les conflits contemporains ?

I. Des formes de guerres clausewitziennes ?	• En quoi les guerres napoléoniennes correspondent-elles aux formes de la guerre théorisées par Clausewitz ? • Comment analyser le terrorisme islamiste à l'épreuve de la théorie de Clausewitz ?
II. Un modèle clausewitzien remis en cause	• Quelle est la spécificité des guerres irrégulières et asymétriques ? • Qu'implique la présence d'acteurs non conventionnels ?

35 CORRIGÉ GUIDÉ

Les titres et les indications entre crochets ne doivent pas figurer sur la copie.

Introduction

[Accroche] Dans son ouvrage posthume, *De la guerre*, publié à partir de 1832, Carl von Clausewitz affirme que celle-ci est un « caméléon » puisqu'elle change sans cesse de formes. Sa théorie militaire reste aujourd'hui une référence pour étudier les conflits de l'époque moderne mais aussi les guerres actuelles. [Présentation du sujet] Le document 1 est un tableau historique du peintre bavarois Johann Lorenz Rugendas. Il représente la bataille d'Austerlitz durant les guerres napoléoniennes. Le second document est un extrait d'un ouvrage de Jérémy Scahill paru en 2014 dans lequel sont cités des propos tenus en 2011 par Stanley McChrystal, commandant des forces spéciales américaines. Il décrit les mutations de l'organisation Al-Qaida en Irak (AQI), plusieurs années après l'intervention dans le pays d'une coalition internationale menée par les États-Unis. [Problématique] On pourra donc se demander si l'analyse de Clausewitz, construite à partir de l'observation des guerres napoléoniennes, est toujours pertinente pour étudier les conflits irréguliers contemporains. [Annonce du plan] Pour ce faire, nous montrerons que les formes de la guerre, théorisées par Clausewitz, correspondent, en partie, aux formes des conflits présentés par les documents [I], puis nous présenterons la remise en question du modèle clausewitzien par la multiplication des guerres irrégulières et/ou asymétriques [II].

> **CONSEIL**
> Lorsqu'une interview est citée dans un ouvrage, présentez brièvement cette source. Ce sont les propos cités qui sont analysés ; l'auteur du document est donc celui qui s'exprime.

I. Des formes de guerres clausewitziennes ?

> **▶ Le secret de fabrication**
> Il est important de partir de l'analyse que Carl von Clausewitz fait des formes de la guerre et d'y revenir régulièrement dans votre devoir. Elle est le fil directeur de votre réflexion.

1. Les guerres napoléoniennes selon le modèle clausewitzien

• Clausewitz distingue la guerre réelle de la guerre absolue. Selon lui, la guerre réelle s'adapte à un contexte politique particulier ; elle fait face à des difficultés matérielles, des imprévus. Le stratège doit prendre en compte l'objectif final du combat, qui est toujours politique, et les moyens qu'il est prêt à mettre en œuvre pour l'atteindre. Pour Clausewitz, la guerre absolue vise au contraire à l'anéantissement de l'adversaire, car les objectifs sont davantage idéologiques et impliquent une montée « aux extrêmes ».

• La bataille d'Austerlitz, en 1805, correspond en partie au concept de guerre réelle. Cette bataille, qui oppose l'Empire français à une coalition austro-russe, reste l'une des plus grandes victoires de Napoléon ; il y affirme sa puissance et l'influence de la France sur l'Europe. Sur l'estampe il apparaît sur son cheval blanc, sabre levé mais sans adversaires au sol. L'objectif est atteint, la bataille s'achève.

• Néanmoins, les guerres napoléoniennes, parce qu'elles impliquent des enjeux idéologiques – faire triompher les idéaux révolutionnaires – et parce qu'elles mettent en action des citoyens-soldats, favorisent une montée « aux extrêmes ». La violence des combats est suggérée sur le document 1 par les colonnes de fumée qui se détachent derrière la Grande Armée.

2. Le terrorisme islamiste à l'épreuve du modèle de Clausewitz

• Après 2001, la nébuleuse Al-Qaida est affaiblie. Elle multiple la création de groupes associés, dont Al-Qaida en Irak (AQI). Les « moudjahidines » cherchent à déstabiliser l'Irak après l'intervention occidentale de 2003 (document 2). À la date où le commandant des forces spéciales américaines tient ces propos, les troupes d'AQI se fondent progressivement dans celles de l'État islamique et souhaitent établir un « califat » : les objectifs sont aussi territoriaux.

> **À NOTER**
> Al-Qaida en Irak, créée en 2004, se dissout en 2007 puisque ses principaux combattants ont rejoint Daech.

• AQI mène également une « guerre absolue », car elle cherche l'élimination de ses adversaires : « les forces de la coalition », menée par les États-Unis, le gouvernement irakien et les chiites du pays. Le djihad a des motivations idéologiques : faire triompher l'islamisme radical, ce qui explique sa violence. Néanmoins, comme dans la « guerre réelle », le terrorisme s'adapte au contexte en changeant de moyen d'action, « nous les voyions changer de tactique » (document 2, l. 21-22), il cherche « une coordination rapide et efficace » (l. 21). Il mène une « petite guerre », selon les mots de Clausewitz : une guérilla, harcelant ses ennemis par des embuscades et des attentats.

[Transition] La théorie de Clausewitz permet donc de caractériser certaines formes de la guerre. Cependant, elle n'est pas totalement opérante concernant la menace terroriste, dont la nature n'est pas étatique et dont les acteurs ne sont pas conventionnels.

II. Un modèle clausewitzien remis en cause

1. D'une guerre régulière à une guerre irrégulière

- La bataille d'Austerlitz voit s'affronter des États dont les forces sont relativement équilibrées. Les guerres napoléoniennes se déroulent de 1799 à 1815, car il faut plusieurs campagnes militaires à Napoléon pour construire un vaste empire, et plusieurs coalitions contre lui pour aboutir à sa dislocation. La guerre est ici régulière et symétrique.

- En Irak, AQI mène une guerre asymétrique contre les forces américaines et le nouvel État irakien, beaucoup plus puissants que quelques milliers de combattants. Il s'agit aussi d'une guerre hybride, car AQI combine des modes d'action réguliers (« attaques à la roquette », emploi d'artillerie) et des modes d'action irréguliers comme « des attentats suicides » (l. 22). Les attentats sont médiatisés sur Internet, à des fins de propagande et pour terroriser l'ennemi.

> **MOT CLÉ**
> La guerre hybride est une stratégie qui allie guerre conventionnelle, guerre asymétrique et cyberguerre.

2. Des acteurs non conventionnels

- Sur l'estampe de Rugendas, on aperçoit les fantassins et les cavaliers derrière l'empereur victorieux : les acteurs de la guerre sont des armées régulières. Au moment de son essor, Al-Qaida apparaît comme une organisation fonctionnant aussi sur ce modèle avec « une structure militaire traditionnelle, avec ses échelons et ses rangs » (l. 8-9), mais en Irak, l'organisation change après 2003 et « les décisions se prenaient de façon décentralisée » (l. 14).

- Le génie militaire du chef ne joue plus un rôle central : « Les lieutenants d'AQI n'attendaient pas les directives de leurs supérieurs pour agir, et encore moins les ordres de Ben Laden » (l. 12-14), dirigeant d'Al-Qaida. Les combattants viennent de plus en plus de l'étranger et notamment d'Europe.

Conclusion

[Réponse à la problématique] Ainsi, les deux documents proposés soulignent bien les points communs et les différences des formes de la guerre à des époques différentes. Pour Clausewitz, elle est soit réelle, soit absolue, mais il s'agit toujours de « la continuation de la politique par d'autres moyens ». Néanmoins, les guerres actuelles menées par le terrorisme brouillent cette grille de lecture. [Ouverture] La menace terroriste subsiste et change de forme. Les terroristes étant privés de moyens de grande envergure, ce sont aujourd'hui des attaques de « loups solitaires » qui se multiplient. Or, comme le disait Clausewitz, c'est à ses effets politiques que l'on évalue le résultat d'une guerre.

36 France métropolitaine, mai 2022 • Jour 2
DISSERTATION

Les nouvelles formes et logiques de la guerre au XXIe siècle

2 heures
10 points

INTÉRÊT DU SUJET • Ce sujet vous permettra de valoriser votre maîtrise du cours ainsi que vos connaissances personnelles liées à l'actualité. De difficulté moyenne, il vous donnera également l'occasion de souligner vos qualités d'analyse.

▶ Les nouvelles formes et logiques de la guerre au XXIe siècle.

LES CLÉS DU SUJET

Analyser le sujet

Les nouvelles formes et logiques de la guerre au XXIe siècle

Formulation
Deux groupes nominaux reliés par « et »

Bornes chronologiques et spatiales
- Au XXIe siècle : depuis 2001 (attentats du 11 septembre)
- Échelle mondiale (implicite)

Type de sujet
Sujet tableau

Notions et mots clés
- Formes : caractéristiques
- Logiques : facteurs explicatifs, enjeux

Dégager la problématique

- Depuis la fin de la guerre froide et les attentats du 11 septembre 2001, les conflits armés dans le monde sont devenus plus complexes : dans leurs formes et leurs logiques, ils semblent s'éloigner de la définition classique de la guerre théorisée par Clausewitz.
- La problématique est largement suggérée par le libellé du sujet : qu'est-ce qui fait la spécificité de la guerre au XXIe siècle ?

Construire le plan

La compréhension de la guerre au XXIe siècle nécessite la prise en compte de différents paramètres : un plan thématique s'impose.

I. Une diversification des acteurs de la guerre	• Quels sont les rôles respectifs des divers types d'acteurs ? • Comment les différents acteurs interagissent-ils ?
II. Les nouveaux enjeux de la guerre	• Peut-on hiérarchiser les différents enjeux ? • Comment ces enjeux s'imbriquent-ils ?
III. Les théâtres d'opérations de la guerre	• À quelles échelles les conflits se déroulent-ils ? • Quels sont les différents théâtres d'opérations ?

36 CORRIGÉ GUIDÉ

Les titres et les indications entre crochets ne doivent pas figurer sur la copie.

Introduction

▶ Le secret de fabrication

En commençant votre dissertation par une citation de Clausewitz, vous soulignez la spécificité de la guerre au XXIe siècle, qui ne répond plus exactement au schéma classique d'une guerre entre États.

[Accroche] « La guerre n'est rien d'autre qu'un duel à une plus vaste échelle », affirme Clausewitz dans son ouvrage *De la guerre* (1832). Si cette définition semble pertinente pour analyser les conflits du XVIIIe au XXe siècle, elle ne rend pas compte de la complexité de ceux du XXIe siècle. [Présentation du sujet] En effet, depuis la fin de la guerre froide et surtout depuis les attentats du 11 septembre 2001, la guerre se présente sous de nouvelles formes et obéit à des logiques inédites. [Problématique] Qu'est-ce qui fait la spécificité de la guerre au XXIe siècle ? [Annonce du plan] Pour répondre à cette question, nous présenterons d'abord les différents types d'acteurs des conflits [I] puis la variété de leurs enjeux [II] ; enfin, nous montrerons leurs différents théâtres d'opérations. [III]

I. Une diversification des acteurs de la guerre

1. Des acteurs traditionnels : les États

• Les États restent des acteurs majeurs des conflits contemporains de par leur puissance militaire. Les États-Unis se placent au sommet de la hiérarchie en raison de leur présence militaire planétaire, tant terrestre que maritime. Ils ont montré leur capacité de projection lors de l'intervention en Afghanistan en 2001, puis en Irak en 2003. Cependant, ils sont concurrencés par la Chine et par la Russie.

• À l'échelle mondiale, l'Organisation des Nations unies (ONU) intervient dans les zones de conflits en envoyant ses Casques bleus avec pour mission de maintenir la paix. Des organisations régionales (OTAN, Union africaine) mènent aussi des opérations militaires avec le même objectif.

2. L'affirmation des acteurs non étatiques

• Depuis le début du XXIe siècle, les organisations terroristes islamistes montent en puissance : Al-Qaida, responsable des attentats du 11 septembre 2001 contre les États-Unis ; Daech qui, à partir de 2015, s'attaque aux États occidentaux.

• Des sociétés militaires privées agissant pour le compte des États interviennent sur différents théâtres d'opérations. Ainsi, durant les guerres en Afghanistan (2001-2014) et en Irak (2003-2011), les États-Unis font massivement appel à leurs membres. Depuis 2014, la Russie utilise les services du groupe Wagner en Ukraine, au Mali et en Syrie notamment. On assiste à une véritable privatisation de la guerre.

• Dans certains conflits, des combattants irréguliers s'opposent aux armées régulières. C'est le cas des miliciens palestiniens du Hamas qui affrontent l'armée israélienne à Gaza dans une guerre asymétrique.

> **MOT CLÉ**
> Une guerre asymétrique se caractérise par un déséquilibre notable des forces militaires antagonistes.

[Transition] Ainsi, l'intervention, à côté des États, de multiples acteurs non étatiques caractérise la guerre au XXIe siècle. Celle-ci présente divers enjeux.

II. Les nouveaux enjeux de la guerre

1. Les enjeux idéologiques

• L'enjeu des guerres menées par Al-Qaida, Daech et les groupes terroristes qui s'en réclament est de lutter contre les valeurs occidentales, au nom d'une interprétation stricte du Coran. D'où l'importance de la propagande diffusée par tous les vecteurs de communication (satellites, Internet).

• Par ailleurs, le nationalisme reste un enjeu important des conflits contemporains : nationalisme palestinien contre Israël ; nationalisme russe dans la guerre en Ukraine.

2. Les enjeux économiques

• Le contrôle des ressources naturelles (eau, hydrocarbures, minerais précieux) reste un enjeu majeur. En envahissant l'Ukraine en février 2022, Vladimir Poutine ambitionne de mettre la main sur les immenses ressources agricoles du pays et de les utiliser comme une arme géopolitique.

• Le contrôle des axes de circulation stratégiques est aussi un enjeu de la guerre. Ainsi, le golfe d'Aden est l'un des théâtres de la piraterie, car il est traversé par un axe majeur du commerce maritime mondial.

À NOTER
Depuis quelques années, c'est le golfe de Guinée qui est devenu l'épicentre de la piraterie mondiale.

3. Les enjeux politiques

La toile de fond des conflits contemporains reste la rivalité entre les États-Unis et leurs alliés, d'une part, et leurs adversaires émergents, de l'autre (Chine, Russie). Ainsi, le conflit ukrainien peut être lu comme l'opposition entre la Russie et l'OTAN, qui soutient l'Ukraine.

[Transition] Les enjeux de la guerre au XXIe siècle se diversifient, tout comme ses théâtres d'opérations.

III. Les théâtres d'opérations de la guerre

1. Un champ de bataille planétaire ?

• Les guerres menées par Al-Qaida et Daech et les groupes djihadistes qui s'en réclament se déroulent à l'échelle mondiale. Ainsi, à partir de 2014, Daech revendique des dizaines d'attentats dans le monde entier.

• L'ensemble de la population mondiale devient une cible pour les organisations terroristes, avec l'abolition de la distinction entre civils et militaires. Le droit de la guerre est ainsi de plus en plus souvent bafoué.

• La majorité des conflits actuels sont intraétatiques. Cependant, ils peuvent être lus aux échelles régionales, continentales ou mondiales, à l'instar de la guerre « civile » au Mali.

2. De nouveaux espaces de conflits

• À côté de la terre, de la mer, de l'air et de l'espace, le cyberespace devient un lieu caractéristique de la guerre du XXIe siècle. Les cyberattaques comprennent propagande, désinformation, renseignement et sabotage d'infrastructures stratégiques. En 2016, des hackers russes ont interféré dans l'élection présidentielle des États-Unis pour favoriser la victoire de Donald Trump.

À NOTER
L'utilisation des drones par les belligérants est une autre caractéristique de la dimension technologique de la guerre au XXIe siècle.

• Cependant, aucune guerre ne peut se passer de présence sur le terrain. Aussi le refus d'intervention militaire des États-Unis en Syrie en 2013 explique-t-il le maintien au pouvoir de Bachar Al-Assad, soutenu par la Russie et l'Iran.

Conclusion

[Réponse à la problématique] Ainsi, la guerre au XXIe siècle présente une réelle spécificité par rapport aux périodes précédentes : elle se caractérise par l'affirmation d'acteurs non étatiques, à côté des acteurs étatiques ; elle se fonde sur des enjeux aussi bien idéologiques qu'économiques et politiques ; elle a une dimension planétaire et se déroule dans de multiples espaces. [Ouverture] La guerre déclenchée par la Russie en Ukraine début 2022 en est l'exemple parfait : malgré ses aspects traditionnels, elle est emblématique des conflits du XXIe siècle.

37 France métropolitaine, mai 2022 • Jour 2
ÉTUDE CRITIQUE DE DOCUMENTS

Usages et représentations de l'environnement

2 heures
10 points

INTÉRÊT DU SUJET • Cette étude vous invite à rappeler l'évolution des perceptions que les humains ont de la nature, mais aussi les politiques publiques mises en œuvre pour y répondre (axe 1 sur la forêt française et objet conclusif sur les États-Unis). Plus complexe qu'il n'y paraît, elle nécessite un bon esprit de synthèse.

En analysant les documents, en les confrontant et en vous appuyant sur vos connaissances, montrez que la protection de l'environnement par la puissance publique est en relation avec les représentations que les sociétés se font de la « nature ».

DOCUMENT 1

Forêt de protection : un statut

À ce jour, 163 500 ha sont concernés par ce statut, soit 1 % de la surface forestière métropolitaine. Ce statut a été créé en 1922 pour lutter contre l'érosion des sols en montagne et la défense contre les risques naturels (avalanches, glissements de terrain…) ainsi que contre l'envahissement des eaux et des sables en zone côtière. Il a été élargi en 1976, par la loi sur la protection de la nature, aux forêts dont le maintien s'impose, soit pour des raisons écologiques (cas particulier des forêts alluviales rhénanes), soit pour le bien-être de la population pour les forêts périurbaines.

Procédure de classement

Le classement fait l'objet d'une procédure centralisée au ministère en charge des forêts et il est prononcé par décret en Conseil d'État.

Il […] soumet la forêt à un régime forestier spécial qui entraîne une restriction de la jouissance du droit de propriété : tout défrichement est notamment interdit ainsi que toute implantation d'infrastructure. La poursuite des coupes de bois y est tout à fait possible, tenant compte des enjeux à protéger, dans le cadre de l'application du document de gestion durable de la forêt qui fait office de règlement d'exploitation.

Le régime forestier spécial permet également de contrôler la circulation du public et des véhicules motorisés. Le Code forestier prévoit une possibilité d'indemnisation des propriétaires qui constateraient une diminution de leur revenu due au classement.

Le classement en forêt de protection, outil juridique le plus contraignant du Code forestier pour la protection des forêts, a ainsi pour effet majeur d'interdire tout changement d'affectation ou tout mode d'occupation du sol de nature à compromettre la conservation ou la protection des boisements (art. L. 412-2 Code forestier).

Ministère de l'Agriculture, 2020.

DOCUMENT 2

① « National Park Foundation » signifie « Fondation des parcs nationaux ».
« Wonder Calls » signifie « l'appel des merveilles ».
② « Donate to the Parks » signifie « Faire un don aux parcs ».
③ « Connect / Explore Parks » signifie « Se connecter / Explorer les parcs ».
④ « A Land of Giants » signifie « Une terre de géants ».
⑤ « About / Making an Impact / Share your Park / Visiting the Park » signifie « Qui sommes-nous ? / S'engager / Partager votre expérience / Visiter le parc ».

Page d'accueil du site de la Fondation des parcs nationaux (États-Unis), www.nationalparks.org, © National Park Foundation.

LES CLÉS DU SUJET

Identifier les documents

Documents 1 et 2

Nature, genre, source
- Doc. 1 : texte issu du site du ministère français de l'Agriculture
- Doc. 2 : site de la Fondation des parcs nationaux aux États-Unis

Auteurs
- Doc. 1 : administration française
- Doc. 2 : fondation privée américaine

Dates et espaces
- Doc. 1 : de 1922 à 2020, France
- Doc. 2 : de nos jours, États-Unis

Thèmes
- Doc. 1 : le statut des forêts de protection en France
- Doc. 2 : la protection de l'environnement dans les parcs nationaux états-uniens

Comprendre la consigne

- La consigne évoque, d'une part, les liens entre les actions de protection de l'environnement par la puissance publique, c'est-à-dire les politiques mises en place et, d'autre part, les représentations que les humains ont de la nature.
- Il faut donc trouver ce lien de relation : la perception que nous avons de la nature évolue et influence les politiques destinées à la protéger.

Dégager la problématique et construire le plan

- La protection de l'environnement est devenue une préoccupation centrale des sociétés des pays développés, qui ont pris conscience de sa vulnérabilité. La puissance publique répond à cet enjeu majeur. Mais les acteurs publics ne sont pas les seuls à agir.
- En quoi la perception évolutive de la nature par les sociétés influence-t-elle les actions pour sa protection par la puissance publique ?

I. Une perception et des usages de la nature en évolution	• Comment notre perception de la nature évolue-t-elle ? • Quels sont les changements dans les usages ?
II. Les réponses de la puissance publique	• Comment les lois de protection de l'environnement permettent-elles de répondre à cet enjeu ? • Sur quels autres acteurs la puissance publique s'appuie-t-elle ?

37 CORRIGÉ GUIDÉ

Les titres et les indications entre crochets ne doivent pas figurer sur la copie.

Introduction

[Accroche] Combinaison d'éléments naturels et socio-économiques, l'environnement est notre cadre de vie, qui nous contraint et que nos actions modifient. [Présentation du sujet] Depuis le XIXe siècle, les relations entre les humains et leur environnement ont profondément évolué dans les sociétés des pays développés. Il en est de même des politiques mises en place, à toutes les échelles, pour prendre en compte cette évolution. Les documents proposés sont issus de sites Internet : le premier, du ministère français de l'Agriculture, est un texte qui rappelle, en 2020, le statut des forêts dites « de protection », datant de 1922, et la procédure pour obtenir ce classement. Le deuxième est la page d'accueil de la Fondation des parcs nationaux américains, illustrée par une photographie du parc de Yosemite aux États-Unis. [Problématique] En quoi la perception de la nature par les sociétés influence-t-elle les actions de protection par la puissance publique ? [Annonce du plan] Les perceptions de la nature et les usages qui en découlent dans les sociétés des pays développés ont profondément évolué [I], ils sont à l'origine de réponses publiques diverses mais aussi de l'intervention d'acteurs privés [II].

I. Une perception et des usages de la nature en évolution

> **▶ Le secret de fabrication**
> Analysez bien la consigne du sujet et définissez le vocabulaire. Dans un devoir, on ne présente pas les conséquences d'un fait au début du raisonnement. Il faut donc ici inverser les éléments de la consigne.

1. Une nouvelle perception de la nature depuis le XIXe siècle

- Les représentations que les sociétés ont de leur environnement changent au fil du temps. La nature est d'abord vue comme un milieu hostile que l'humain doit maîtriser par ses aménagements, comme les « défrichements ». Aux États-Unis, aux XVIIe et XVIIIe siècles, les colons font l'expérience d'une nature sauvage, la *Wilderness*, « une terre de géants » (document 2), qui les domine.
- Cependant, et dès la fin du XIXe siècle, les humains prennent conscience des dangers de l'industrialisation. La nature doit être préservée. Aux États-Unis, la *Wilderness* est présentée par Henry David Thoreau comme la vraie merveille du pays (« *Wonder Calls* », document 2). Elle devient un élément de l'identité états-unienne, de ses valeurs (persévérance, courage).

SPRINT FINAL

• Deux courants américains apparaissent alors : le premier, radical, est défendu par John Muir. Il milite pour une « préservation » de la nature. Cette volonté de sanctuarisation aboutit à la création du premier parc naturel américain, Yosemite, en 1864. Gifford Pinchot, ingénieur forestier, plus modéré, défend la « conservation » de la nature. Il souhaite par exemple une gestion raisonnée et publique des forêts pour permettre leur renouvellement.

MOTS CLÉS
La préservation de la nature consiste à la mettre à l'écart de toute intervention humaine.
La conservation est une exploitation raisonnée de ses ressources.

2. L'évolution des usages de la nature

• La nature est donc dans un premier temps un milieu à maîtriser et à exploiter. C'est le cas notamment de la forêt, vue comme une source de « revenu » (sylviculture) : les « coupes de bois » (document 1, l. 17) sont nécessaires pour répondre aux commandes de la marine de guerre au XVIIe siècle en France, comme aux besoins en matériaux de chauffage ou de construction.

• L'usage de la forêt évolue sous l'effet de l'urbanisation au XXe siècle : elle devient elle-même un moyen de protéger la santé des humains, de plus en plus nombreux (puits de carbone, source d'oxygène). Elle assure aussi leur sécurité en limitant les risques naturels (« érosion », « avalanches », « glissements de terrain » évoqués dans le document 1). Enfin, elle permet de préserver les écosystèmes fragiles (ex. : « les forêts alluviales rhénanes », l. 9).

• L'environnement devient surtout un lieu récréatif pour les urbains (« forêts périurbaines », comme celle de Fontainebleau) et un attrait touristique. Ainsi la page Internet de la Fondation des parcs nationaux américains invite à la visite et même à l'exploration.

CONSEIL
Il est inutile de décrire la photographie (document 2), seul le message qu'elle veut transmettre importe ici.

[Transition] Face à ces évolutions, les pouvoirs publics cherchent à encadrer les usages de la nature. Ces politiques sont menées à toutes les échelles, par différents acteurs.

II. Les réponses de la puissance publique

1. Des lois pour protéger

• Dès le XVIIe siècle, en France, l'État légifère pour réguler l'exploitation de la forêt, afin de permettre une mise en valeur rationnelle de ses ressources : c'est l'ordonnance des eaux et forêts de Colbert en 1669. En 1922, la loi qui crée le statut de « forêt de protection » (document 1) n'est que l'aboutissement de mesures publiques antérieures : le Code forestier de 1827, les campagnes de reboisement de la Sologne et des Landes (1852-1857).

• De plus, cette loi évolue dès 1976 afin de protéger des écosystèmes fragiles dans un contexte de prise de conscience écologique. Ainsi, certaines forêts françaises sont aujourd'hui totalement protégées par un « régime forestier spécial qui entraîne une restriction de la jouissance du droit de propriété » (document 1, l. 14-15) : si on peut y exploiter le bois, tout aménagement y est interdit et l'État y veille.

• Aux États-Unis, l'État fédéral légifère pour protéger l'environnement depuis le XIXe siècle, accompagnant les changements de mentalités : Yellowstone devient le premier parc national en 1872 par décision du Congrès. Theodore Roosevelt, inspiré par John Muir, fait de la protection de l'environnement une cause nationale. Aujourd'hui, 61 parcs nationaux sont gérés à l'échelle fédérale et accueillent 400 millions de visiteurs par an.

2. L'appel à des acteurs privés

• Certaines mesures de protection de la nature semblent insuffisantes : seul 1 % des forêts françaises est totalement protégé par « l'outil juridique le plus contraignant du Code forestier » (document 1, l. 25-26). Mais la forêt française gagne du terrain, car elle est valorisée par des entreprises privées pour le tourisme et dans le contexte de la transition énergétique.

• Aux États-Unis, si l'État fédéral décide de classer certains espaces naturels en parcs nationaux ou en réserves, des acteurs privés participent à leur financement et à leur promotion : ainsi la page d'accueil de la Fondation des parcs nationaux appelle aux dons des particuliers ou au mécénat des entreprises. La Fondation est elle-même une association philanthropique, comme il en existe beaucoup aux États-Unis.

Conclusion

[Réponse à la problématique] Ainsi, la puissance publique répond à une conscience écologique de plus en plus aiguë des sociétés et tente d'empêcher une exploitation excessive des ressources naturelles. Elle fait, en fonction des lieux, soit le choix de la conservation, soit celui de la préservation, aidée par des acteurs privés pour mener cette mission. [Ouverture] Aujourd'hui, l'opinion publique semble davantage séduite par la sanctuarisation des espaces naturels. Les récentes agressions dont ont été victimes les agents de l'Office national des forêts en France, alors qu'ils menaient des opérations de déboisement, témoignent de cet attachement à la nature.

Réussir le Grand Oral

Les fiches MÉTHODE

Deux SIMULATIONS de Grand Oral

1 Choisir une question en HGGSP

Selon le *B.O.* du 13 février 2020, qui définit le « Grand Oral », vous devez choisir une question pour chacun de vos deux enseignements de spécialité. Vous serez interrogé(e) sur l'une de ces deux questions le jour de l'épreuve.

A Le « cahier des charges »

Le choix de la question doit répondre à ces **trois conditions**.

La question
1. met en lumière un des grands enjeux du programme de spécialité
2. se prête à une explicitation aisée, sans support et sans notes
3. permet de nourrir une réflexion sur votre projet d'orientation

B Des idées de sujets en HGGSP

Pour trouver votre sujet, plusieurs possibilités : traiter un exemple non étudié en cours, faire le lien avec une question d'actualité, opter pour la transversalité avec un autre enseignement de spécialité…

1. Des questions portant uniquement sur le programme d'HGGSP

● **Comment l'Inde est-elle devenue une puissance spatiale ?** Cette question s'inscrit dans le thème 1 : « De nouveaux espaces de conquête. » Vous présenterez les enjeux (scientifiques, géopolitiques, économiques) de la course à l'espace pour cet État puis les récents succès de la politique spatiale indienne.

> À NOTER **Ce sujet peut également s'appuyer sur le programme de première, où il est question de l'Inde.**

● **Pourquoi peut-on dire que le conflit yéménite se déroule à différentes échelles ?** Ce sujet est lié au thème 2 : « Faire la guerre, faire la paix. » Vous distinguerez les différentes échelles du conflit (nationale, régionale, mondiale) en lien avec ses acteurs et ses enjeux.

● **Pourquoi peut-on parler de « guerre des mémoires » à propos de la guerre d'Algérie ?** Cette question porte sur le thème 3 : « Histoire et mémoires » et vous permet aussi de mobiliser des connaissances acquises dans le programme d'histoire de tronc commun. Vous pourrez vous appuyer sur les travaux d'un historien comme Benjamin Stora, afin de présenter les enjeux, les acteurs et les répercussions contemporaines de ce conflit mémoriel.

● **Comment expliquer l'importance de la mobilisation pour la reconstruction de Notre-Dame de Paris ?** Ce sujet porte sur le thème 4 : « Identifier, protéger et valoriser le patrimoine. » Vous soulignerez les différentes dimensions de cette mobilisation (culturelle, patrimoniale, économique, géopolitique) en précisant les acteurs concernés.

● **En quoi *L'Histoire du climat depuis l'an mil* d'Emmanuel Le Roy Ladurie est-il un ouvrage novateur ?** Cette question s'inscrit dans le thème 5 : « L'environnement, entre exploitation et protection : un enjeu planétaire. » Vous présenterez la méthode utilisée par l'auteur, les principaux apports historiques et l'éclairage que ce livre donne sur le changement climatique actuel.

2. Des questions en lien avec d'autres spécialités

● De nombreux croisements sont possibles avec la spécialité **SES**. Par exemple, le thème de SES « Quelle action publique pour l'environnement ? » peut être rapproché du thème 5 d'HGGSP, et donner matière à une question telle que : « **La Californie est-elle un modèle de transition énergétique ?** »

● La spécialité « Humanités, littérature et philosophie » permet aussi des rapprochements, notamment autour de la thématique « L'humanité en question/Histoire et violence ». Par exemple : **Comment Primo Levi rend-il compte de la violence concentrationnaire dans *Si c'est un homme* ?** (thème 3 d'HGGSP).

FOCUS

« Pitcher » son sujet auprès de ses proches

● N'hésitez pas à exposer brièvement votre sujet à vos parents ou vos amis. Ce premier « pitch » vous aide à délimiter votre sujet et vous permet de tester l'intérêt qu'il suscite.

Doc. « Ma Thèse en 180 secondes : la science pour les nuls »

● Ainsi, dans le cadre du concours « Ma thèse en 180 secondes », les doctorants doivent résumer en 3 minutes un sujet de recherche qu'ils ont développé dans une thèse de plusieurs centaines de pages.

GRAND ORAL

2 Concevoir sa présentation

Les recherches sur les questions choisies peuvent débuter assez rapidement dans l'année. Pour chacune, vous devez vous documenter et organiser vos idées, au fur et à mesure, en vue d'un exposé structuré.

A Se documenter, chercher des idées

1. Se constituer une bibliographie pertinente

● Pour chaque question, établissez une **liste de mots-clés** : ils vont vous permettre d'interroger Internet, mais aussi le catalogue de votre CDI ou de la médiathèque de votre quartier.

● Consultez les documents ainsi sélectionnés, **des plus généraux** (manuels, encyclopédies) **aux plus spécialisés**.

● Dans le cas de recherches sur Internet, pensez à **vérifier les sites** que vous consultez à l'aide de ces questions :

1. Qui est l'auteur du site ? Quelle est son expertise sur le sujet ?
2. De quand datent les informations ?
3. L'exposé est-il clairement construit, solidement argumenté ?

> CONSEIL **Commencez par lire les informations données par la page de présentation du site, souvent intitulée « À propos ».**

2. Garder la trace de ses recherches

● **« Fichez » chacun des documents** consultés : le support peut être, selon votre préférence, physique (fiche Bristol) ou numérique.

● Reformulez les idées qui vous paraissent essentielles, en distinguant bien les arguments des exemples.

> CONSEIL **Notez précisément la source : le titre de l'ouvrage ou du site, le nom de l'auteur, la date de publication, ainsi que les pages consultées.**

FICHE DOCUMENT

Source :

Sujet :

Idées clés :

•

•

•

Citation :

B Organiser ses idées

1. Plusieurs méthodes de classement

- Au fil de vos prises de notes, vous allez être conduit(e) à regrouper vos idées autour de lignes directrices : une organisation de votre exposé se dessine progressivement. Essayez de la traduire sous forme de « **carte mentale** ».

- Si vous avez du mal à faire émerger les grands axes, vous pouvez recourir à la **méthode des post-it**.

1. Écrivez une idée clé par post-it.
2. Ajoutez, le cas échéant, des exemples sur des post-it d'une autre couleur.
3. Sur un mur, déplacez les post-it jusqu'à ce qu'ils s'enchaînent logiquement.

2. Le choix du plan

Votre plan dépend de la question et du type de réflexion proposé.

	Objectif	Question
Plan thématique	Il permet d'approfondir les différents aspects d'un sujet.	Il correspond à une question qui se subdivise en différentes sous-questions.
Plan dialectique	Il oppose deux thèses puis opère une synthèse des points de vue.	Il correspond à une question qui implique une discussion, un dilemme.

FOCUS

Mettre son plan sous forme de carte mentale

1. Prenez une feuille blanche A4, en format paysage.
2. Notez la question au centre, dans un « noyau ».
3. Créez autant de « branches » que de grands axes (une couleur par axe).
4. Ramifiez les branches de manière à faire apparaître les idées clés.

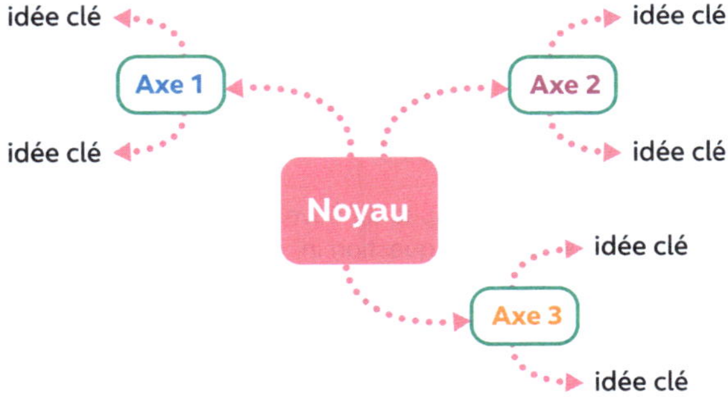

GRAND ORAL

3 Préparer efficacement l'exposé

Le jour J, vous devrez faire votre présentation en cinq minutes, sans notes. Cela suppose un travail préparatoire important : de rédaction, de mémorisation et d'entraînement à la prise de parole.

A Rédiger une trame précise

Une fois que vous êtes au clair sur la structure générale de votre exposé, vous devez mettre par écrit le déroulement de votre argumentation, sous la forme d'un plan semi-rédigé.

1. L'introduction

- L'introduction doit montrer :

– que **votre sujet est intéressant** ;
– que vous l'avez bien cerné ;
– que votre plan découle de la question posée et y répond.

- Elle comprend **trois étapes** qui s'enchaînent logiquement.

1. L'accroche	En une ou plusieurs phrases, amenez progressivement votre sujet.
2. La question	Posez clairement la question à laquelle vous allez répondre et explicitez-la.
3. Le plan	Annoncez les deux ou trois grands axes, de manière que le jury comprenne d'emblée l'organisation de l'exposé.

2. Le corps de l'exposé

- Recopiez le plan que vous avez établi et remplissez-le de manière télégraphique, à l'aide de listes à puces.
- N'oubliez pas d'**appuyer chaque argument** par un exemple vérifié.
- Distinguez bien les informations nécessaires à la bonne compréhension du sujet de celles qui sont secondaires et que vous pourrez préciser dans l'entretien.

3. La conclusion

- La conclusion est l'étape de l'exposé qui reste en mémoire : rédigez-la complètement pour être sûr(e) qu'elle marque votre auditoire.
- Elle se compose de **deux parties** :

1. Le bilan	Reprenez les étapes du développement et répondez à la question initiale.
2. L'ouverture	Élargissez le champ de la réflexion à l'aide d'une citation, d'un fait d'actualité, d'une question proche.

B Mémoriser la présentation, puis simuler l'épreuve

Vous êtes désormais au clair sur le contenu de votre exposé. Il s'agit maintenant de préparer sa restitution orale.

1. Faire travailler sa mémoire

● Vous devez posséder votre exposé « sur le bout des doigts », de telle manière que les idées se rappelleront à vous naturellement le jour de l'épreuve et que vous pourrez consacrer toute votre attention à votre auditoire.

● Pour ce faire, sollicitez vos différentes mémoires (visuelle, auditive, kinesthésique...) pour fixer le déroulement de l'exposé puis récitez-le plusieurs fois, de manière à vous en souvenir durablement.

> À NOTER **Des chercheurs ont prouvé qu'il faut refaire au moins sept fois le chemin vers un souvenir pour l'ancrer durablement.**

2. Simuler un Oral blanc

● C'est à ce moment-là, quand vous avez mémorisé votre exposé, que vous devez faire appel à votre entourage – vos professeurs, vos parents ou vos amis – pour leur demander de constituer votre premier auditoire.

● Demandez-leur d'évaluer votre présentation selon ces trois critères :

1. Pertinence. Ai-je bien répondu à la question posée ?

2. Clarté. Qu'est-ce qui était clair ? moins clair ?

3. Efficacité. Ai-je retenu votre attention ? Comment puis-je le faire mieux ?

● N'hésitez pas également à leur demander de vous poser des questions sur le contenu de la présentation : cela vous entraînera pour l'entretien qui suit.

FOCUS

Comment fonctionne la mémoire ?

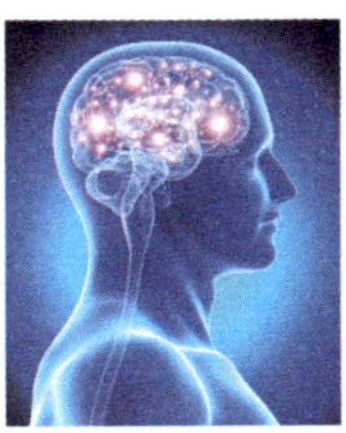

Ph © pankajstock123 – stock.adobe.com

● La mémorisation est le résultat d'un processus biochimique dans lequel les neurones jouent un rôle essentiel.

● Elle se déroule en trois étapes :

1. L'encodage : enregistrement d'une nouvelle information
2. Le stockage : rangement, consolidation de l'information
3. Le rappel : recherche du souvenir afin de le restituer

● Plus on rappelle un souvenir, plus on l'ancre durablement dans la mémoire.

4 Présenter la question au jury

Votre présentation doit être synthétique et rendre compte efficacement du questionnement. Vous êtes principalement évalué(e) sur la solidité de vos connaissances et votre capacité à argumenter.

A Optimiser le temps de préparation

Le jury vient de choisir l'une des deux questions préparées. Vous avez alors 20 minutes pour mettre en ordre vos idées et préparer – si vous vous sentez suffisamment sûr(e) de vous – un support pour le jury.

1. Mettre en ordre vos idées au brouillon

20 minutes de préparation, c'est à la fois long et court. Comment les utiliser ?

Pensez à…	Évitez de…
rédiger l'introduction et la conclusion	rédiger tout l'exposé
noter le plan	noter des idées en désordre
résumer les principales idées	ajouter du contenu au dernier moment

2. Préparer un support pour le jury

- Si vous avez bien en tête votre exposé, mettez à profit les 20 minutes pour préparer un support destiné au jury.
- L'objectif est de permettre à votre auditoire de **mieux suivre votre présentation**. Votre support peut ainsi prendre des formes variées.

CONSEIL Bien que non évalué, le support doit être pertinent et lisible pour bien disposer le jury.

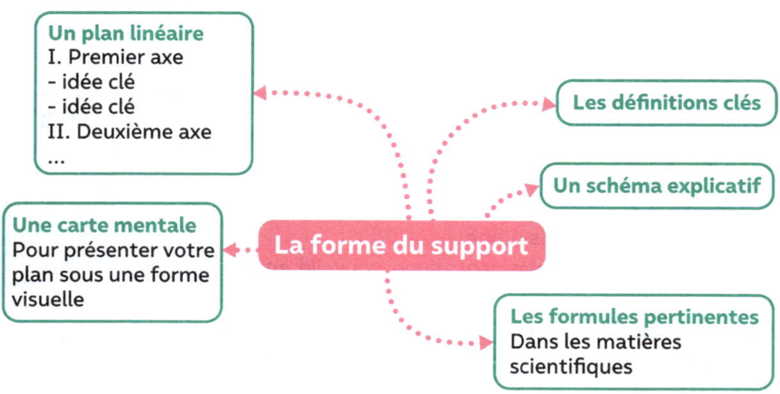

B Faire une présentation claire et fluide

1. Soigner les étapes clés de l'exposé

- Vous devez prêter une attention particulière à l'introduction et à la conclusion.

L'introduction	La conclusion
• amène la question • pose clairement la question • annonce le plan	• fait le bilan des recherches • répond à la question • ouvre de nouvelles perspectives

- Quand vous annoncez le plan, vous pouvez recourir à des formules telles que :

  Tout d'abord nous nous intéresserons…
  Puis nous étudierons…, avant de montrer que…

2. Mettre en évidence la progression de l'exposé

- Plus encore qu'à l'écrit, vous devez soigner vos **transitions** de sorte que votre auditoire comprenne bien la progression de votre présentation.

Les passages d'une partie à l'autre doivent être ainsi explicités :

Nous venons de voir que…
Nous allons maintenant essayer de comprendre comment ce processus…

> CONSEIL **Tout au long de votre présentation, n'hésitez pas à rappeler le fil conducteur en reprenant les mots clés de la question.**

- Les **liens entre les idées** d'une partie doivent être clarifiés au moyen de connecteurs logiques : de cause (*car, en effet*…), de conséquence (*donc, c'est pourquoi*…), d'opposition (*mais, cependant*…), de concession (*certes*…), d'addition (*de plus, en outre*…).

FOCUS

Parler debout

- Placez-vous face à votre jury, bien au centre.
- Ancrez vos pieds au sol, de manière à être bien stable.
- Placez dès le départ vos mains à hauteur de votre ventre, sans les laisser pendre le long du corps. Vous pouvez les croiser devant vous et les dénouer lorsqu'il sera nécessaire d'appuyer le propos.

ph © Prod DB © Ingrid Chabert – My Box Productions / DR

Image extraite du film *À voix haute* de Ladj Ly et Stéphane de Freitas, 2017.

GRAND ORAL

5 Répondre aux questions en lien avec la présentation

Lors de la deuxième partie de l'épreuve, le jury revient sur la présentation et évalue plus largement vos connaissances dans les disciplines correspondant à vos spécialités.

A Anticiper les questions

1. Les questions sur la présentation

● Le jury va en premier lieu revenir sur certains points de la présentation pour vous **demander des précisions**.

- *Vous avez affirmé que... : pouvez-vous donner un exemple ?*
- *Vous avez cité... : quelle est votre source ?*
- *Comment définissez-vous le mot... ?*

● Afin de ne pas être surpris(e), efforcez-vous d'anticiper les questions lors de l'élaboration de l'exposé.

2. Les questions sur le programme

● Cependant, le jury peut aussi vous poser des questions sur d'autres thèmes de vos **programmes de spécialité**.

ATTENTION **Ces questions peuvent porter sur des thèmes hors du programme limitatif de l'épreuve écrite.**

● C'est pourquoi vous devez travailler tout au long de l'année les notions au programme, en imaginant cette interrogation. Voici 4 conseils clés :

4 conseils clés

1. Faites des fiches pour chaque chapitre
2. Apprenez par cœur les définitions clés
3. Questionnez votre enseignant en cas d'incompréhension
4. Complétez le travail fait en cours avec des recherches personnelles

CONSEIL **Cette préparation vous servira également pour l'écrit !**

B Développer une posture d'échange

1. Faire des réponses appropriées

● Un(e) seul(e) des deux membres du jury est un(e) spécialiste des domaines concernés par votre question. Votre réponse doit donc être **précise mais pas trop jargonneuse**.

● D'autres conseils utiles :

Pensez à…	Évitez de…
prendre quelques secondes pour « ingérer » la question	vous précipiter : vous risquez de ne pas répondre à la question
donner des réponses brèves pour des précisions, plus longues pour un avis personnel	répondre par oui ou par non, ne pas développer
vous appuyer sur des connaissances précises, des chiffres, des dates…	rester dans les généralités, utiliser le pronom *on*

2. Gérer les difficultés

● Si vous n'êtes **pas sûr(e) de comprendre** la question :

– reformulez-la à voix haute pour vérifier que vous avez bien compris ;

Vous me demandez si… Vous voulez savoir comment…

– demandez des précisions ou un exemple.

Qu'entendez-vous par… ? Pouvez-vous me donner un exemple ?

● Si vous **ne savez pas quoi répondre**, osez le dire : vous pouvez toutefois commencer par faire remarquer la pertinence de la question.

Ce point me semble en effet très intéressant, mais je n'ai pas eu le temps de l'approfondir.

FOCUS

Éviter les gestes parasites

Apprenez à identifier les gestes d'auto-contact que vous effectuez pour vous rassurer en situation de stress : ils brouillent la communication et traduisent votre inconfort. Or, avec un peu d'entraînement, il est facile de les éviter.

Passer la main dans ses cheveux

Remonter ses manches, tirer dessus

Toucher sa montre, un bijou

Se gratter avec insistance

6 Défendre son projet d'orientation

Au cours de cette partie de l'épreuve, vous exposez votre projet d'orientation : quel domaine vous intéresse, depuis quand, quels choix vous avez faits pour vous en rapprocher.

A Faire le lien entre la question traitée et son projet d'orientation

● Le jury va commencer par vous demander en quoi le travail sur la question traitée **a nourri votre réflexion sur votre projet d'orientation.** Voici quelques éléments de réponse, à adapter en fonction de votre sujet et de votre projet :

- *En travaillant sur ce sujet au croisement de deux disciplines, j'ai acquis la certitude que je souhaitais continuer à les étudier l'une et l'autre : d'où le choix d'un cursus réunissant...*
- *La préparation de cet oral m'a permis de rencontrer des personnes travaillant dans le domaine de..., qui m'ont donné envie de suivre leur voie ; c'est pourquoi j'ai choisi des études dans la filière...*

> CONSEIL **Même si vous avez évidemment envisagé plusieurs choix (sur Parcoursup ou par des candidatures directes), mettez plutôt l'accent sur celui permettant d'établir un lien avec la question traitée. Ainsi votre démarche paraîtra cohérente.**

● Vous pouvez aussi analyser les **compétences acquises** lors de la préparation de cette épreuve orale : mener un travail de recherche, confronter des données, faire un travail de synthèse, faire un exposé oral, et montrer qu'elles vous seront **utiles pour la suite de vos études**.

B Expliquer les étapes de son projet d'orientation

1. Projet professionnel ou projet de poursuite d'études ?

● Si vous avez une idée de métier précise, vous pouvez partir de ce **projet professionnel**, expliquer pourquoi il vous attire ; puis faire le lien avec les études qui y mènent.

● Mais vous avez le droit, à 17-18 ans, de ne pas savoir quel métier vous aimeriez exercer. Contentez-vous alors d'expliquer quel domaine vous intéresse et **quels choix d'études** après le bac vous avez faits en conséquence.

> CONSEIL **Quand vous vous êtes inscrit(e) sur Parcoursup ou si vous avez candidaté à des écoles, vous avez dû rédiger des lettres de motivation. Utilisez-les pour préparer cette partie de l'oral.**

● Si vous hésitez encore entre **deux voies**, vous pouvez exposer les différentes possibilités envisagées.

2. La genèse et la mise en œuvre du projet

● Pour retracer la **genèse** du projet, expliquez :
– comment l'idée de ce projet d'orientation vous est venue ;
– comment elle a guidé vos choix de spécialités ;
– comment elle s'est renforcée à travers différentes activités et expériences.

> CONSEIL **N'hésitez pas à détailler des expériences vécues ou à rapporter une anecdote pour rendre votre présentation plus personnelle.**

● Mentionnez la **filière choisie**, l'école ou l'université que vous souhaiteriez intégrer et les enseignements qui vous attendent. Décrivez concrètement la manière dont vous souhaitez mener ce projet : cursus envisagé, diplôme visé.

● Faites le bilan de vos atouts et de vos limites pour le domaine envisagé. Montrez que vous disposez d'une **bonne connaissance de vous-même** et de vos capacités.

FOCUS

Développer une argumentation personnelle

Pour mieux convaincre le jury de votre motivation, vous devez mettre en évidence que ce projet est vraiment le vôtre.

Les composantes personnelles de votre projet

1. scolaires
- vos spécialités de 1re et Tle
- vos préférences pour certaines matières
- vos compétences scolaires

2. extrascolaires
- votre stage de 3e
- vos engagements (comme délégué(e) de classe, dans un projet…)
- vos centres d'intérêt, vos convictions

7 Retenir l'attention du jury

Lors de l'épreuve orale, il ne suffit pas de maîtriser son sujet, il faut aussi communiquer de manière efficace pour convaincre le jury. Le visage et ses expressions, ainsi que la gestuelle, sont alors essentiels pour renforcer le propos.

A Établir le contact

- Le premier contact est essentiel. Dès l'entrée dans la salle, donnez l'impression d'être ouvert(e) à l'échange, avenant(e), sans être trop familier(ère).
- Le **sourire** est l'atout indispensable pour détendre l'atmosphère et gagner la sympathie du jury. Il ne s'agit pas de rire faussement ou de sourire en permanence, mais d'afficher une attitude aimable.
- La **politesse** est de mise, même si parfois le stress fait oublier les fondamentaux de la courtoisie : saluer vos interlocuteurs, remercier, attendre d'être invité(e) à s'asseoir ou à partir avant de le faire.
- Laissez à vos examinateurs le temps de s'installer et montrez-vous **à l'écoute de leurs attentes**, sans foncer tête baissée dans votre exposé.

B Communiquer efficacement

1. Regarder l'examinateur

- Se retrouver face à face avec un jury composé de deux professeurs inconnus peut vous paraître impressionnant. Cependant, votre réussite à l'oral repose aussi sur votre capacité à **surmonter ce stress** et à vous adresser réellement à vos interlocuteurs à travers ce que vous dites, mais aussi par le regard.
- Ne fixez pas vos interlocuteurs, mais accordez-leur **des regards réguliers**, afin de capter leur attention. Évitez de regarder ailleurs : vous donneriez l'impression d'être fuyant(e). Inutile donc de fixer vos pieds, le plafond ou le mur au fond de la salle.

> CONSEIL **Si vous avez des difficultés à regarder votre interlocuteur dans les yeux, vous pouvez imaginer un point entre ses deux yeux, ce qui vous évitera d'être mal à l'aise en croisant son regard.**

2. Soigner la gestuelle

- **Évitez de rester trop statique** pendant votre intervention, mais ne surchargez pas non plus votre intervention par des gestes répétitifs ou sans lien avec le propos.

● Vos gestes doivent intervenir à des moments essentiels de votre prise de parole afin d'**appuyer ce que vous dites**. Ils doivent donc coïncider avec ce que vous cherchez à exprimer : enthousiasme, opposition, implication personnelle… (voir la rubrique « Focus » ci-dessous).

3. Éviter la monotonie

● **Variez les intonations** pour donner de la vivacité à ce que vous dites et ne pas ennuyer votre jury.

● **Insistez sur les aspects essentiels** en appuyant sur certains segments de phrases ; marquez les interrogations ou les exclamations par une intonation expressive.

● **Ayez l'air convaincu(e)** de ce que vous affirmez en adoptant une voix claire et en apparaissant sûr(e) de vous.

> INFO **La relation interpersonnelle est un phénomène complexe. Les variations de la voix, la gestuelle comptent pour beaucoup dans la bonne réception du message de fond. Les acteurs le savent bien.**

FOCUS

Appuyer son propos par des gestes signifiants

Il est important d'appuyer son discours par des gestes qui retiennent l'attention et soulignent les moments clés.

Mains tendues vers l'auditoire : impliquer le public.

Mains à gauche puis à droite : souligner une opposition.

Compter avec ses doigts : énumérer.

Mains écartées ou rapprochées : exprimer l'union ou la désunion.

Lever ou baisser un doigt : exprimer un doute ou un questionnement.

Main sur la poitrine : montrer son implication personnelle.

8 S'exprimer de manière claire et fluide

Si une bonne partie de la communication repose sur l'attitude non verbale, il ne faut évidemment pas négliger l'aspect verbal de l'échange. Choisir les mots justes, articuler, faire des pauses sont autant d'atouts dans la prise de parole.

A Utiliser un vocabulaire juste et précis

1. Choisir ses mots

● Vous êtes jugé(e) sur la qualité de votre expression, d'où l'importance de bien choisir vos mots. Il est parfois difficile de trouver la bonne formulation : prenez le temps de chercher les **termes les plus appropriés**.

● Si un terme familier vous échappe, reformulez dans un **registre plus soutenu**. Évitez les contractions (« j'sais pas », « j'pense ») : prononcez correctement les négations en incluant un « ne » audible.

2. Varier son expression

L'examinateur appréciera que vous fassiez un effort pour varier les tournures que vous utilisez.

Varier les expressions utilisées

Donner son opinion : *à mon sens, pour ma part, il me semble, je suis d'avis que...*

Appuyer le propos : *clairement, évidemment, naturellement, nettement...*

Introduire une analyse : *on remarque, on constate, on peut souligner, il est à noter que...*

3. Bannir les tics de langage

Variables d'une époque à une autre, ces petits marqueurs de la communication sont à proscrire le jour de votre oral.

● Commencez par **repérer ceux que vous employez le plus souvent** et essayez de vous en débarrasser lors de vos prises de parole. Il peut s'agir :
– d'expressions en vogue (« genre », « carrément », « trop », « j'avoue »...) ;
– de mots de liaison (« donc », « alors », « et voilà », « en fait »...) ;
– d'onomatopées (« euh », « ben », « bah »...).

● Bannissez également **la mise entre guillemets** (geste à l'appui) qui indique que vous n'avez pas trouvé le mot juste pour vous exprimer.

B Soigner son élocution

● **Parlez distinctement** en articulant pour être bien compris(e). Faites particulièrement attention à ne pas « avaler » les fins de phrases et les fins de mots.

● **Adaptez le volume de votre voix** en fonction de la proximité avec votre auditoire. Ni trop fort, ni pas assez, vous devez trouver le juste équilibre. N'hésitez pas à demander si l'on vous entend.

> CONSEIL **Parler face à un public ne s'improvise pas et, pour éviter de bafouiller, il est nécessaire d'exercer sa voix et de s'entraîner.**

C Adopter le bon rythme

● Ne parlez **ni trop lentement**, pour avoir le temps de tout dire, **ni trop vite**, pour laisser au jury la possibilité d'intégrer ce que vous dites et de prendre des notes.

● Trouvez le juste équilibre en ralentissant ou en accélérant le débit **selon la nature de votre propos** :
– ralentissez lorsque vous présentez le plan, lorsque vous abordez un aspect essentiel, lorsque vous voulez particulièrement retenir l'attention ;
– accélérez au moment des exemples, des énumérations, des citations.

● N'hésitez pas à **reformuler** plusieurs fois un aspect important de votre intervention et à **faire des pauses** entre deux idées.

FOCUS

Recourir à des figures de style

Pour renforcer votre propos, vous pouvez recourir à des figures de style, en particulier à des **figures de construction** (qui jouent sur la syntaxe).

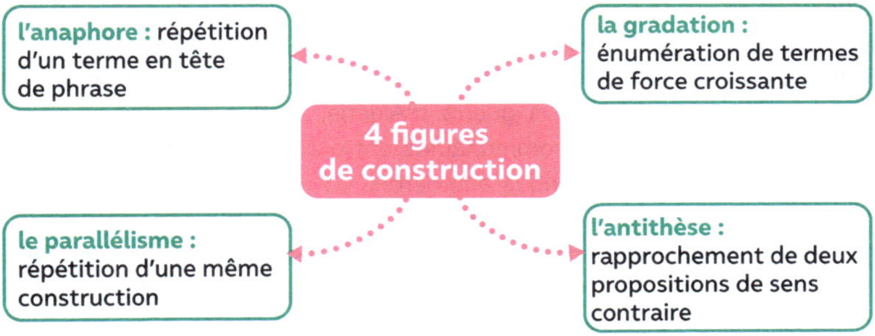

38 Sujet d'oral

Comment ont évolué les mémoires de la guerre d'Algérie en France ?

PRÉSENTATION, SUIVIE D'UN ENTRETIEN

20 min
20 points

INTÉRÊT DU SUJET • L'étude de ce sujet permet de mettre en lumière l'articulation entre histoire et mémoires qui constitue un des grands enjeux du thème 3 du programme. De plus, il porte sur une question d'une brûlante actualité.

38 PISTES POUR L'ORAL

1. PRÉSENTATION D'UNE QUESTION

5 min

Les titres en couleur mettent en évidence la structure de la présentation.

Introduction

[Accroche] Le 13 septembre 2018, le président de la République Emmanuel Macron reconnaît officiellement la responsabilité de l'armée française dans l'exécution de Maurice Audin, militant communiste favorable à l'indépendance de l'Algérie, en 1957. Il met alors fin à soixante-dix années d'occultation officielle d'un crime d'État. [Présentation du sujet] Cet évènement soulève la question des mémoires de la guerre d'Algérie, c'est-à-dire des souvenirs que différents groupes ou communautés ont gardés du conflit. [Problématique] C'est pourquoi nous nous efforcerons de répondre à la question suivante : comment ont évolué les mémoires de la guerre d'Algérie en France ? [Annonce du plan] Après deux décennies d'amnésie officielle (années 1960-1970) [I], on assiste à un réveil des mémoires (années 1980-1990) [II], puis à une reconnaissance progressive du conflit (à partir de 1999) [III].

I. Un conflit occulté (années 1960-1970)

- Au lendemain des accords d'Évian (18 mars 1962) qui mettent fin à la guerre d'Algérie, le général de Gaulle veut tourner la page au nom de l'unité nationale. En effet, le conflit a affaibli la puissance du pays et a profondément divisé l'opinion publique entre les partisans de l'Algérie française et ceux de l'indépendance du territoire algérien.
- En 1968 est votée une loi d'amnistie qui permet aux membres de l'OAS de sortir de prison ou de rentrer d'exil. Le livre d'Henri Alleg (*La Question*) dénonçant l'usage de la torture par l'armée française est interdit depuis 1958.
- Cependant, les pieds-noirs et les harkis sont en quête de reconnaissance : en 1970, une loi indemnise les rapatriés d'Algérie pour les biens laissés sur leur terre natale ; en 1974-1975, les harkis se soulèvent pour dénoncer leurs conditions de vie dans les cités d'accueil.

À NOTER
L'OAS (Organisation armée secrète) est une organisation terroriste fondée par des militaires partisans de l'Algérie française.

II. Le réveil des mémoires (années 1980-1990)

- Les années 1980 sont marquées par la percée électorale du Front national, nostalgique de l'Algérie française et hostile à l'immigration. Les tensions liées au conflit algérien sont alors réactivées chez la deuxième génération des différentes communautés (pieds-noirs, harkis, immigrés algériens).
- La guerre d'Algérie fait l'objet d'un regain d'intérêt : en 1983, la question entre dans les programmes de lycée ; en 1991, l'historien Benjamin Stora publie *La Gangrène et l'oubli : la mémoire de la guerre d'Algérie*.

III. Un conflit reconnu (depuis 1999)

- En 1999, une loi reconnaît l'existence d'une guerre d'Algérie : c'est la fin de trente-sept années d'« amnésie officielle ». En 2003, une journée d'hommage national aux morts pour la France en Afrique du nord est fixée au 5 décembre.
- Grâce à un accès plus facile aux archives depuis 2001, des historiens comme Guy Pervillé et Raphaëlle Branche renouvellent l'histoire de la guerre.
- Cependant, le débat public est marqué par une « guerre des mémoires » : ainsi, en 2010, le film *Hors-la-loi* de Rachid Bouchareb, qui dénonce la répression des émeutes de Sétif, provoque la colère des pieds-noirs.

À NOTER
La loi sur les archives publiques impose un délai de 60 ans pour la consultation des documents classés « secret défense ».

GRAND ORAL

Conclusion

[Bilan] Ainsi, les mémoires de la guerre d'Algérie en France ont connu une évolution en trois étapes : d'une période d'amnésie officielle, on est passé à un réveil des mémoires, puis à une véritable « guerre des mémoires » liée à la reconnaissance officielle du conflit.

[Ouverture] La multiplication des initiatives mémorielles du président Macron depuis 2021 fait débat aujourd'hui : ne contribue-t-elle pas à entretenir la « guerre des mémoires » ?

2. ÉCHANGE AVEC LE CANDIDAT — 10 min

Voici des exemples de questions que le jury pourrait poser à la suite de votre présentation et des pistes de réponses. N'oubliez pas que l'on peut vous interroger sur d'autres thèmes du programme.

- **Quel est le rôle de Benjamin Stora dans l'étude des mémoires de la guerre d'Algérie ?**

Benjamin Stora a été pionnier dans l'histoire des mémoires de ce conflit. Ainsi, en collaboration avec des historiens algériens comme Mohammed Harbi, il a publié un ouvrage de synthèse intitulé *La Guerre d'Algérie 1954-2004 : la fin de l'amnésie*. C'est pourquoi, en 2020, il a été chargé par le président de la République Emmanuel Macron d'un rapport sur les « questions mémorielles portant sur la colonisation et la guerre d'Algérie ».

- **Quelle autre période historique a donné lieu à une évolution comparable des mémoires ?**

On peut penser au régime de Vichy et à ses responsabilités dans la Shoah. Après une période d'amnésie officielle, les travaux des historiens comme Robert Paxton ou Henry Rousso ont nourri le débat public et poussé la France à reconnaître les crimes de l'État français par la voix du président de la République Jacques Chirac en 1995.

3. ÉCHANGE SUR LE PROJET D'ORIENTATION — 5 min

Le jour J, il vous faudrait bien sûr développer la réponse.

- **Pourquoi avoir choisi ce sujet ?**

J'ai choisi ce sujet car je m'intéresse au phénomène de la décolonisation. De plus, dans ma famille, une personne a effectué son service militaire pendant la guerre d'Algérie.

- **En quoi ce sujet est-il en lien avec votre projet d'orientation ?**

Je me destine à des études d'histoire pour faire de la recherche. Je suis passionné(e) par les travaux en archives : pour moi, c'était le sujet idéal en lien avec le programme de spécialité.

39 Sujet d'oral

La France peut-elle être une puissance de premier plan dans la gouvernance climatique mondiale ?

PRÉSENTATION, SUIVIE D'UN ENTRETIEN

20 min
20 points

INTÉRÊT DU SUJET • Cette étude permet de mettre en lumière l'articulation entre le changement climatique global et la géopolitique mondiale. Il porte un éclairage sur le rôle de notre pays dans les institutions internationales qui tentent d'agir pour l'environnement et notamment contre le réchauffement climatique.

39 PISTES POUR L'ORAL

1. PRÉSENTATION D'UNE QUESTION 5 min

Les titres en couleur mettent en évidence la structure de la présentation.

Introduction

[Accroche] La notion de gouvernance climatique mondiale a été officiellement reconnue en 1992 à Rio, dans la convention cadre des Nations unies sur les changements climatiques. Elle est définie ainsi : « somme des organisations, des outils politiques, des mécanismes financiers, des lois, des procédures et des normes qui régulent les processus de protection environnementale ». La France participe à cette mise en œuvre de politiques environnementales à l'échelle mondiale. [Présentation du sujet] Notre pays est une puissance moyenne à vocation mondiale qui tente de peser sur les décisions internationales. Elle participe à la gouvernance climatique mondiale notamment dans le but de lutter contre les changements climatiques.

[Formulation de la problématique] Mais la France est-elle en mesure d'être une puissance de premier plan dans la gouvernance climatique mondiale ?

GRAND ORAL

[Annonce du plan] Je montrerai que la question environnementale est un sujet dont la France s'est saisie depuis longtemps [I]. Elle tente d'imposer sa voix à l'échelle internationale [II], mais son poids géopolitique reste pour le moment insuffisant pour s'imposer comme une véritable puissance verte [III].

I. La France, un pays précurseur de la cause environnementale

• Dès les années 1960 et 1970, la France se préoccupe d'environnement en créant ses premiers parcs nationaux. À cette époque, alors que la croissance économique augmente la pression des sociétés sur leurs milieux, la prise de conscience, d'abord sociale et scientifique, de la vulnérabilité de notre planète, devient politique. Le premier ministère de l'Environnement apparaît en France en 1971.

• À l'échelle mondiale, la France tente déjà de faire entendre sa voix : dès 1970, le président Georges Pompidou prononce à Chicago un discours sur les dangers de la pollution et affirme son souhait de préserver les espaces naturels. En 1979, des scientifiques français participent à la première conférence internationale sur le climat. En 1988 naît le GIEC.

À NOTER
Le GIEC (groupe d'experts intergouvernemental sur l'évolution du climat) a été créé à la demande du G7, groupe des pays les plus industrialisés dont la France est à l'origine.

II. Un acteur de la gouvernance climatique mondiale

• La France est présente au sommet de la Terre à Rio en 1992, aux conférences des parties (COP) depuis 1995. À Kyoto en 1997 elle s'engage à réduire ses émissions de gaz à effet de serre (d'au moins 5 %).

• Sous la présidence de Jacques Chirac, la France tente d'assumer son leadership dans la lutte contre le réchauffement planétaire. Lors de l'ouverture du sommet de la Terre en 2002 à Johannesburg, le président interpelle l'assemblée, je cite : « Notre maison brûle et nous regardons ailleurs. »

• L'accord de Paris en 2015 marque un tournant, car il engage tous les pays du monde à maintenir le réchauffement sous la barre des 2 °C d'ici à 2100. Lorsque Donald Trump décide, en 2017, de retirer les États-Unis de cet accord, Emmanuel Macron appelle les scientifiques américains à venir travailler en France et détourne le slogan de campagne du président américain : *Make our planet great again*.

III. Une « puissance moyenne » dans une gouvernance climatique à construire

• La question climatique n'est pas encore une préoccupation centrale de la géopolitique mondiale. Les grandes puissances ne parviennent pas à respecter leurs engagements pris lors des COP, tandis que les puissances émergentes ne souhaitent pas renoncer à leur modèle de développement.

• Face à ces freins, le poids de la France reste faible. Elle ne peut que dénoncer le climatoscepticisme de certains et les hésitations de ses homologues. C'est surtout à l'échelle européenne (Pacte vert) que la France est l'un des acteurs majeurs d'une politique climatique internationale volontariste.

À NOTER
La Commission européenne a adopté en 2021 une série de propositions visant à adapter les politiques de l'UE en matière de climat, d'énergie, de transport et de fiscalité pour réduire les émissions de GES.

Conclusion

[Bilan] Ainsi, la gouvernance climatique mondiale reste encore à construire tant les intérêts propres à chaque pays priment encore sur l'intérêt collectif. La France ne réussit pas à tenir un rôle de leader dans la lutte contre le réchauffement planétaire. C'est à l'échelle européenne qu'elle reste la plus active, sans pour autant prendre la direction des opérations. La COP 21 demeure le seul moment où elle a vraiment pesé sur les débats. [Ouverture] Notre pays est cependant engagé dans la cause environnementale. La France a mis en place en 2019 une Commission citoyenne sur le climat afin de proposer des mesures pour réduire de 40 % nos émissions de GES d'ici 2030. Ce qui prouve que c'est encore à l'échelle nationale qu'elle reste la plus efficace.

Support écrit

En préparant ce schéma à l'attention du jury, vous mettez en évidence les actions de la France pour la protection de l'environnement à toutes les échelles. Ainsi vous ouvrez le sujet afin d'initier la discussion lors du 2e temps.

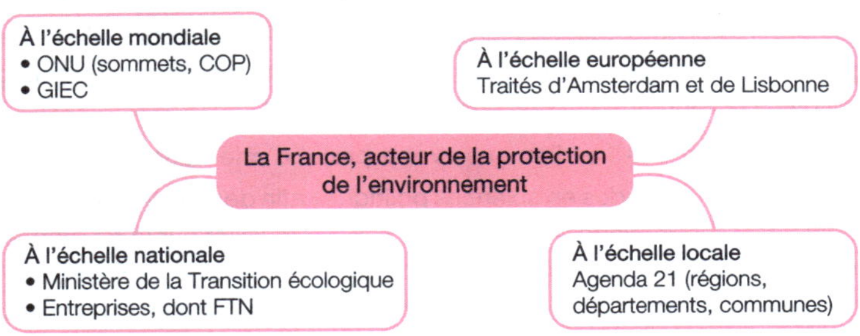

2. ÉCHANGE AVEC LE CANDIDAT ⏱ 10 min

Voici des exemples de questions que le jury pourrait poser à la suite de votre présentation, ainsi que des réponses possibles.

- **Vous évoquez le développement durable, pourriez-vous nous rappeler la définition de cette notion ?**

Le développement durable est un concept élaboré par le rapport Brundtland en 1987, avant le sommet de la Terre à Rio. Voici comment il est défini : « développement qui répond aux besoins du présent sans compromettre la capacité des générations futures de répondre aux leurs ». Il doit être socialement équitable, économiquement viable et respecter l'environnement.

CONSEIL
Vous pouvez utiliser certains termes sans les définir, mais il faut les maîtriser ! Le jury sera tenté de vous demander des éclairages que vous pourrez lui fournir. Réussir un oral est aussi une question de stratégie.

- **Dans votre présentation, vous parlez plutôt de « changements climatiques » que de « réchauffement climatique », pouvez-vous nous dire pour quelle raison ?**

L'accumulation de GES dans l'atmosphère entraîne un réchauffement planétaire, c'est indéniable. Mais toutes les zones climatiques ne sont pas touchées de la même manière : les zones polaires se réchauffent deux fois plus vite que le reste du globe et la hausse des températures ces cent dernières années n'est pas continue. L'ONU comme le GIEC utilisent donc plus souvent le terme de « changements climatiques », incluant l'action des humains.

3. ÉCHANGE SUR LE PROJET D'ORIENTATION ⏱ 5 min

Le jour J, il vous faudrait bien sûr développer la réponse.

- **Pourquoi avoir choisi ce sujet ?**

L'environnement est un sujet qui nous concerne tous et particulièrement nous, les jeunes, puisque c'est le monde de demain dont il est question. Je suis écodélégué(e) dans mon lycée et, à mon échelle, j'essaie de mobiliser mes camarades. Nous menons des actions concrètes et ponctuelles : recyclage du papier, lutte contre le gaspillage à la cantine, création d'un potager. Mon lycée a obtenu grâce à nos actions le label E3D.

- **En quoi ce sujet est-il en lien avec votre projet d'orientation ?**

J'aimerais faire des études en sciences politiques afin de travailler un jour dans une institution internationale ou dans une ONG. Travailler sur la gouvernance environnementale mondiale m'a permis de réaliser combien la diplomatie est un secteur qui me passionne car, malgré ses lenteurs, il peut conduire à des actions concrètes et porteuses d'espoir pour l'avenir.